novum 🠶 pocket

Claudia Eberhardt

Wer leben will, muss kämpfen

Ein Leben danach

novum pocket

Bibliografische Information
der Deutschen Nationalbibliothek:

Die Deutsche Nationalbibliothek verzeichnet diese Publikation in der Deutschen Nationalbibliografie. Detaillierte bibliografische Daten sind im Internet über http://www.d-nb.de abrufbar.

Alle Rechte der Verbreitung, auch durch Film, Funk und Fernsehen, fotomechanische Wiedergabe, Tonträger, elektronische Datenträger und auszugsweisen Nachdruck, sind vorbehalten.

Gedruckt in der Europäischen Union auf umweltfreundlichem, chlor- und säurefrei gebleichtem Papier.

© 2023 novum Verlag

ISBN 978-3-903468-37-5
Umschlagfoto:
Jiri Castka | Dreamstime.com
Umschlaggestaltung, Layout & Satz:
novum Verlag

www.novumverlag.com

Ich heiße Luise und bin 14 Jahre alt, meine Wohnung befindet sich in der Husemannstraße 26, in Berlin.

Ich lebe dort mit meinen Eltern und meinen Geschwistern, mein Bruder heißt Helmut und ist 16 Jahre alt, meine kleine Schwester Marie ist 7 Jahre alt.

Wir sind eine glückliche Familie, jedenfalls habe ich den Eindruck, ich verstehe mich mit meinen Geschwistern sehr gut, bis auf die üblichen Streitereien.

Mein Vater ist Arzt und arbeitet in der Charité, meine Mutter ist Hausfrau, Sie kümmert sich um den Haushalt und das Essen, betreut die Kinder und hält meinem Vater alle Sorgen vom Hals und sozusagen den Rücken frei.

Zu meiner Person kann ich nur sagen, dass ich ganz normal aussehe und bin, ich habe dunkelblonde Haare und grünblaue Augen, ich sehe meinem Vater sehr ähnlich, sagt meine Mutter, mein Bruder hat auch dunkelblonde Haare aber schwarze Augen wie meiner Mutter, ich liebe ihn sehr, er ist mein großes Vorbild, er liest viel und ist unglaublich klug, wenn ich Fragen habe gehe ich zu ihm und schon wird mir geholfen, er trifft immer die richtigen Entscheidungen und macht keine Flüchtigkeitsfehler wie ich, er ist mein großes Vorbild, ich möchte auf jeden Fall auch so werden wie er. Meine Mutter spricht sehr viel mit ihm, auch Sie holt sich Rat bei ihm, er ist, wenn mein Vater auf der Arbeit ist eine große Hilfe für meine Mutter, er unterstützt Sie in allen Bereichen der Familie. Auch in der Schule ist er der Beste, seine Mitschüler kommen nachmittags zu ihm um Nachhilfestunden zu nehmen, freundlich wie er ist, hilft er jedem ohne eingebildet zu sein, ich habe schon den Eindruck, dass meine Eltern sehr stolz auf ihn sind.

Meine kleine Schwester ist zückersüß, sie hat schwarze Haare und dunkle kluge Augen. Sie geht noch nicht zur Schule, ihre Seite von unserem Kinderzimmer ist über und über mit Spielsachen gefüllt, sie spielt gerne mit ihren Puppen, ob Vater, Mutter, Kind oder Frau Doktor, es ist eine Freude ihr beim Spielen zuzusehen und zuhören, sie ist unkompliziert und recht selbstständig. Ich habe das Gefühl meine Schwester ist schon viel weiter entwickelt als ich es in ihrem Alter war.

In unserem Haushalt wohnt auch noch eine junge Frau, namens Edeltraut, sie hilft meiner Mutter im Haushalt. Edeltraut ist 17 Jahre alt und suchte eine Hauswirtschaftsstelle in einer Familie, wo Sie ihr Pflichtjahr absolvieren kann, Sie ist eine große Hilfe für meine Mutter und immer ein Gesprächspartner wenn mein Vater arbeiten ist, sie lachen viel miteinander und tauschen unterschiedliche Meinungen aus. Edeltraut kommt aus bescheidenen Verhältnissen und ist froh Geld verdienen zu können, sie bewohnt ein kleines Zimmer in unserer Wohnung, wofür sie nichts bezahlen muss und auch das Essen ist für Sie frei. Sie arbeitet von Montag bis Samstag und am Sonntag hat Sie frei.

Ich mag Edeltraut, sie ist unkompliziert und hat auch meist gute Laune, ich rede sehr gerne mit ihr, sie hingegen kümmert sich lieber um meine kleine Schwester.

Wenn es darum geht für das Abendessen einzukaufen helfe ich meiner Mutter sehr gerne. Sie schickt mich dann in den Lebensmittelladen von Frau Gerber, in die Kollwitzstraße 1.

Frau Gerber ist eine kleine rundliche Frau, die immer freundlich ist und uns Kindern gerne eine Kleinigkeit zum Naschen schenkt. Sie versteht sich auch gut mit meiner Mutter, sodass ich auch Anschreiben lassen kann, wenn das Geld nicht gereicht hat, das macht Frau Gerber nicht für jeden Kunden.

Mein Vater hat ihr auch schon so manches Mal geholfen, wenn es ihr gesundheitlich nicht so gut ging, er untersuchte Sie und gab ihr die benötigte Medizin, Frau Gerber war ihm dafür sehr dankbar, sie sagte immer, hoffentlich kann ich mich irgendwann einmal erkenntlich zeigen, mein Vater winkte immer ab und freute sich, wenn er helfen konnte.

Der Tag neigte sich dem Ende entgegen, meine Mutter war mit den Vorbereitungen für das Abendessen beschäftigt. Wenn mein Vater von der Arbeit kam, wurde der runde Tisch im Wohnzimmer gedeckt und gemeinsam zu Abend gegessen. Während des Essens fragte mein Vater uns Kinder täglich, was es neues gibt und wie es in der Schule war, meine Mutter erzählte von den Geschehnissen des Tages und auch mein Vater sprach von außergewöhnlichen Ereignissen im Krankenhaus.

Wenn jeder erzählt bzw. zugehört hatte, beendete mein Vater das Abendessen, nahm seine Pfeife und setzte sich gemütlich in seinen Sessel und hörte Radio, meine Mutter leistete ihm Gesellschaft und wir Kinder machten mit Edeltraud den Abwasch in der Küche.

Es war sehr einträchtig und die Konstante eines jeden Tages, denn mein Vater wollte über alle Dinge des Tages informiert werden, was wir nicht erzählten, erfuhr er durch meine Mutter.

Also in unserer Familie ging es so zu wie in allen anderen Familien. Nur sonntags gingen wir vormittags in die Synagoge und anschließend, bei schönem Wetter, in den Park, meist trafen wir uns mit Freunden und verbrachten den Tag zusammen mit ihnen im Park oder bei uns zu Hause.

Die Kinder spielten miteinander und die Erwachsenen unterhielten sich, tranken Kaffee, scherzten und lachten viel, mit anderen Worten, wir waren eine ganz normale Familie, wie es sehr viele in unserem Kiez gab.

Vor 13 Jahren sind wir aus Jordanien nach Deutschland übergesiedelt, weil es meinem Vater für seine kleine Familie dort zu gefährlich wurde, es kam immer wieder zu Ausschreitungen unter der Bevölkerung, Islamisten und Juden konnten nicht gut miteinander umgehen.

Mein Bruder, der zum damaligen Zeitpunkt schon auf der Welt war, hatte keine Erinnerung an die Zeit in Jordanien.

Unser Zuhause war Deutschland, wir hatten alle unsere Freunde gefunden und uns gut integriert, jeder achtete den anderen und die Glaubensfrage war sowieso egal, es zählte nur der Mensch.

Die Kriegsgeschehnisse gingen auch unbemerkt an uns vorüber, den Ausbruch des Krieges haben wir bei guten Bekannten vernommen, aber kein großes Theater darum gemacht, wir hielten uns aus allen politischen Diskussionen und Meinungsäußerungen raus.

Einige Bekannte von meinen Eltern sind aus Deutschland ausgereist, weil Ihnen die Stärke der NSDAP und der SS Angst machten, mein Vater wollte davon nichts wissen und sagte uns immer wieder, dass wir in Deutschland zu Hause sind und uns nichts passieren würde.

So vergingen die letzten Jahre, bevor Adolf Hitler die Macht ergreifen konnte, in gewisser Unwissenheit und Ahnungslosigkeit.

Nach Kriegsbeginn, als die Bevölkerung den totalen Krieg wollte und Adolf Hitler mobil machte, sagte mein Vater nur, dass dieser Krieg ganz schnell wieder zu Ende sein würde, wir glaubten und vertrauten ihm.

Die Lage in der Bevölkerung war schon sehr angespannt, es gab keine Arbeit und damit war das Geld auch sehr knapp. Sehr viele Menschen traten der NSDAP bei, man erhoffte sich dadurch einige Vorteile und Vergünstigungen.

Die Männer hatten durch den Beitritt in die Partei wieder eine Aufgabe und konnten sich in den verschiedensten Positionen profilieren. Nach der Machtergreifung durch Adolf Hitler wurden die Genossen aus der Partei gleich in führende Positionen gesteckt, damit die ideologische Linie in allen Bereichen der Verwaltung gewahrt wurde.

Die Kommunistische Partei wurde ausgegrenzt und unterdrückt, sie konnte gegen die Übermacht der Nazis nichts ausrichten und zog sich in den Untergrund zurück, wo sie aktiver denn je waren.

Diese Zwistigkeiten unter den Parteien führrten zu willkürlichen Handlungen, die Kommunisten führten Anschläge gegen die Nazis durch und schrieben und verteilten Flugblätter, in denen sie die Bevölkerung über die

Aktivitäten der Nazis aufklärte. Die Nazis wiederum führten Verhaftungen durch und erhofften sich dadurch die Zerschlagung der kommunistischen Organisation.

Nach Kriegsaufbruch wurden die Nazis brutalen und unberechenbarer, es war auch die Zeit, in der Menschen einfach verschwunden sind, Frauen vermissten ihre Männer und Sohne, sie wurden verhaftet und waren seit dem vermisst.

Meine Eltern, die sich immer aus allem raus hielten, wollten von all dem nichts wissen und verboten uns auch, sich an den Gesprächen über Politik zu beteiligen.

Als Polen überfallen wurde, sah ich meinen Vater das erste Mal sehr traurig, er hat es nicht verstanden, was dort vor sich ging und glaubte immer noch an die deutsche Friedenspolitik, die nur das Beste für die Bevölkerung wollte.

Die Verfolgung und Ausgrenzung der jüdischen Bevölkerung war an der Tagesordnung, nachdem Adolf Hitler Reichskanzler wurde, die Anhänger Hitlers erhoffte sich dadurch die freiwillige Ausreise der jüdischen Bevölkerung, es dachten jedoch viele wie mein Vater und gaben dem Spuk keine lange Lebensdauer.

Dann kam es zu den entscheidenden Ereignissen, in dieser Nacht, die man auch die Reichskristallnacht nannte, es wurden alle Synagogen in Brand gesteckt und sämtliche jüdische Geschäfte zerstört. Die Scheiben und das Inventar wurden zerschlagen, die jüdischen Ladenbesitzer wurden auf die Straße getrieben, sie wurden getreten und geschlagen, Männer, Frauen und Kinder, bei dem kleinsten Widerstand wurde geschossen oder die Nazis hängten sie an dem nächsten Baum auf.

Die jüdischen Geschäftsinhaber mit der gesamten Familie wurden unter größter Brutalität auf die Lkw's geladen.

Die Ladeflächen der Lkw's waren total überladen, sie verließen die Straßen in den Bezirken und mussten sich am S-Bahnhof Wannsee sammeln.

Die Straßen waren übersät mit Scherben und Blut. Überall entzündeten die Nazis Scheiterhaufen, dort wurden die Habseligkeiten aus den Geschäften und Wohnungen verbrannt, auch die Leichten von kleinen Kindern und Frauen warf man auf diese Haufen.

Deutsche, die sich den Nazis in den Weg stellten oder der jüdischen Bevölkerung halfen, wurden ebenfalls sofort verhaftet und abtransportiert.

Die SS und SA ging mit äußerster Brutalität vor, nicht nur zerstört, gedemütigt, sondern es wurde auch vergewaltigt und geplündert.

In dieser Nacht wurden fast alle jüdischen Gotteshäuser und Geschäfte zerstört.

Als Grund für diese Ausschreitungen der Nazis gab man an, dass die Juden das Wasser in den Brunnen vergiftet haben, um alle Christen auszurotten.

Auch meine Eltern haben hinter den Fenstern die brennenden Synagogen und Scheiterhaufen gesehen, auch die Verhaftungen und Zerstörungen blieben ihnen nicht verborgen.

Der nächste Morgen kam.

Wir frühstückten in der Küche, keiner traute sich etwas zu sagen, mein Vater war kreidebleich und meine Mutter hatte total verweinte Augen. Meine Eltern gaben uns noch einige Ratschläge für den Tag, wir sollten nur gemeinsam das Haus verlassen und auch nur gemeinsam zur Schule gehen.

Helmut und ich nahmen unsere Mappen und gingen los, auch wir waren ganz still und fühlten uns unsicher. Auf dem Gehweg lagen viele Glassplitter, Einrichtungsgegenstände und Papier, auch gab es überall große Pfützen mit Blut. Ich traute mich gar nicht hoch zuschauen, Helmut nahm meine Hand und drückte sie, dass tat mir sehr gut.

In der Schule angekommen, sind wir nicht, wie sonst gleich zu unseren Schulfreunden gegangen, sondern haben uns nicht getrennt bis es zum Schulbeginn läutete.

Unsere Schule lag in der Großen Hamburger Straße, es war eine sehr große Schule, in dem rechten Trakt des Gebäudes waren die Jungen untergebracht und im linken Trakt die Mädchen.

Als ich in die Klasse kam, war alles anders als sonst, auf meiner Bank haben zwei andere Mädchen gesessen, der Lehrer sagte zu mir, dass ich mich, ab dem heutigen Tage in die letzte Reihe setzen sollte und er wollte von mir keinen Ton hören, meine Freundin setzte sich neben mich und streichelte meine Hand.

Als der Unterricht vorbei war, rannte ich auf dem schnellsten Wege nach Hause.

Ich wollte noch schnell zu Frau Gerber gehen, um mir eine Zuckerstange zu holen, als ich das Geschäft betrat, schüttelte Frau Gerber den Kopf und sagte, die Wolle für meine Mutter sei noch nicht angekommen, ich tat so, als ob ich verstanden habe und verließ das Geschäft, mir war so traurig zu Mute, das ich weinen musste. Ich hatte Angst, dass unser schönes Leben jetzt vorbei war.

Alle Menschen waren total verunsichert, Sie hasteten sehr schnell die Straße entlang und man unterhielt sich nur sehr kurz und ganz leise in den Hauseingängen.

Zu Hause angekommen, öffnete ich die Haustür, wir wohnten in der ersten Etage. Von unten hörte ich schon die Stimme von Edeltraud, wie sie lautstark mit meiner Mutter diskutierte, Edeltraud sagte, dass jetzt endlich andere Zeiten wären und sie auf keinen Fall mehr für uns arbeiten kann, meine Mutter wollte sie noch aufhalten, aber Edeltraud rauschte mit wehenden Fahnen die Treppe hinunter und verschwand.

Meine Mutter sah sofort, dass ich geweint hatte, sie drückte mich an sich und streichelte meinen Kopf, ich fühlte mich sofort besser und auch Marie, meine kleine Schwester, stürzte sofort auf mich zu und klammerte sich an mich.

Wir setzten uns in die Küche und meine Mutter wollte wissen, was in der Schule vorgefallen war, ich erzählte es ihr in ein paar wenigen Sätzen, ich wollte sie nicht noch mehr beunruhigen, sie war durch Edeltraud noch sehr verunsichert.

Einige Zeit später kam Helmut nach Hause, auch er wurde von seinem Lehrer in die letzte Bankreihe verfrachtet und auch ihm wurde gesagt, das er den Mund zu halten habe, er war sehr wütend und aufgebracht, meine Mutter versuchte ihn zu beruhigen, was ihr nicht gelang.

Das Abendessen musste vorbereitet werden und meine Mutter schickte mich mit einem Einkaufszettel und Geld zu Frau Gerber, Helmut wollte mich nicht alleine gehen lassen und wir verließen zu zweit die Wohnung.

Auf der Straße herrschte angsterfüllte Stille, die Menschen liefen schnell die Straße entlang, keiner blieb stehen um sich zu unterhalten, jeder wollte so schnell wie möglich die schützende Wohnung aufsuchen.

Wir beide erreichten das Lebensmittelgeschäft von Frau Gerber, sie sah uns schon von Weiten kommen und hielt uns die Tür auf, auch wir beeilten uns von der Straße zu kommen. Ich war so eingeschüchtert von den Tagesgeschehnissen, dass ich kaum den Mund zum Grüßen öffnen konnte, ich hielt meinen Kopf gesenkt und gab Frau Gerber den Einkaufszettel. Helmut hatte auch ein ängstliches Gesicht wollte jedoch äußerlich keine Furcht zeigen, er fragte Frau Gerber wie es ihr geht und ob sie die Vorkommnisse der letzten Nacht gut überstanden hat. Frau Gerber sagte nichts dazu, sie schaute uns nur lange an und gab uns dann jedem eine Zuckerstange, sie packte die Lebensmittel in die Tasche und ließ meine Eltern herzlich grüßen.

Wir verließen das Geschäft und liefen schnell die Kollwitzstraße entlang, bogen dann in die Husemannstraße ein. Schon von Weitem sah ich fünf junge Männer in SA-Uniformen uns auf dem Gehweg entgegen kommen, durch die Straßenbahn war es nicht möglich die Straße zu überqueren, mein Bruder wurde schon wieder etwas rot im Gesicht, ich sagte nur zu ihm, dass wir uns auf keinen Fall provozieren lassen, Helmut hörte gar nicht hin.

Die jungen Männer kamen immer näher und nahmen die ganze Breite des Bürgersteiges ein, wir beide drängten uns an die Hauswand aber auch da hatten wir keine Gelegenheit ihnen aus dem Weg zu gehen. Als wir mit den jungen Männern auf gleicher Höhe waren, rempelte der eine Helmut mit dem Arm an, die anderen standen sofort breitbeinig vor uns, einer nahm unsere Tasche und warf sie zu Boden, ich fing ganz fürchterlich an zu weinen, Helmut ballte die Fäuste, ich sagte noch zu ihm er solle es lassen, aber da war es schon zu spät.

Helmut wurde von zwei Kerlen festgehalten und die anderen drei prügelten auf ihn ein, ich schrie sie sollten aufhören, keinen interessierte das, mein Bruder sank total zerschlagen zu Boden und wenn das nicht schon genug gewesen wäre, traten sie mit ihren Stiefeln auf Helmut ein, er verlor das Bewusstsein und erst dann ließen sie von ihm ab und liefen pfeifend davon.

Ich kniete mich sofort zu Helmut und wollte ihn zum Aufstehen bewegen, es war jedoch völlig unmöglich, dass mein Bruder sich bewegen konnte, auch zu Bewusstsein kam er nicht.

Plötzlich stand aus dem nahen Hauseingang ein junger Mann vor uns, er half mir den Einkauf, der auf der Straße lag, wieder in die Tasche zu sammeln. Er sprach ganz ruhig, streichelte mir über den Kopf, gab mir die Tasche in die Hand und nahm Helmut auf die Schultern und ging mit mir nach Hause.

Als wir unseren Hauseingang erreicht hatten, setze er Helmut vor unserer Wohnungstür ab und verschwand sofort wieder. Meine Mutter öffnete die Tür und schrie vor Entsetzen, wir brachten Helmut in das elterliche Schlafzimmer, jeder Handgriff hatte gesessen, Helmut war wieder bei sich und stöhnte vor Schmerzen, meine Mutter säuberte die Wunden, versorgte sie mit Salbe und verband sie. Ich streichelte Helmut über den Kopf und versuchte ihn zu trösten, das Wasser in der Schüssel war rot und ich habe es erneuert, manche Wunden bluteten sehr stark. Meine kleine Marie musste so weinen, dass wir sie aus dem Zimmer schickten, ich ging noch in unseren Medikamentenschrank und holte eine Schmerztablette für Helmut, ich zerbröselte die Tablette und gab sie in ein Glas mit Wasser, Helmut konnte schlecht schlucken, da man ihm zwei Zähne ausgeschlagen hatte und die Lippe stark geschwollen war, auch die Nase war mehrfach gebrochen.

Meine Mutter machte alles sehr gründlich und ordentlich sauber, als sie fertig war deckte sie ihn mit einer leichten Decke zu.

Wir zogen die Gardinen vor das Fenster und verließen das Schlafzimmer, Helmut schlief sofort vor Schwäche ein.

Wir setzten uns zu dritt in die Küche und verstauten den Einkauf. Meine Mutter war erstaunlich ruhig, sie wollte das Abendbrot vorbereiten und bat mich die Schüssel zu reinigen und Helmuts Kleidung in der Badewanne einzuweichen. Marie sollte die Kartoffeln schälen, was sie auch tat. Ich wunderte mich, das meine Mutter nicht fragte wie das geschehen konnte, ich hatte keine Gelegenheit mit ihr darüber zu sprechen, was mich sehr belastete, aber ich glaubte, das war ihr Schutzschild, sie musste die Situation erst einmal für sich verarbeiten. Ich setzte die Kartoffeln auf den Herd und kümmerte mich um das Gemüse, meine Mutter kochte die Eier und machte die Soße.

Es war 18:00 Uhr und mein Vater musste gleich nach Hause kommen, ich saß mit Marie am Küchentisch und lass ihr eine Geschichte vor, Marie hörte aufmerksam zu, wohl auch um sich abzulenken.

Die Tür ging auf und mein Vater kam nach Hause, meine Mutter erzählte ihm sofort was vorgefallen war, er ging mit schnellen Schritten und seinem Arztkoffer ins Schlafzimmer, dort zog er einige Spritzen auf und gab sie Helmut, sie sollten ihm gegen die Schmerzen, gegen Entzündungen und im Heilungsprozess helfen, er sah sich die Wunden und Verbände an und sagte nur, dass meine Mutter sie tadellos versorgt hat, meine Mutter war sehr stolz über das Lob, gelernt ist eben gelernt, sagte mein Vater.

Die beiden lernten sich in einem Krankenhaus in Palästina kennen und lieben, mein Vater war Assistenzarzt und meine Mutter Oberschwester.

Marie und ich deckten in der Zwischenzeit den Tisch zum Abendessen, als Helmut wieder eingeschlafen war, kamen meine Eltern zum Abendbrot ins Wohnzimmer, mein Vater war sehr blass geworden und fragte mich wie das passiert ist, ich konnte endlich alles erzählen und mir rannen die Tränen über die Wangen, meine Mutter streichelte meinen Kopf und Marie hielt meine Hand.

Mein Vater hörte interessiert zu und sein Blick wurde immer finsterer und auch gleichzeitig traurig, meine Mutter war hilflos und erschreckend unsicher, sie sah meinen Vater an und wartete auf eine Reaktion eine Meinung oder irgendeine emotionale Reaktion, aber es kam nichts.

Nach einer Zeit des Schweigens stand mein Vater auf, setzte sich in seinen Sessel und rauchte seine Pfeife, dieses Mal war es jedoch nicht zur Entspannung, sondern zum Nachdenken gedacht, seine Stirn war in viele Falten gelegt und der Mund total verkniffen. Wir standen vom Tisch auf und räumten das Geschirr in die Küche, meine Mutter half uns, setzte sich jedoch anschließend wieder zu meinem Vater.

Die Tür war geschlossen worden, sodass wir nicht ein einziges Wort hören konnten, meine Schwester und ich räumten die Küche auf und gingen dann in unser Zimmer, ich schaute vorher noch ganz vorsichtig in das Schlafzimmer, wo Helmut lag, er schlief ganz fest, ich zog die Decke noch einmal glatt und verließ dann leise das Zimmer.

Marie wollte, dass ich ihr noch eine Geschichte vorlese, sie krabbelte zu mir ins Bett und ich nahm unser Märchenbuch und las ein altes Märchen aus Palästina vor, auf diese Weise konnten wir uns ablenken, nach einiger Zeit wurden wir so müde, dass wir beide in einem Bett einschliefen, vielleicht gab die Enge uns auch eine gewisse Sicherheit.

Am nächsten Morgen saßen wir in der Küche beim Frühstück, mein Vater war wie immer schon auf dem Weg zur Arbeit, meine Mutter sagte mir, dass ich auf dem Weg zur Schule vorsichtig sein sollte, wenn mir Männer in Uniform begegnen sollte ich in den nächsten Hauseingang gehen und warten bis sie vorbei sind, in der Schule sollte ich mich ruhig verhalten und mich nicht provozieren lassen, das war alles leichter gesagt als getan, ich fühlte mich unwohl und hatte Angst.

Ich zog mich betont langsam an und wollte eigentlich die Wohnung nicht verlassen, meine Mutter blieb jedoch hart und verfolgte mich am Fenster die ganze Straße entlang, bis zur Kreuzung, wo ich nach rechts abbog.

Der gestrige Vorfall hatte sich wie ein Lauffeuer in der Nachbarschaft herumgesprochen, als ich an dem Geschäft von Frau Gerber vorbeikam, winkte sie schon von weitem und kam aus ihrem Geschäft auf mich zu gerannt, ich war so froh sie zu sehen, weil meine Angst schon sehr groß war, Frau Gerber drückte mich an sich und fragte sofort nach Helmut, ich erzählte ihr alles und sie hörte aufmerksam zu ohne etwas zu erwidern, sie wirkte sehr nachdenklich, dann gab sie mir eine Zuckerstange und schickte mich zur Schule.

Die Straßen waren heute sehr leer ja geradezu erschreckend leer, als ich in der Schule ankam, ging ich sofort in meine Klasse und setzte mich in die letzte Reihe. Unser Lehrer Herr Reinhard betrat heute die Klasse in Uniform, was uns alle sehr erschreckte, breitbeinig stand er vor der Klasse und verkündete die neuen Rassengesetze, die von der neuen Regierung beschlossen wurden.

Ich musste mit vier anderen jüdischen Kindern vor die Klasse treten, alle anderen Kinder dürften sitzen bleiben, seine Stimme wurde erschreckend laut, als er verkündete, dass alle Juden des Landes eine gelben Stern an ihrer Kleidung zu tragen haben, kein Jude dürfte mit den öffentlichen Verkehrsmitteln fahren, es war Juden verboten sich auf öffentliche Bänke zu setzen auch Museen, Theater und andere kulturelle Orte waren für Juden verboten. Wir standen wie begossene Pudel vor der Klasse und wurden von den anderen Schülern lautstark ausgelacht, Herr Reinhard schrie uns an, wir sollten unsere Sachen nehmen und nach Hause gehen und erst wieder kommen, wenn es uns erlaubt ist und wir die nötigen Vorkehrungen getroffen haben. Wir packten in aller Eile die Sachen zusammen und verließen die Klasse, auf dem Schulgelände trafen wir noch zwei Lehrerinnen, die in unserer Klasse unterrichteten, sie sahen uns sehr traurig an und sagten nur, dass sie uns für die Zukunft viel

Glück wünschten, sie konnten leider an den Entscheidungen nichts ändern, sie gaben uns die Hand und wir beeilten uns aus der Schule zu kommen.

Meine Mitschülerinnen weinten leise vor sich hin, ich versuchte sie aufzubauen und sagte nur, dass der Spuk sicher bald vorbei wäre und wir uns bald wieder sehen würden, mit anderen Worten, wir hatten keine Ahnung wie es weiter gehen sollte.

Auf dem Weg nach Hause lagen überall Flugblätter auf der Straße, ich wollte eins aufheben, da rief eine Frau aus dem Fenster, dass ich es lieber lassen soll, sonst gibt es wieder Ärger mit der Polizei oder SA.

Ich drehte mich zu der Frau am Fenster um, ließ das Flugblatt fallen und ging weiter nach Hause. Ich kam in dem Geschäft vor Frau Gerber an und betrat es, wie versprochen, es war, im Gegensatz zu sonst, eine sehr frostige Atmosphäre, der Mann von Frau Gerber, ein aktiver hochdotierter SA-Soldat, stand neben Frau Gerber und sah mich feindlich an, Frau Gerber reagierte sofort und gab mir eine Tüte mit Brot und Gemüse, sie sagte nur, dass es die bestellte Ware für meine Mutter ist.

Ich nahm die Tüte und verließ das Geschäft. Auf dem weiteren Weg dachte ich über die veränderte Situation bei Frau Gerber nach, sonst lagen stapelweise Zeitungen auf dem Ladentisch, heute waren keine mehr zu sehen, auch der Mann war sonst nicht im Laden. Die ganze Situation sagte mir, dass sich das Leben für uns alle verändern wird, mir wurde kalt und ich hatte wieder dieses Angstgefühl im Magen.

Zu Hause angekommen saßen meine Mutter und mein Vater in der Küche, meine Mutter hatte verweinte Augen und mein Vater ein sehr blasses Gesicht und leere Augen, ich küsste beide auf die Wange und traute mich nicht zu fragen warum mein Vater schon zu Hause ist, was absolut ungewöhnlich war, ich sagte nur, das ich vorerst nicht mehr in die Schule darf, weil meine Kleidung keinen gelben Stern trug. Meine Mutter nickte nur flüchtig und drehte sich dann wieder zum Herd um, wo sie das Mittagessen vorbereitet, ich gab ihr die Tüte von Frau Gerber und ging in das Schlafzimmer zu Helmut.

Helmut hatte die Augen auf und ich freute mich darauf mit ihm reden zu können, er war noch sehr schwach, hatte aber nur mäßige Schmerzen, die Spritzen von meinem Vater und der Schlaf haben ihm gut getan. Ich erzählte ihm in kurzen Sätzen was sich in der Schule zugetragen hat, Helmut schüttelte nur seinen Kopf und fragte mich auf welcher Grundlage die Lehrer so radikal reagieren würden, ich erzählte ihm von den Zeitungen und Flugblättern, leider hatte ich weder die Zeitung noch die Flugblätter gelesen. Helmut bat mich das Radio anzumachen, als ich den Sender suchte, wo es Nachrichten gab, kam mein Vater ins Zimmer und schaute ganz ernst zu uns beiden, er setzte sich auf die Bettkante und hielt die Hand von Helmut, mein Bruder war etwas irritiert, denn so etwas tat mein Vater sonst nicht, wir hörten zu dritt die Nachrichten, dort wurde auf die Zerstörung der Lebensmittelgeschäfte und Synagogen eingegangen, diese Aktionen wurden damit gerechtfertigt, das das jüdische Volk für den Tod des Diplomaten Roth in Paris verantwortlich gemacht wurde.

Das war natürlich eine einzige Lüge. Mein Vater schüttelte nur den Kopf und hörte weiter zu. Sämtliches Vermögen der jüdischen Bevölkerung wurde beschlagnahmt, um die Schäden, die aus den Krawallen entstanden sind zu beseitigen bzw. zu ersetzen.

Weiterhin war es Juden verboten öffentliche Ämter zu bekleiden, wie z. B. Richter, Lehrer, Beamte usw., jüdischen Ärzten war es verboten zu praktizieren sie verloren ihre Krankenkassenzulassung, Ehen zwischen Juden und Deutschen sind verboten, die Wohnung durfte nach 22:00 Uhr nicht mehr verlassen werden, die jüdische Bevölkerung sollte separiert werden, und zwar zeitlich wie räumlich, die jüdischen Frauen haben in ihrem Ausweis den Namen Sara zu tragen und die Männer Israel. Die Lebensmittelrationen wurden gekürzt und die jüdische Bevölkerung dürfte nur noch in ganz bestimmten Geschäften einkaufen und nur noch zwei Stunden vormittags und zwei Stunden am späten Nachmittag. Zuwiderhandlungen wurden mit der sofortigen Verhaftung geahndet.

Mein Vater wurde ganz bleich und eingefallen, Helmut war ganz ruhig und ballte die Fäuste, ich war leer und traurig. Nach der Übertragung im Radio ging mein Vater wieder in die Küche, ich fragte Helmut was nun aus uns werden wird, er war rot vor Wut und sagte nur das wir uns wehren müssen und für unsere Rechte kämpfen müssten, ich verstand gar nichts mehr, wusste aber instinktiv, dass Helmut nur zum Teil recht hatte, denn die jüdische Bevölkerung war in der Minderheit und die antisemitischen Angriffe gab es schon sehr lange aber nie so brutal und vom Reichskanzler unterstützt.

Mein Appetit zum Mittag war sehr gering, auch meine Eltern hielten sich zurück, Marie registrierte die angespannte Reaktion, traute sich aber nicht zu fragen, nach dem Essen zog sich mein Vater noch einmal an und ging aus dem Haus, ich fragte, ob ich ihn begleiten soll, aber er lehnte freundlich ab.

Die Stunden vergingen in rasender Geschwindigkeit, ich habe noch ein wenig in den Schulbüchern gelesen, war aber völlig unkonzentriert, Marie habe ich von den neuen Vorschriften nichts erzählt, ich wollte sie nicht beunruhigen.

Zum Abendessen trafen wir uns wieder alle im Wohnzimmer, auch Helmut setzte sich im Bademantel zu uns an den Tisch, meine Mutter hatte nur ein kaltes Abendessen mit Salat für uns zusammengestellt.

Wir haben die Stulle und den Salat gegessen, allerdings ohne Appetit und nur um meine Mutter nicht zu verärgern.

Als wir fertig waren, sagte mein Vater, dass er mit uns reden müsste, er hat die gesamten Ersparnisse von der Bank geholt, um der Enteignung bzw. der Beschlagnahmung zu entgehen, Helmut nickte sofort und sagte, das hätte ich auch getan.

Mein Vater war sehr traurig, er gab sich die Schuld, dass wir in dieser Situation sind, ich habe euch in dieses Land gebracht und dachte es könnte unsere Heimat werden, wir fühlten uns doch alle sehr wohl hier in dieser Stadt bzw. in diesem Land. Ich habe alle Warnungen von Freunden, Kollegen und Bekannten ignoriert und mich nie an irgend welchen Schwarzmalereien beteiligt, man erzählte sich schon sehr lange, dass die NSDAP, wenn sie erst einmal an der Macht sind, sehr radikal gegen die Juden vorgehen würden, man sprach von Konzentrationslagern, von Deportationen und von der Flucht ins Ausland. Ich hätte viel früher reagieren müssen, dann wären wir zum Beispiel in der Schweiz in Sicherheit, aber ich wollte das alles nicht wahr haben, weil ich mich hier in diesem Land zu Hause fühlte und dieses Gefühl wollte ich an euch weiter geben, es tut mir unendlich leid, dass ich euch in diese Situation gebracht habe, ihm standen die Tränen in den Augen, meine Mutter nahm seine Hand und sagte nur, dass wir gerne hier gelebt haben und das wichtigste war das wir als Familie zusammen gehalten haben und auch in Zukunft füreinander da sind.

Wir Kinder sahen uns an und fragten uns was nun auf uns zu käme, diese Unsicherheit verbreitet Angst und Traurigkeit.

Mein Vater stand vom Tisch auf und sagte, dass morgen einige gute Freunde sich hier in der Wohnung trafen um eine Strategie für die Zukunft zu besprechen, es ist zwar alles viel zu spät, aber wir müssen retten was zu retten ist und dafür brauche ich Hilfe. Eins wollte ich euch noch sagen, dabei sah er Helmut sehr streng an, es sind nicht alle Deutschen Verbrecher und Nazis, ich habe sehr viele wertvolle, hilfsbereite und freundliche Deutschen kennengelernt, Helmut senkte den Kopf, auch wenn es dir im Augenblick schwerfällt, das zu glauben, bitte ich euch alle nicht ungerecht zu sein und zu urteilen, denn dann seid ihr nicht anders als die Nazis. Wir sahen ihn an, nickten und hatten so wieder ein wenig Zuversicht, auch meiner Mutter taten diese Worte gut, Sie sah meinen Vater an und sagte nur ich liebe dich.

Wir standen vom Tisch auf, räumten das Geschirr ab und blieben in der Küche, Helmut legte sich wieder hin und es war für uns sehr schön mitanzusehen wie nahe sich unsere Eltern nach 17 Jahren immer noch waren.

Ich spürte, dass harte Zeiten auf uns zukommen werden und auch die Ungewissheit machte mir Angst, von mir aus konnte immer alles so bleiben wie bisher, aber ich musste erkennen, dass nichts für die Ewigkeit ist und man stets jeden Augenblick genießen sollte, ich erkannte für mich, dass sämtliche Streitereien zwischen uns Geschwistern völlig überflüssig waren, jedoch konnte nichts und niemand unsere Familie auseinanderbrechen, wir würden immer wieder zueinanderfinden, auch wenn wir noch so weit voneinander entfernt waren.

Ich las der kleinen Marie noch eine Geschichte aus ihrem Lieblingsbuch, die Heiden von Kummerow, vor, das versetzte sie in eine andere Zeit und sie konnte ihrer Fantasie freien Lauf lassen und musste nicht über die schrecklichen Dinge der Gegenwart nachgrübeln, ich hatte ohnehin den Eindruck, dass meine kleine Schwester, die momentane Situation überhaupt nicht verstand bzw. nicht realisieren konnte, was sich in der Zukunft alles ändern würde, sie tat das, was unsere Mutter ihr sagte, sie hinterfragte nichts und zog sich ein wenig in sich zurück, vielleicht verschaffte sie sich dadurch ein Schutzschild um nicht zu zerbrechen, sie konnte auch nicht weinen, wie ich.

Meine Eltern saßen noch lange im Wohnzimmer zusammen, mein Vater rauchte und meine Mutter sah ihm dabei zu und sie unterhielten sich ganz leise, sodass keiner etwas hören konnte.

Der nächste Tag brach an, wir saßen am Frühstückstisch und schwiegen, meine Mutter stürzte sich in die Arbeit und wollte mit mir zusammen einen Kuchen backen, wenn heute Nachmittag die Gäste kamen, wollte sie etwas anbieten, mein Vater ging ins Wohnzimmer an den

Schreibtisch und sortierte unsere Unterlagen, welche konnte ich nicht erkennen, er nahm die Reisepässe aus dem Schreibtisch und legte sie auf den Tisch, er war sehr konzentriert und schrieb sich Stichpunkte auf, wahrscheinlich um mit den Freunden darüber zu reden, meine Mutter bat mich, mit Marie in das Kinderzimmer zu gehen, damit sie nicht die Gespräche verfolgen konnte, Helmut bat meinen Vater an der Unterredung mit teilzunehmen, mein Vater überlegte eine ganze Weile bis er der Bitte nachkam. Er hielt Helmut für sehr überlegt und mutig, es schien ihm, als wenn sein ältester über Nacht erwachsen geworden wäre.

Helmut setzte sich noch zu meiner Mutter in die Küche und trank eine Brühe, die tat ihm sehr gut, feste Nahrung fiel ihm noch schwer zu essen, da die Wunden im und am Mund sehr tief waren, er salbte die Lippen ständig, damit sie beim Sprechen nicht wieder aufrissen.

Der Kuchenduft zog durch die ganze Wohnung und wenn ich heute so darüber nachdachte, sollte es der letzte gemeinsame Kuchen in dieser Wohnung für die nächsten Jahre sein.

Die Nazis und der neue Reichskanzler wollten mit den neuen Vorschriften gegen die Juden nur das fortsetzen, was in der Vergangenheit schon immer unter der radikalen, antisemitischen Bevölkerung Thema Nummer 1 war, nämlich den Judenhass zu instrumentalisieren und unter dem Begriff Feind nur ein Wort zu verstehen war und das hieß Judentum. Die Anpassungsbereitschaft der Bevölkerung hat in den letzten Jahren dramatisch zugenommen, befeuert durch Arbeitslosigkeit, Inflation und bitterer Armut in der Arbeiterklasse, für all das wurde der Jude verantwortlich gemacht. Der Jude stellte für die breite unwissende Bevölkerung einen reichen Geschäftsmann dar, der sich auf Kosten der Christen bereichert.

Die Einschränkungen hatten weiterhin das Ziel, dass die Juden das Land verlassen sollten, schon in der Vergangenheit haben sich die Ausreiseanträge verdreifacht, mit der Vertreibung der jüdischen Bevölkerung wollte man erreichen, dass die Arbeit wieder ausschließlich in deutschen Händen liegt und man so der Arbeitslosigkeit entgegentritt.

Jeder Bürger der seine Sinne beieinander hatte, wusste, dass diese Politik nur zum Scheitern verurteilt sein kann, aber wie in der Geschichte schon so oft vollzogen, sind es nicht die klugen Köpfe auf die die Menschen hören, sondern die, die am lautesten schreien.

Der neue Reichskanzler Adolf Hitler war ein ausgesprochen guter Rhetoriker, dem es gelang die Arbeiterklasse für sich zu gewinnen, er versprach Ihnen Arbeit, einen guten Lohn und Vergünstigungen in allen Bereichen des Lebens, wie zum Beispiel mehr und kostenlose sportliche Aktivitäten und auch Kultur und Freizeitangebote für alle, auch die gering Verdiener. Diese Parolen kamen bei der Bevölkerung sehr gut an und alle hörten seinen Reden zu und erhoben den Arm zum Gruß.

Die ersten Freunde meiner Eltern trafen bei uns in der Wohnung ein, da waren Familie Kretschmer, unsere direkten Nachbarn im Nebenhaus, Ärzte aus der Charité und einige Freunde aus der jüdischen Gemeinde. Sie saßen an unserem Wohnzimmertisch und unterhielten sich leise untereinander, meine Mutter hatte den Tisch gedeckt und schenkte jedem Kaffee ein, den Kuchen nahmen sich alle selber. Mein Vater sah eingefallen und grau aus, er ist in den letzten Tagen um Jahre gealtert. Er bedankte sich bei allen für ihr kommen und entschuldigte sich sofort dafür in der Vergangenheit so naiv gewesen zu sein. Jeder nickte ihm zu und versprachen zu helfen wo sie nur konnten. Frau Kretschmer fing das Gespräch an, sie sagte es ist allerhöchste Zeit das Land zu verlassen bzw. eine andere Identität anzunehmen, sie erklärte sich bereit, Luise sofort bei sich aufzunehmen, die Familie würde sie als ihre Nichte vorstellen, es müssten dafür einige Veränderungen vorgenommen werden, wie zum Beispiel das Färben der Haare usw. und der Wechsel der Schule, meine Mutter nickte und drückte ihre Dankbarkeit aus, auf diese Weise könnte Luise in der Stadt bleiben und weiter zur Schule gehen wie bisher. Alle Anwesenden waren über das großzügige und auch gefährliche Angebot gerührt und erklärten sich sofort bereit mit Hilfe und Beistand zur Entlastung der Familie Kretschmer beizutragen, meinem Vater standen die Tränen in den Augen. Frau Kretschmer sagte weiter, dass diese Aktion des Umzuges sehr schnell geschehen müsse und schlug vor am nächsten Tag die Vorbereitungen zu treffen und in der darauffolgenden Nacht den Umzug zu vollziehen, meine Mutter sagte nur, dass sie alles vorbereiten würde und auch mit Luise sprechen wollte, denn von der Kleinen hing das Gelingen der Aktion ab. Helmut ergriff das Wort und wollte ebenfalls mit seiner Schwester reden.

Ein Doktor aus der Charité, ein früherer Arbeitskollege meines Vaters sagte, dass er jemanden in der Behörde für Ausreisende kannte, er würde sofort die Kontakte herstellen, das war natürlich sehr hilfreich für unsere Familie.

Mein Vater wollte gleich am nächsten Tag zur Ausreisebehörde gehen und versuchen Pässe und ein Visum für meine Mutter, Marie und Helmut zu kaufen, damit alle zusammen in die Schweiz ausreisen konnten. Die Schweiz erschien allen in der augenblicklichen Situation das sicherste Land.

Mein Vater wollte später nachkommen, er hatte alles Geld, was auf dem Konto war, abgehoben, um die Papiere zu finanzieren. Meine Mutter schaute ein wenig erschreckt, weil Sie ohne meinen Vater sehr unsicher war, Helmut sah die Ängste in den Augen meiner Mutter und beruhigte sie, ich bin ja dabei und werde gut auf euch aufpassen. Mein Vater tätschelte die Hand meiner Mutter und sagte nur, dass der ganze Spuk nicht lange andauern kann und dann sind wir wieder vereint. Ein großer Irrtum wie sich später herausstellen sollte.

Unsere Reise sollte also übermorgen beginnen, bis dahin ist noch sehr viel zu tun.

Die anderen Freunde aus der Charité und der Gemeinde wollten sich um meinen Vater kümmern und ihn verstecken bis auch er ausreisen konnte.

Alles war beschlossene Sache und jeder hatte seine Aufgaben, die Zeit drängte, auch die Vorbereitungen, wie Koffer packen, Haare färben, der Umzug mussten so unauffällig wie möglich geschehen.

Jeder verabschiedete sich ganz herzlich voneinander, man wusste ja nicht wann man sich wieder sehen würde, unser Besuch verließ nacheinander unauffällig die Wohnung.

Frau Kretschmer half meiner Mutter noch den Tisch abzuräumen und setzte sich dann mit ihr in die Küche um mit Luise zu sprechen.

Ich höre noch heute die Worte meiner Mutter und das unterdrückte Schluchzen, beide erzählten mir ihren Plan, das wichtigste allerdings war mein eigenes Verhalten, ich dürfte nichts mehr erzählen und mich mit niemanden austauschen, das machte mir große Angst, weil ich ansonsten sehr aufgeschlossen allem gegenüber war, eine Hilfe könnte sein, dass ich in eine andere Schule ging und sich damit auch meine Freunde änderten. Ich hatte große Angst vor der neuen Situation, konnte aber auch die nicht nach außen tragen, weil ich meine Eltern nicht enttäuschen wollte, Helmut kam hinzu und setzte sich zu uns, er sprach mir Mut zu und sagte nur, dass es nicht lange dauern würde bis wir uns wiedersehen. Dieser neue Reichskanzler wird sich nicht lange halten und dann haben wir unser Leben wieder, ich glaubte ihm und alles war nicht mehr so schlimm.

Die Tage vergingen wie im Fluge, in der kommenden Nacht wurde der Umzug von Luise in Frau Kretschmer Wohnung vollzogen.

Frau Kretschmer wollte alles ganz legal und sicher machen, sie ging mit mir zu unserer Portiersfrau, die führte das Hausbuch, Frau Kretschmer stellte mich als ihre Nichte aus Leipzig vor, sie sagte, ihre Schwester sei schwer erkrankt und konnte sich nicht um die kleine Luise kümmern, so hat sie sich bereit erklärt zukünftig für die Kleine zu sorgen. Die neugierige Nachbarin und zugleich Portiersfrau sah mich skeptisch an, sie trug den Namen von mir ins Hausbuch ein und Frau Kretschmer musste unterschreiben.

Als nächstes gingen wir zum Einwohnermeldeamt und mussten dort ein Formular ausfüllen und die Registrierung bezahlen.

Mit diesen ganzen Aktionen waren wir auf der sicheren Seite und keiner würde es wagen die Identität anzuzweifeln, Frau Kretschmer meldete mich in der Schule am Pariser Platz an, dort musste ich zwar mit der Straßenbahn hinfahren, aber es bestand nicht die Gefahr, dass jemand mich durch Zufall erkannte. Ich war mit allem einverstanden und stand der neuen Situation völlig hilflos gegenüber.

Frau Kretschmer wollte mir die neuen Umstände so angenehm wie nur möglich machen, sie bezog mich in die täglichen Arbeiten im Haushalt und beim Kochen immer mit ein, sie richtete mit mir zusammen das kleine Zimmer ein und unterhielt sich sehr angeregt mit mir, außer über meine Eltern und Geschwister wurde nicht gesprochen.

Wenn Herr Kretschmer von der Arbeit kam, saßen wir zusammen am Küchentisch zu aßen Abendbrot, dabei erzählte Herr Kretschmer was sich so auf der Arbeit und auf dem Weg nach Hause zugetragen hatte.

Herr Kretschmer arbeitete in einer Druckerei in der Wilhelmstraße, dort bereitete man die Zeitungsartikel für den nächsten Tag vor, es war für ihn eine sehr interessante Arbeit und machte ihm viel Spaß.

Nach dem Abendessen blieben wir sitzen und spielten Gesellschaftsspiele, er brachte mir Schach bei und ich freute mich über die Abwechslung. Es war ein angenehmes Familienleben, das Ehepaar versuchte mir das Leben so normal wie nur möglich zu gestalten. Ich zog mich allerdings auch gerne in mein Zimmer zurück, um an meine Familie zu denken und fragte mich sehr oft wie es ihnen wohl geht und was sie machen würden, ich schaute aus dem Fenster und merkte wie traurig ich eigentlich war, ich wohnte nur im Nebenhaus und war doch unendlich weit entfernt von meiner Familie.

Mein Leben verlief also in geordneten Bahnen, ich war deutsch und hatte von niemanden etwas zu befürchten.

Auch in der neuen Schule hatte ich keine Probleme Freunde zu finden, ich war allerdings sehr verschlossen und sprach nicht viel, meine schulischen Leistungen waren überdurchschnittlich gut, sodass ich in der Lage war, schwächeren Schülern zu helfen. Die Lehrer waren auch sehr nett zu mir, allerdings musste ich täglich mit dem Hitlergruß den Schultag beginnen, auch im Musikunterricht wurden ausschließlich deutsche Volkslieder gesungen.

Der Schulweg war lang, aber das störte mich überhaupt nicht, ich war froh andere Menschen zu sehen, heimlich ging ich so manches Mal an unserer alten Wohnung vorbei und schaute von der gegenüberliegenden Straßenseite in die Fenster meiner ehemaligen Wohnung, sie war längst geräumt worden und es ist ein hoher Parteigenosse der NSDAP mit seiner Familie eingezogen.

Frau Kretschmer sagte sie seien sehr eingebildete Leute und die beiden Jungen sind in der Hitlerjugend was auch für sich spricht.

Meine Mutter hatte für sich, der kleinen Marie und für Helmut kleine Koffer mit den nötigsten Dingen gepackt, es musste etwas für kühle und für warme Tage dabei sein, auch die Puppe für Marie durfte nicht fehlen, warme Strümpfe und ein Schal für alle, sowie Schuhe zum Wechseln und ein Bild der ganzen Familie gehörte in den Koffer. Die Thermosflasche mit Kaffee und eine mit Tee sowie reichlich Butterbrote und einige Stücken Käse und Wurst wurden gut verpackt in den Rucksack verstaut. Helmut sah meiner Mutter interessiert zu und sagte gleich, dass er den Rucksack tragen würde.

Es war um 3:00 Uhr in der Nacht, als wir uns leise die Schuhe und die Mäntel anzogen, nachdem wir noch eine Kleinigkeit gegessen und getrunken haben, verließen wir leise das Haus und gingen in Richtung Alexanderplatz, es war zu gefährlich die Straßenbahn zu benutzen, zumal sie erst um 6:00 Uhr, nach der Sperrstunde wieder einsetzte. Unser Zug fuhr um 6:00 Uhr vom Bahnhof Friedrichstraße ab, wir mussten also gute sechs Kilometer laufen und so, dass uns niemand sah. Helmut ging voran und war sehr vorsichtig, wir gingen überwiegend in den kleinen Querstraßen entlang, dort konnte man sich zur Not in einem Hauseingang verstecken und die Gefahr das dort eine Streife entlang ging bzw. fuhr war gering. Marie war sehr still, sie wich meiner Mutter nicht von der Seite, zwischendurch nahm meine Mutter den Koffer von Helmut und er trug Marie ein Stückchen auf dem Arm.

In der Friedrichstraße wurden wir Zeugen, wie die Gestapo in ein Haus eindrang und einige Familien auf einem Lastwagen warfen, es waren auch ältere Leute und ein kleines Mädchen, nicht älter als 4 Jahre dabei, unter furchtbaren Schreien jagte man die Menschen in Nachthemden und Unterwäsche auf den Lkw, es war ein Bild des Grauens, wir beobachteten alles aus einem dunklen Hauseingang, als der Lkw und die schwarze Limousine verschwunden waren, warteten wir noch einen Moment und setzten dann unseren Marsch mit zitternden Knien weiter fort.

Es trennten uns nur noch zwei Kilometer von dem Bahnhof, je näher wir kamen, umso belebter wurde es auf der Straße, es waren viele Familien unterwegs, die auch den gleichen Plan hatten wie wir, Kinder, Frauen und Männer waren mit Rucksäcken und Koffern beladen, man sah ihnen an, dass auch sie eine Fahrt ins Ungewisse antreten würden.

Am Eingang des Bahnhofs standen einige Polizisten, die kümmerten sich jedoch nicht um die ankommenden Menschen, sie standen in Gruppen neben dem Eingang, rauchten und machten ihre Witze, jedenfalls amüsierten sie sich untereinander.

Meine Mutter sah Helmut sehr angsterfüllt an, er hielt ihre Hand und zwinkerte ihr zu, ohne auch nur ein einziges Wort zu sagen. Wir suchten uns einen Platz an einem Pfeiler unweit der Gleise, meine Mutter nahm Helmut den Rucksack von den Schultern, wir setzen uns auf die Koffer und tranken einen Schluck Kaffee bzw. Tee und aßen ein Butterbrot. Meine Mutter sah sich nach bekannten Gesichtern um, unser Zug sollte in einer Stunde abfahren, wir waren auch auf der richtigen Seite des Bahnsteigs.

Der gesamte Bahnhof war über und über mit Menschen gefüllt, man hatte den Eindruck, alle Berliner Bürger würden das Land verlassen. Über die Lautsprecher wurden die einfahrenden Züge angekündigt und auch die Abfahrt wurde durch Pfiffe des Schaffners und einer Durchsage durch den Lautsprecher angekündigt.

Wir standen auf dem Gleis für die Ausreise in die Schweiz, andere Familien reisten auf anderen Bahnsteigen nach Holland, Belgien und Frankreich. Es war eine bedrückende Atmosphäre. Neben den Familien befanden sich auch Einzelpersonen mit dem nötigen Gepäck auf dem Bahnsteig, überwiegend jüngere Männer, sie machten einen gelassenen Eindruck und schauten sich nach Gesprächspartnern um, denn die Reise in die Schweiz würde lange dauern und da wäre Gesellschaft schon sehr angenehm.

Es war 5:30 Uhr, eine Lautsprecherdurchsage kündigte unseren Zug an. Weiterhin wurde durchgesagt, dass alle Passagiere ihre Ausreisedokumente für die Prüfung bereit halten sollten.

Alle vier Ausgänge wurden jetzt mit Polizisten besetzt und hinter Ihnen standen SA-Männer mit ihren Hunden, da wir eine gute Sicht hatten, konnten wir erkennen, dass mehrere Lkw vor dem Bahnhof vorfuhren.

Nach der Durchsage wurde es zusehens unruhig auf dem Bahnsteig, man konnte sofort sehen wer mit echten Papieren reiste und wer andere Wege genommen hatte.

Meine Mutter wurde sofort unruhig und sah Helmut hilfesuchend an, er drückte ihre Hand und versuchte Ruhe zu bewahren.

Auch andere Familien hatten Angst, sie versuchten den Bahnhof zu verlassen, wurden jedoch von der Polizei sofort kontrolliert, die gab die falschen Papiere an die SA Soldaten weiter, dort wurden die Familien in Empfang genommen, was weiter mit ihnen geschah war nicht mehr einzusehen.

Der Fluchtweg durch die Eingangstür war also geschlossen und man konnte auch auf dem Bahnhof auf die Verhaftung warten.

Helmut sprach mit meiner Mutter, dass er sich nach einem Fluchtweg umsehen will, ihr war nicht wohl bei dem Gedanken alleine mit Marie an dem Pfeiler stehen zu bleiben. Helmut bahnte sich einen Weg durch die aufgewühlte Menge, keiner wusste was geschehen würde, er rannte von einem Ausgang zum nächsten und überquerte auch die einzelnen Bahnsteige, in der Hoffnung ein Schlupfloch zu finden, aber vergebens, an jeder offenen Stelle stand Polizei und dahinter die SA Männer.

Es gab nur einen Weg, da wir uns auf dem hintersten Bahnsteig befanden, wenn der Zug einfuhr, musste man sich auf der hinteren Seite des Zuges verstecken, das heißt, man musste in das Gleisbett springen und sich zwischen Zug und der Glaswand der Bahnhofshalle verstecken, wenn der Zug dann abfuhr musste man mit ihm zusammen den Bahnhof verlassen, sich die Böschung hinunter rollen und verstecken, das war der einzige Weg, der blieb. Dieser Weg war natürlich sehr gefährlich und war für Marie und meine Mutter unmöglich, ich hatte also einen Weg gefunden, behielt ihn aber für mich um keine Hoffnung zu verbreiten.

Der Zug fuhr ein und an jeder Tür standen Polizei, Zollbeamte und SA mit Hunden, wie an den Ausgängen. Die Menschen drängelten sich und man sah die Angst in den Augen der Menschen, bei denen die Papiere nicht in Ordnung waren, alle anderen zeigten mutig ihre Pässe und Ausreisedokumente anschließend wurden sie in den Zug begleitet.

Jeder hatte die Hoffnung nicht entdeckt zu werden, was natürlich ein Trugschluss war, die erste Familie, bei der die Dokumente nicht in Ordnung waren, wurde von den SA-Männern sofort abgeführt, jeder weinte ruhig vor sich hin und ließ sich wie Schlachtvieh abführen, Männer, Greise, Frauen und Kinder die Polizei machte vor niemanden Halt. Ich sah aus meinem Versteck wie die Menschen auf die Lkws verladen wurden, die Koffer und das größere Gepäck wurden auf einem Haufen gesammelt. Helmut versuchte sich den Weg zu meiner Mutter zu bahnen, das gelang ihm jedoch nicht mehr. Aus der Ferne sah er wie meine Mutter die kleine Marie an die Hand nahm, den Rucksack auf den Rücken und den Koffer in der anderen Hand. Meine Mutter hatte keine Möglichkeit zu warten, sie war in dem Pulk Menschen und wurde automatisch vorgeschoben. Ein Man mittleren Alters sah die Angst und die Tränen in den Augen meiner Mutter, er nahm ihr den Koffer ab und sagte, sie soll mutig sein und sich die Angst nicht ansehen lassen, er blieb an ihrer Seite und stütze sie beim Laufen, Marie sagte gar nichts mehr, sie trottete einfach nur mit. Ich beobachtete alles aus der Ferne und mir rannen die Tränen ohne Ende über die Wangen. Meine Mutter und Marie waren noch rund 10 Meter von der Eingangstür zum Zug in die Freiheit entfernt, 10 Meter, die darüber entscheiden sollten, ob man frei leben darf oder nicht.

Auf einmal konnte ich meine Mutter nicht mehr sehen, Sie verschwand in der großen Masse von Menschen. Nach einer gefühlten Ewigkeit sah ich die beiden wieder am Ausgang, wo die Lkws standen, auch der Mann war mit dabei, nun wusste ich es also, dass die Papiere entdeckt wurden und die beiden den Bahnhof verlassen wussten. Helmut war unendlich traurig und wütend zu gleich, die Tränen rannen und er überlegte einen Augenblick, ob er auch zu Ihnen gehen sollte, dann waren sie wenigstens wieder zusammen, aber er entschloss sich zu fliehen, auch mit der Maßgabe entdeckt und erschossen zu werden.

Helmut befand sich in dem schmalen Zwischenraum zwischen Außenwand des Bahnhofs und dem Personenzug, er lehnte mit dem Rücken an der Wand und ging so sehr vorsichtig bis zu der Lokomotive nach vorn, dort musste er wieder aufpassen, dass die Lokführer ihn nicht bemerkten, die Zeit des Wartens war schlimm für ihn, er fühlte sich wie ein Verräter, der seine Mutter und Schwester im Stich gelassen hatte, sein Herz wurde so unendlich schwer, dass er das Gefühl hatte es bleibt stehen.

Er stand am Ende der Lokomotive und wartete bis die Trillerpfeife des Schaffners ertönte, die Türen geschlossen wurden und die Lokomotive sich schwer in Bewegung setzte, Helmut musste mit dem letzten Waggon mit gehen, bis das Ende der Außenwand der Bahnhofshalle erreicht wurde und er sich die Böschung hinab fallen lassen konnte.

Die Böschung war steil und uneben, er schlug sich den Ellenbogen und die Knie auf, aber er lebte. Schnell sah er sich um ob er von jemanden bemerkt wurde und rannte dann von dem Bahnhof weg in Richtung Hackescher Markt, er lief und lief ohne sich umzusehen, wusste aber nicht genau wo er hingehen sollte, nach Hause konnte er nicht mehr, seine Mutter und Marie waren verhaftet worden und wo sich sein Vater aufhielt wusste er nicht, seine Schwester Luise durfte er auf keinen Fall in Gefahr bringen. Helmut setzte sich unten an das Spreeufer und dachte nach, er hatte keine Papiere, kein Geld, nichts zu essen und wusste nicht wohin, ihm fiel nicht anderes ein, als anzufangen zu beten, er schaute in den Himmel und bat um Hilfe, er war in Gedanken versunken und unendlich wütend über seine Hilflosigkeit und auch die Hilflosigkeit aller unterdrückten Menschen, wenn sie sich nur zusammenschließen würden um sich zu wehren, sie waren der Polizei und den anderen Schergen haushoch überlegen und könnten sich aus dieser aussichtslosen Situation befreien, aber keiner tat etwas, jeder ließ alles mit sich geschehen ohne sich zu wehren. Er ermahnte sich selbst, es hat einfach keinen Sinn darüber nachzudenken.

Er stand auf und ging mit knurrendem Magen in Richtung Große Hamburger Straße, dieser Weg war ihm sehr vertraut, er ist ihn regelmäßig gegangen, wenn er seinen Vater abholte.

In der Charité wollte er sich umsehen, ob er seinen Vater oder vertraute Arbeitskollegen und Freunde sah, die ihm sagen konnten, wo sich sein Vater aufhielt und vielleicht hätte man auch etwas zu Essen für ihn. In der Reinhardstraße gab es ein großes Rondell mit Bänken, Helmut setzte sich auf die Bank und suchte aus dem Papierkorb eine Zeitung zum Lesen, damit die Situation nicht so unsinnig aussah, früh um 6:00 Uhr auf einer öffentlichen Bank zu sitzen und Zeitung zu lesen war jedoch auch keine so gute Idee, er hielt es 10 Minuten aus und stand dann auf und versteckte sich hinter einem Baum, von dem aus er den Eingang der Charité gut beobachten konnte.

Nach einiger Zeit kam ein Freund seines Vaters auf das Gelände des Krankenhauses, Helmut passte einen guten Augenblick ab und lief dann kurz hinter ihm, bis er sich traute ihn leise anzusprechen, es dauerte eine kleine Weile bis Doktor Krumme die Rufe bemerkte, er sah sich um und erschrak als er Helmut erkannte.

Doktor Krumme legte Helmut die Hand auf die Schulter und drängte ihn in den nächsten Eingang, dort fragte er voller Entsetzen was er hier mache, er dachte die ganze Familie sei in die Schweiz ausgereist, so waren die Informationen von meinem Vater, mit kurzen Worten und unter Tränen erzählte ich was vorgefallen war, Doktor Krumme hörte aufmerksam zu, er schüttelte den Kopf, machte sofort seine Aktentasche auf und gab Helmut sein großes Paket mit Broten. Auf die Frage, ob er wusste, wo sich mein Vater aufhielt, antwortete er nur sehr vage, dein Vater ist ein kluger Mann, der niemanden belasten oder in Verlegenheit bringen würde deshalb hielt er sich mit Erzählungen sehr zurück, dass letzte was ich von Schwester Gisela gehört habe, ist, dass sie ihn in dem Hedwig Krankenhaus in der Großen Hamburger gesehen hat, er sprach dort mit anderen Ärzten, nähere Informationen hatte er auch nicht, Schwester Gisela ist eigentlich sehr zuverlässig, sie hat nur einen Fehler, sie spricht viel und mir jedem, was das bedeutet muss ich dir nicht sagen, Helmut nickte und senkte den Kopf.

Doktor Krumme nahm mich in den Arm und flüsterte mir zu, dass es gefährlich ist dort hinzugehen, die SA und Gestapo ist überall, wenn du dort hingehen solltest, du solltest versuchen in den Keller der Anatomie zu kommen, dort arbeitet Doktor Voigt, er ist auch Jude, darf aber auf Grund seiner hohen Kompetenz weiter arbeiten und man sagte sich auch, dort im Keller sieht ihn keinen, dieser Doktor Voigt könnte dir vielleicht weiter helfen oder dich zumindest dort unten für eine gewisse Zeit verstecken.

Doktor Krumme sah auf die Uhr und musste unverzüglich gehen, sonst würde noch jemand Verdacht schöpfen und sich wundern wo er bleibt, er drückte mich ein letztes Mal und wünschte mir viel Glück. Er verließ den Hauseingang in Richtung Psychiatrie und ich wartete noch ein Weilchen und genoss das Pausenbrot des Doktors.

Anschließend machte ich mich auf den Weg in die große Hamburger Straße, dort angekommen setzte ich mich auf den Brunnen des Innenhofes um mir ein Bild von dem Tagesgeschehen zu machen. Die Schwestern und Nonnen liefen über den Hof von einem Gebäudeteil zum nächsten, es wurden Kranken betten über den Hof geschoben auch Gerätewagen und Wäschekörbe wurden in die jeweiligen Abteilungen gebracht, dieses Treiben beobachtete ich eine ganze Weile, bis ein Mannschaftswagen der Polizei auf den Hof fuhr, ich senkte sofort den Kopf, stand auf und ging mit ruhigen Schritten in Richtung Ausgang, ich wollte so wenig Aufsehen erregen wie nur möglich, aus den Augenwinkeln sah ich, wie die Soldaten die Klappe der Pritsche herunterklappten, sie zogen zwei verletzte Polizisten von der Pritsche und brachten sie sehr vorsichtig in die Ambulanz.

Helmut ging langsamen Schrittes in Richtung Hackesche Höfe, wo die Bauern schon ihre Stände aufgebaut hatten, hier war es unauffälliger sich ohne Aufgabe aufzuhalten als auf dem Gelände des Krankenhauses. Meinen Plan die Anatomie aufzusuchen verschob ich auf den

Abend, am Tage war es zu gefährlich, zumal ich noch viele Wunden im Gesicht hatte, auch mein linkes Auge hatte alle Farben angenommen. Von dem Ufer der Spree beobachtete ich das Treiben auf dem Markt, die ersten Frauen und auch Kinder kamen um einzukaufen. Dem Bäcker fiel ein großes Tablett mit Brötchen herunter, ich sprang sofort dazu um beim Aufheben der Brötchen zu helfen, der Bäcker war sehr freundlich, bedankte sich und schenkte mir ein Brötchen, ich lehnte ab und sagte nur, dass ich ihm gern geholfen habe, ich fragte, ob er vielleicht noch mehr Hilfe brauchte, da ich noch ein wenig Zeit habe, der Bäcker sah mich an und sagte nur, dass er das Angebot gerne annimmt, sei bitte so gut und reinige die Backöfen, Wasser, Seife und Bürste standen hinter dem Eingang. Ich nahm den Eimer und die Bürste und ging in den hinteren Backraum um die Öfen zu reinigen, es dauerte eine ganze Weile bis ich meine Arbeit getan hatte, als ich das schmutzige Wasser ausschütten wollte, hörte ich die schroffen Stimmen von jungen Soldaten, sie waren ordinär und unfreundlich zu dem Bäcker, ich blieb sofort stehen und versteckte mich instinktiv hinter der Ladentür, der Bäcker hatte das sofort bemerkt und bediente die jungen Kerle schnell, damit sie den Laden verließen, als sie außer Sichtweite waren, gab er mir ein Zeichen, dass ich das Wasser entleeren konnte, ich glaube er hat sofort verstanden was ich vorhatte. Der Bäcker gab mir eine große Tüte mit Kuchenresten, ich wollte ablehnen, aber es duftete so verführerisch, dass ich nicht ablehnen konnte, ich bedankte mich vielmals für alles und ging aus dem Geschäft, der Bäcker wünschte mir noch viel Glück und sagte nur, dass ich gut auf mich aufpassen soll, ich dankte ihm für die Wünsche und lief Richtung Spree.

Es war schon später Nachmittag als ich an der Spree ankam, ich steckte mir einige Kuchenreste in den Mund und fing sofort wieder an zu weinen, weil ich an meine Mutter und Marie denken musste.

Von meinem Platz an der Spree konnte ich die Bahnhofsuhr am Hackeschen Hof erkennen, es war 18:00 Uhr, in zwei Stunden wollte ich noch einmal in das Hedwig Krankenhaus gehen, vielleicht schaffe ich es dieses Mal in den Keller zur Anatomie zu gelangen.

Ich setzte mich in ein nahes Gebüsch und gönnte mir noch einige Kuchenreste, ich war total erschöpft von den Ereignissen der letzten Stunden, ich lehnte meinen Kopf an die Böschung des Spreeufers und schlief sofort ein. Erst durch das anhaltende Signalhorn eines Schleppkahns wurde ich geweckt, ich war erschrocken wie spät es schon geworden war bzw. wie lange ich geschlafen habe, ich stellte mich auf, um die Bahnhofsuhr zu erkennen, es war 19:30 Uhr und schon recht dunkel, ich setzte mich wieder in mein grünes Versteck an dem Spreeufer und dachte über meinen Traum nach. Helmut träumte von seiner Mutter und Marie, er sah sie mit dem fremden Mann in einem großen Haus, dieser fremde Mann kümmerte sich um die beiden, sie waren sehr ängstlich, hatten aber Vertrauen zu ihm, vielleicht waren das auch nur Wunschträume, weil sich Helmut sehr große Sorgen um die beiden machte und mit niemandem darüber reden konnte.

Er trank ein paar Schlick Wasser und machte sich dann auf den Weg in das Hedwig Krankenhaus, er ging wieder nur in den kleinen Nebenstraßen zur großen Hamburger Straße, als er kurz vor dem Krankenhaus war, hörte er das laute Gegröle von jungen Soldaten in der Hitlerjugend, er sprang sofort in den nächsten Hausflur und suchte sich in dem ersten Hinterhof ein Versteck unter einer Treppe. Das Gegröle wurde lauter, die jungen Soldaten waren gefährlich, sie wollte sich um jeden Preis bemerkbar machen, Helmut hatte schon einmal mit ihnen Bekanntschaft gemacht und darauf konnte er jetzt wirklich verzichten, die Stimmen waren immer noch zu hören, sodass ich in meinem Versteck verharren musste.

Plötzlich hörte ich andere Stimmen, die leise sprachen, die Stimmen kamen aus den offenen Hinterhöfen, mir wurde ganz schlecht vor Angst, ich war also von beiden Seiten eingekreist dachte ich, die Stimmen aus dem Hinterhof kamen näher, ich konnte jedoch durch die Dunkelheit nichts erkennen.

In diesem Augenblick wurde in einer Wohnung in der unteren Etage das Licht angemacht und ich erkannte für den Bruchteil einer Sekunde zwei kräftige Männer, die einen anderen Mann beim Laufen stützen mussten, ich traute mich kaum zu atmen, auf der Straße waren die Nazis, laut und brutal und vor mir auf dem Hinterhof zwei weitere Männer. Die Stimmen der Nazis kamen näher und einer von ihnen stellte sich in die Ecke des Hauseingangs und pinkelte, er ging wieder auf die Straße und die beiden Männer aus dem Hinterhof suchten ein Versteck und leuchteten mit einer Taschenlampe allen in Frage kommenden Ecken aus, es dauerte natürlich nicht lange bis sie mich entdeckten, sie blieben wie erstarrt stehen und einer der beiden holte einen Revolver aus der Hosentasche, ich hob sofort die Hände in die Höhe und die beiden Männer kamen näher, die Männer waren jung und hatten Arbeitskleidung und Schiebermütze an, der Mann mit dem Revolver kam näher und flüsterte sehr energisch, dass ich heraus kommen sollte. Mir wurden die Knie weich und ich kroch aus meinem Versteck unter der Treppe, der andere der beiden stützte einen schwerverletzten Mann, das konnte ich durch den Lichtschein der Taschenlampe erkennen, er sagte zu seinem Freund, dass er den Revolver wegstecken solle, er kennt mich, was ich jedoch nicht bestätigen konnte, ich fühlte mich wie eine Maus in der Falle, auf der Straße standen die SA-Männer und hier drinnen waren die beiden Männer, von denen mich der eine kennen wollte, sie kamen näher und ich konnte ihre jungen Gesichter erkennen, der schwerverletzte Mann war inzwischen ohnmächtig geworden. Der eine Mann fragte mich was ich hier machen würde, ich sagte nur ganz leise, dass ich mich vor den SA-Männern verstecken würde, er kam näher und sagte zu dem anderen, dass von mir keine Gefahr ausgehen würde, er hat mich schon einmal völlig zerschlagen von den Kerlen der Hitler Jugend mit seiner Schwester nach Hause gebracht, ich wusste nicht was er erzählte, da ich keine Erinnerung an die Geschehnisse von damals hatte. Meine Eltern erzählten mir, dass mich ein junger Mann nach Hause gebracht hatte und sie nicht wussten wer er war um sich bei ihm zu bedanken, jetzt hatte ich die Gelegenheit das nachzuholen. Ich sah beschämt nach unter und wusste nicht wie ich mich verhalten sollte. Die beiden Männer fragten mich wo ich zurzeit wohnte, ich konnte nichts sagen und schaute nur wieder verstohlen zu Boden.

Der Mann, der mir schon einmal geholfen hatte, fragte mich, ob ich sie begleiten wolle, ich nickte und war sehr dankbar für das Angebot. Wir gingen nun zusammen sehr vorsichtig auf den vierten Hinterhof, ich nahm die Beine des ohnmächtigen Mannes, damit sie nicht auf der Erde schleifen wussten und die beiden Männer die Arme des Schwerverletzten. Nach einer kleinen Weile blieben wir stehen und horchten in die Dunkelheit hinein, es waren nur die Stimmen der jungen SA-Männer von der Straße zu hören, ganz langsam und so leise wie möglich setzten wir unseren Weg fort.

Als wir außerhalb des Hofes waren, gingen wir über die Straße in den Park, nach etwa 100 Metern blieben wir stehen, der Mann, der mich gerettet hatte, ging vor und öffnete neben einem großen Findling eine Falltür, diese war nicht als eine solche zu erkennen, ich ging mit den beiden Männern und dem Schwerverletzten eine Treppe hinunter und die Falltür wurde wieder geschlossen. Eine lange Treppe führte unter die Erde in einen großen Raum, der mit Balken und Brettern abgestützt und ausgestattet war, in diesem Raum befanden sich einige Menschen, die sofort auf uns zukamen um zu helfen, als man mich sah wurden sie alle ganz ruhig und keiner sprach mehr ein Wort. Der schwerverletzte Mann wurde auf eine Matratze gelegt und eine Frau kümmerte sich darum das Hemd auszuziehen, um sich die Schusswunde und die anderen Verletzungen anzusehen. Ich stand ein wenig hilflos in der Gegend herum, bis einer der Männer mich fragte wer ich war und wie ich in diesen Hinterhof gekommen bin. Mit kurzen Sätzen erzählte ich meine Geschichte vom Bahnhof Friedrichstraße und der Suche nach meinem Vater, alle Anwesenden hörten interessiert zu, ich fragte, ob ich bei der Versorgung des Verletzten helfen konnte. Der Mann, der mich schon einmal gerettet hatte, streckte mir seine rechte Hand entgegen und sagte, ich bin Thomas Lehmann und ich bin Helmut, sagte ich schnell, ich war sehr dankbar über die vertraute Reaktion, damit wurde den anderen die Skepsis mir gegenüber genommen.

Ich kniete mich zu der Frau und half ihr so gut ich konnte, einiges habe ich von meinem Vater gelernt, die Frau merkte sofort, dass die Handgriffe gelernt waren, sie sagte, dass sie Krankenschwester ist und sofort sieht, ob sich jemand auskennt oder nicht. Meine Hilfe war ihr sehr recht, es war schwer für die zierliche junge Frau den Verletzten zu drehen, um die Kleidungsstücke zu entfernen, er war noch ohnmächtig, sodass wir uns beeilen mussten um die Schwere der Verletzungen festzustellen ohne ihm unnötige Schmerzen zu bereiten. Die Schussverletzung war ein glatter Durchschuss und musste gesäubert und verbunden werden, alle anderen Verletzungen waren schmerzhaft aber nicht lebensbedrohlich, er hatte sehr viel Blut verloren und brauchte eigentlich eine Bluttransfusion, aber da niemand seine Blutgruppe kannte und eine Laboruntersuchung unter diesen Umständen unmöglich war musste man sich mit einfachen Mitteln zufrieden geben, die junge Krankenschwester hängte ihm eine Infusion mit Kochsalzlösung an, das war zwar keine Lösung, stellte aber eine kleine Hilfe dar. Wir legten den Mann auf eine Matratze und deckten ihn zu, als er wieder bei Bewusstsein war, fing er sofort vor Schmerzen an zu wimmern, die Krankenschwester gab ihm ein Schmerzmittel, was natürlich auch nicht sofort wirkte, sie hielt seinen Kopf und machte ihm kalte Umschläge, um ein wenig zur Beruhigung beizutragen. Ich sah zu und bemerkte wie liebevoll und gleichzeitig kompetent die kleine Frau vorging, ich fragte, ob ich noch etwas tun konnte um sie zu entlasten, sie schüttelte den Kopf und schickte mich zu einem älteren Herrn an einer Druckerpresse um ihm zu helfen.

Der ältere Herr sah mich kommen und reichte mir sofort die Hand, ich bin Jacob und wäre froh, wenn Du mir helfen würdest, ich drückte seine Hand und war froh etwas tun zu können, so musste ich nicht unentwegt an meine Mutter und Schwester denken.

Der Mann fragte mich wie sich alles am Bahnhof Friedrichstraße zugetragen hat, ich erzählte ihm alles noch einmal und mir standen wieder die Tränen in den Augen, der Mann sah das und nahm mich in den Arm, er war groß und sehr dünn, als er mich drückte bemerkte ich jeden Knochen unter seinem Hemd, er strich mir über den Kopf und beruhigte mich.

Nach einer Weile fragte ich ihn, ob er weiß wo man meine Familie hingebracht hat, er schüttelte nur den Kopf und sagte er wolle nichts falsches sagen, es gibt sehr viele Gerüchte über Transporte in den Osten, bzw. Lager in Polen, aber nicht alle Informationen sind richtig und glaubhaft, er sagte, dass er sich erkundigen will, wohin die Transporte gegangen sind, darüber war ich schon sehr froh und dankte ihm von Herzen.

Jakob stand an der Druckerpresse und fertigte Flugblätter bzw. Handzettel, in denen auf die Machenschaften der NSDAP hingewiesen wird, es wird auf diesen Zetteln von den Konzentrationslagern in Ravensbrück, Auschwitz und Birkenau berichtet, dass es dort zu Massenvernichtungen bzw. dem Völkermord an Juden kommt.

Als ich das gelesen habe wurde mir ganz schlecht und schwer ums Herz, Jakob sah das und kam sofort auf mich zu, er bat mich keine voreiligen Schlüsse zu ziehen, denn dann hätten die Nazis erreicht was sie wollen, nämlich Angst und Schrecken verbreiten, sodass sich niemand mehr traut gegen diesen Terror etwas zu unternehmen, ich nahm mich sofort zusammen und packte kleinere Pakete, um sie dann zwischen den Tageszeitungen zu verstecken, ich verstand sofort den Weg der Flugblätter und war für die Verteilung und Aufbewahrung verantwortlich.

Herr Lehmann kam zu mir und legte seine große schwere Hand auf meine Schulter, es freute ihn, dass ich mich sofort nützlich machte, Jacob nickte nur und sagte, dass wir mit der Hilfe von Helmut viel mehr Material vorbereiten können als gedacht.

Herr Lehmann fragte mich, wann ich mich auf die Suche nach meinem Vater machen möchte, er will mich dann begleiten und unterstützen.

Es war jetzt 20:00 Uhr und ich wollte Jacob noch eine Stunde helfen und mich dann auf die Suche nach meinem Vater im Hedwig Krankenhaus machen, Herr Lehmann nickte und sagte ich soll ihm Bescheid sagen, wenn ich gehen möchte.

Jacob war ein großer kräftiger Mann und ich fühlte mich sofort zu ihm hingezogen, vielleicht weil ich keine Großeltern kennengelernt habe, als meine Eltern nach Deutschland ausreisten, sind meine Großeltern in Jordanien geblieben, wir haben zwar regelmäßig geschrieben, aber dass ist eben nicht das gleiche wie eine persönliche Begegnung. Ich glaube Jacob ging es ähnlich, es war sofort Zuneigung zwischen uns zu spüren, jeder Blickkontakt sagte dass zwischen uns aus.

Die Krankenschwester Irmgard ließ mich auch nicht aus den Augen, ich merkte verstohlenes Interesse an meiner Person, auch ich fand sie sehr sympathisch, hatte aber dafür überhaupt keine Zeit und keinen freien Gedanken.

Es war nach 21:00 Uhr und ich ging zu Herrn Lehmann, der schon auf mich gewartet hatte. Die Räumlichkeiten unter der Erde waren sehr groß und verwinkelt, ich kannte mich noch nicht so gut aus und Jacob zeigte mir den Weg zu Herrn Lehmann.

Wir gingen zu der steilen Treppe, öffneten die Falltür ganz vorsichtig und geräuschlos und kletterten aus dem Versteck. Herr Lehmann sprang in das nächste Gebüsch und ich tat es ihm gleich und wir warteten eine kleine Ewigkeit, um zu sehen, dass uns niemand beobachtet hat. Diese Vorsichtsmaßnahmen waren ungeheuer wichtig für die Organisation. Leichtsinnigkeit führte in diesen Zeiten zum Tode.

Wir setzten langsam unseren Weg in das Hedwig Krankenhaus fort, es wurden viele Umwege genommen, um zu sehen, dass uns niemand folgt. Nun standen wir vor dem Eingang des Krankenhauses auf der gegenüber liegenden Seite in der Dunkelheit. Herr Lehmann flüsterte mir ins Ohr, dass wir nacheinander den Innenhof betreten wollen und uns am Brunnen treffen. Herr Lehmann ging vor und ich wartete noch eine kleine Weile und folgte ihm dann. Wir knieten uns in einer dunklen Ecke des Springbrunnens und wollten die Umgebung erst ein wenig beobachten, bevor wir das Hauptgebäude betraten, um von dort aus in den Keller gelangen. Der Innenhof war leer und ruhig, die Fenster waren spärlich beleuchtet und der Eingang geschlossen. Wir überlegten, wie man ungesehen in den Keller gelangen konnte.

Es gelang uns die Tür des Hauptgebäudes zu öffnen, dort befand sich eine große Eingangstreppe, die direkt zur Kanzel der Krankenschwestern führte, an der rechten Seite der Treppe befand sich eine kleine Tür, wir nahmen an, dass sie in den Keller führte, in der Kanzel befanden sich Krankenschwestern in Nonnen Tracht, da das Krankenhaus einen kirchlichen Hintergrund hatte, waren die Nonnen ein gewohntes Bild für jeden, allerdings konnte man keine Hilfe erwarten, die Nonnen hielten sich aus allen politischen Angelegenheiten heraus, waren aber auch keine Spitzel.

Da wir uns sehr leise verhielten und die Schwestern viel zu tun hatten, blieben wir unbemerkt, ich öffnete leise die Tür in den Keller, ein schwacher Lichtschein erhellte den Eingang, Herr Lehmann folgte mir sofort und wir gingen die Treppe hinunter, unten angekommen sahen wir einen langen dunklen Gang und auf beiden Seiten geschlossene Türen. Herr Lehmann und ich blieben stehen um uns zu beraten wie wir weiter vorgehen werden, wir hockten uns unterhalb der Treppe an die Wand und besprachen das weitere Vorgehen. Wir wollten von Tür zu Tür gehen, um die Gerichtsmedizin zu finden, denn die Türen waren nicht beschriftet.

Die erste Tür wurde geöffnet, wir huschten schnell hinein, es war stockdunkel, da es auch keine Fenster gab. Ich suchte an der rechten Seite der Tür den Lichtschalter, fand und betätigte ihn, eine Neonröhre ging an und wir sahen, dass wir uns in einem Lager für medizinisches Material befanden, Herr Lehmann suchte sofort nach Versteckmöglichkeiten, die wir im Notfall nutzen konnten, ich war so dankbar, dass er dabei war, er gab mir Sicherheit und Vertrauen.

Alles in diesem Raum war ordentlich sortiert und gestapelt, er gab mir ein Zeichen, dass ich ihm folgen sollte. Wir gingen vorsichtig weiter zu der nächsten Tür, auch sie wurde von uns lautlos geöffnet, in diesem Raum befanden sich riesige Säcke mit Schmutzwäsche, die dort bis zur Reinigung aufbewahrt wurde. Die Geruchsbelästigung war schon sehr groß und wir hielten uns nicht lange in diesem Raum auf. Die nächste Tür war verschlossen, was natürlich für Herrn Lehmann kein Hindernis war, er holte einen Dietrich aus der Hosentasche und öffnete die Tür, es war die Kühlkammer, dort wurden die leblosen Körper aufbewahrt, vermutlich bis man sie obduziert hatte, auch hier roch es sehr eigenartig, ein süßlicher Geruch, der einen Würgereflex bei mir hervorrief, ich drehte mich auf dem Absatz um und verließ den Raum, Herr Lehmann folgte mir. An der nächsten Tür stand ein Schild, Bitte nicht eintreten, auch dieser Raum war verschlossen, Herr Lehmann öffnete auch diese Tür, dort befanden sich drei Metalltische, die am äußeren Rand eine Vertiefung hatten, diese zog sich um den gesamten Tisch und mündete in einem größeren Plastikrohr, das wiederum in einer Tonne stand. Wir sahen uns beide an und wussten, dass wir in dem Sezierraum waren, hier wurden die leblosen Körper untersucht und eventuell für medizinische Zwecke genutzt, die Vertiefung an den Tischen war dafür bestimmt die Körperflüssigkeiten abfließen zu lassen. Das war also der Raum, in dem sich der Arzt bzw. Pathologe aufhielt, der eventuell wusste, wo sich mein Vater aufhielt. Ich war sehr verunsichert, weil ich nicht wusste, ob die Information über meinen Vater noch aktuell war, aber ich hatte auch keine Wahl.

Herr Lehmann sagte zu mir, das ist der Raum, den wir morgen aufsuchen werden und jetzt suchen wir uns ein Versteck, wo wir uns morgen verstecken können, es muss ein Platz sein, von wo aus wir alles sehen konnten aber nicht gesehen werden, diese Aktion war natürlich nicht so einfach wie gedacht, am Tage ist hier unten sicher viel Betrieb und die Möglichkeit unerkannt zu bleiben gering. Herr Lehmann erinnerte sich an den ersten Raum, in dem medizinische Geräte und andere Materialien gelagert wurden, vielleicht finden wir dort Dienstkleidung für Krankenschwestern und Ärzten.

Wir verließen den Sezierraum und gingen leise den langen Gang zurück bis in den ersten Raum, dort machten wir Licht und schlossen die Tür, ich öffnete die Türen eines großen Schranks, dort lagen ordentlich nach Größen gestapelt Schürzen, Kittel, Hosen und Hauben. Herr Lehmann suchte die passende Kleidung für uns heraus, er fragte mich noch ob er mir ein Häubchen mitnehmen soll, das war natürlich ein Spaß und es tat gut ein wenig verhalten lachen zu können.

Wir legten die Sachen in einen Rucksack und ich nahm sie auf die Schultern. Plötzlich hörten wir ein Geräusch, sofort machten wir das Licht aus und versteckten uns hinter großen Metallgitterwagen, das Geräusch kam aus dem Nebenraum, dort wo die Schmutzwäsche war, es waren zwei Schwestern, die sich unterhielten und die verschmutzte Wäsche in die großen Behältnisse legten, Waschpulver und Wasser hinzugaben und mit einem langen Stößel die Wäsche einweichten, sie rührten die Wäschestücke um und waren schnell mit ihrer Arbeit fertig, anschließend verließen sie den Keller wieder.

Ich war völlig ruhig, weil Herr Lehmann bei mir war und ich in seiner Nähe keine Angst zu haben brauchte, wir gingen ganz leise aus dem Keller und verließen unbemerkt das Hauptgebäude, draußen versteckten wir uns wieder hinter dem Brunnen und beobachteten die Umgebung.

Es war in der Zwischenzeit nach Mitternacht geworden und wir machten uns auf den Weg in unser Versteck, jetzt hieß es doppelt vorsichtig zu sein, denn wer sich jetzt auf der Straße befand, war entweder ein Polizist, Gestapo oder Männer, die etwas ungesetzliches machten wie wir.

Es ging alles gut und wir kamen mit unserer Kleidung in dem Versteck an, Jacob schlief schon und auch Irmgard ist im Sitzen eingeschlafen, sie hatte dem Verletzten noch eine Kompresse auf die Stirn gelegt und ist dann eingeschlafen. Herr Lehmann und ich gingen in einen kleinen Nebenraum, er gab mir noch eine Decke und zeigte mir eine Matratze, wo ich schlafen konnte, er ging raus und schlug sein Lager in der Nähe des Schwerverletzten auf, damit er im Notfall sofort helfen konnte, er schief auch sofort ein. Für mich endete der schlimmste Tag in meinem Leben, ich habe meine Mutter und Schwester verloren und gleichzeitig, durch einen Zufall Menschen kenne gelernt die mich warm und herzlich aufgenommen haben und mir auch in Zukunft helfend zur Seite stehen würden, das werde ich mein Leben lang nicht vergessen. Diese Ereignisse gingen mir noch ein wenig durch den Kopf, bis die Müdigkeit mich übermannte und ich einschlief.

Der nächste Tag brach an und als ich erwachte, waren alle anderen schon mit den nötigen Arbeiten beschäftigt, Irmgard kümmerte sich wieder um den Verletzten, sie hatte ihn gewaschen und versuchte ihm die Brühe löffelweise zu geben.

Herr Lehmann saß mit anderen an einem großen Tisch und frühstückte, ich ging auf ihn zu und begrüße alle sehr herzlich, mein Gedeck stand schon auf dem Tisch, ich setzte mich und trank meinen Kaffee. Jacob ging wieder an seine Druckerpresse und sortierte die Buchstaben. Ich besprach mit Herrn Lehmann, wie wir heute Abend am besten vorgehen werden, um in den Keller des Krankenhauses und zu dem Pathologen zu gelangen. Wir wollten beide am späten Vormittag losgehen, zuvor mussten wir uns als Pfleger bzw. Arzt verkleiden, auch dieses Mal war Herr Lehmann bei mir und unterstützte mich in dem Vorhaben.

In dem Rucksack mit der Bekleidung waren auch eine kleine Haube und einige Schürzen, die wir gleich an Irmgard weiter gaben, sie war ganz verlegen über die Geschenke, bedankte sich jedoch ganz herzlich, dass wir an sie gedacht haben.

Alle Anwesenden drückten uns ganz fest die Daumen, dass unser Vorhaben gelingen möge, denn ein zuverlässiger Arzt wäre für alle ein Segen und von größter Bedeutung und Wichtigkeit.

Gegen 11:00 Uhr verließen wir mit dem Rucksack das Versteck. In einem dunklen Hinterhof, in dem auch im Sommer kein Licht einfiel, zogen wir uns um und versteckten unsere Sachen unter einer Treppe. Ganz in weiß und grün gekleidet verließen wir das Haus, überqueren die Straße und gingen ganz sicher und zielstrebig in das Hauptgebäude, dort saßen in der Kanzel wieder die Nonnen und gingen ihrer Arbeit nach, sie hatten uns unterhalb der Treppe nicht bemerkt, wir öffneten die Tür zum Keller und verschwanden schnell darin, jetzt herrschte im Keller reges Treiben, die schmutzige Wäsche wurde zum Teil gewaschen und der Rest abgeholt, Warenlieferungen wurden angenommen und einsortiert, wir gingen an allem vorbei, halfen hier und da um keinen Verdacht aufkommen zu lassen, dass wir nicht dazu gehörten.

Wir öffneten die Tür zur Pathologie, dort stand ein Arzt und eine Schwester am Seziertisch und machten ihre Arbeit, ich wusste nicht wie ich mich verhalten sollte, Herr Lehmann sah den Arzt an und sagte zu ihm, dass wir gekommen sind, um Herrn Jürgens zu seiner Familie zu bringen, der Pathologe trat von seinem Tisch zurück und sah uns wachsam an, er schaute von einem zum anderen, Helmut hatte ihn sofort wieder erkannt, der Arzt schickte seine Krankenschwester in die obere Etage um ihm einen Kaffee zu holen. Sie nahm keine Notiz von uns und verließ schnell den Sezierraum.

Der Arzt Doktor Nolle kam sofort auf uns zu und sprach im Flüsterton, wie wir hier reingekommen sind, er schwitzte und man sah ihm an, dass er große Angst hatte, Helmut trat schnell auf ihn zu und fragte nach seinem Vater, mit ganz kurzen Worten erzählte er was sich zugetragen hat, Doktor Nolle hörte aufmerksam zu und sagte nur, dass mein Vater erst einmal in Sicherheit sei, Herr Lehmann fragte, ob man Kontakt zu ihm aufnehmen könnte, der Doktor überlegte kurz und sagte dann, dass er meinen Vater von den Vorkommnissen unterrichten werde, wir sollten versuchen in zwei Tagen nachts hier her zu kommen und entweder mein Vater oder er werden hier sein und dann könnten wir alles weitere besprechen.

Wir waren sehr glücklich über das Gespräch und mussten uns jetzt aber sofort wieder auf den Weg aus der Klinik machen, da die Krankenschwester gleich wieder kommen würde und der Doktor nicht wusste, ob man ihr trauen kann oder nicht. Ich umarmte den Doktor und schon waren wir wieder verschwunden.

Herr Lehmann ging voran und hatte einen strammen Schritt, erst als sie wieder in dem Hinterhof waren wurde er langsamer und wir konnten uns auch über das Gespräch mit dem Doktor unterhalten, Herr Lehmann war sehr zufrieden über die Begegnung und auch über die Verabredung in zwei Tagen, wir gingen zurück in das Versteck und erzählten allen, was sich zugetragen hatte.

Ich ging gleich zu Irmgard, sie hörte sich alles an und drückte mir die Hand voller Zuversicht, es wird alles gut werden, sagte sie, ich half ihr wieder beim Verbandwechsel und wir unterhielten uns auch anschließend noch ein wenig, ich fragte sie ob sie wisse, wo man meine Mutter und Schwester hingebracht haben könnte, sie schüttelte nur den Kopf und sagte, es wird sehr viel erzählt, man muss aber auch nicht alles glauben, Jacob wird sich erkundigen, er hat es versprochen und hat auch die nötigen Kontakte um etwas zu erfahren.

Die Tage vergingen wie im Fluge, durch die ständige Arbeit war keine Zeit, um viel nachzudenken, heute war Mittwoch und der Tag, an dem ich meinen Vater eventuell wieder sehen würde, ich war schon nach dem Aufstehen sehr aufgeregt und unruhig, Herr Lehmann beruhigte mich, er teilte mich zu einigen Arbeiten ein um mich soweit es geht abzulenken.

Ich erledigte alles mit sehr viel Energie und Freude, ich ging einkaufen, bereitete die Suppe zum Mittag vor und half Jacob beim Bestücken der Druckseiten.

Es wurde 21:00 Uhr und wir machten uns fertig, um in das Krankenhaus zu gehen, der Weg war bekannt und wir erreichten unbemerkt den Keller, dort gingen wir sofort in den Sezierraum, wir öffneten leise die Tür, betätigten den Lichtschalter und dann stand er ganz tief in einer Ecke vergraben, mein Vater, er sah sehr dünn aus und hatte schwarze Ringen unter den Augen, ich ging sofort auf ihn zu und umarmte ihn ganz innig, mir rannen die Tränen über die Wangen und auch mein Vater hatte ganz feuchte Augen, er hielt mich an den Schultern und sagte nur, ich soll mir keine Vorwürfe machen, wegen dem, was mit meiner Mutter und Schwester geschehen ist, wenn einer sich schuldig gemacht hatte, dann war ich es, weil ich viel zu lange gewartet habe, er strich mir über den Kopf und ich fühlte mich wie ein kleiner Junge der hingefallen war und der von seinem Vater getröstet wurde. Auch meinem Vater war die Ausreise in die Schweiz nicht geglückt, er hat sich vor dem Bahnhof aufgehalten und beobachtet wie die SA die Menschen, Frauen, Kinder, Greise, auf Lkw geladen hatte, ein Schaffner, den er aus der Charité kannte und den er operiert hatte, bemerkte ihn in der Masse und handelte sofort, er nahm mich am Arm und ging mit mir vor den Bahnhof, er sagte nur, dass ich so schnell wie nur möglich das Bahnhofsgelände verlassen solle, heute ist keine Ausreise mit falschen

Papieren möglich, die SA kennt kein Erbarmen. Ich drehte mich sofort um, bedankte mich und lief in den nahen Park, ich wusste nicht wohin und erinnerte mich an einen jüdischen Kollegen im Hedwig Krankenhaus, ich hatte ihm auch des Öfteren geholfen und wollte versuchen mit ihm Kontakt aufzunehmen, Herr Lehmann hörte aufmerksam zu, mein Vater wartete also in der Nähe seiner Wohnung, als er abends nach Hause kam, ging er auf ihm zu und Doktor Nolle erkannte ihn sofort wieder, er nahm mich mit in seine Wohnung, um mir etwas zu essen zu geben und ich konnte die Nacht dort verbringen, das werde ich ihm nie vergessen, wir suchten nach einer Möglichkeit, wo ich mich verstecken konnte, da fielen uns die Katakomben unter dem Krankenhaus ein, das gesamte Hedwig Krankenhaus ist unterkellert, es werden jedoch nur sehr wenige Räume genutzt. Wir suchten in einer Nacht nach einem Eingang von außen und fanden ihn in einem Hinterhof der Bergmannstraße, von dort aus sind wir bis in das Krankenhaus bzw. in die Kellerräume der Pathologie gegangen, diese Räumlichkeiten kannte niemand mehr, da sie Ende des Ersten Weltkrieges entstanden sind und das neue Krankenhaus darauf und daneben gebaut wurde.

Ich suchte mir einige Räume aus und richtete mich so gut es ging ein, um mich am Tage dort zu verstecken. Doktor Nolle wurde nur von den Nazis weiter geduldet, weil sie keinen anderen Pathologen hatten, der auch nur annähernd so kompetent war, wie er, früher oder später würden sie sich auch von ihm trennen, seine Familie hatte er schon frühzeitig nach England geschickt, das war sehr klug von ihm, ich kann mein leichtsinniges Verhalten heute auch nicht mehr verstehen, das hilft uns jedoch heute auch nicht mehr.Mein Vater erzählte, dass er sich ein kleines unterirdisches Krankenhaus aufgebaut hat, dort behandelt er jüdische und arische Menschen, die seine Hilfe brauchten. Er wird in Naturalien bezahlt und jeder hilft ihm so gut er kann.

Herr Lehmann erzählte von der Organisation, in der er arbeitet, und sagte, dass sie dringend ärztliche Hilfe brauchten, für Menschen die von den Gestapo-Verhören mehr tot als lebendig entlassen werden, oder jungen Frauen die von den Nazis vergewaltigt worden sind und das Kind auf keinen Fall austragen möchten. Mein Vater hörte aufmerksam zu und nickte immer wieder, wir müssen einen Weg finden, wie wir uns verständigen können, in der Bergmannstraße 11 steht ein verfallenes Haus, wenn ich oder ihr Kontakt haben möchtet, verhängen wir das Fenster in der ersten Etage mit einem dunklen Bezug, dieses Erkennungszeichen konnten wir jederzeit beobachten und sofort handeln, nach diesem Zeichen treffen wir uns immer hier in diesem Raum von Doktor Nolle, ich weihe ihn ein, aber nicht in alles, um ihn nicht in Gefahr zu bringen, er muss schon genug leiden.Ich hätte noch stundenlang mit meinem Vater reden können, aber wir mussten uns trennen, um keinen Verdacht zu erregen, je später es wurde, umso gefährlichen war es. Mein Vater drückte uns beide und wir gingen leise aus dem Raum und aus dem Gebäude, ich war so überglücklich, dass ich nicht reden konnte, Herr Lehmann legte seinen Arm um mich und sagte nur, dass er mich nur zu gut verstehen kann.

Er erzählte ganz leise von seinen Eltern, die vor zwei Jahren von der SA verprügelt wurde, nur weil sie einer jüdischen Frau, die auf der Straße zusammengebrochen ist, und ihrer kleinen Tochter, die vielleicht drei Jahre alt gewesen ist geholfen haben, mein Vater stützte die junge Frau und meine Mutter kümmerte sich um das weinende Mädchen, beide waren so schwach, dass sie kaum laufen konnten. Meine Eltern nahmen sie mit nach Hause, sie gaben ihnen zu essen und kümmerten sich um ihre Kleidung, die Hausbuchführerin hatte das beobachtet und es der Polizei gemeldet, einen Tag später stand die Gestapo vor unserer Tür, ich befand mich in dieser Zeit in meinem Ausbildungsbetrieb in Schöneweide, als ich nach Hause kam sah ich das ganze Ausmaß der Brutalität. Als ich in unsere Straße einbog, sah ich schon den Mannschaftswagen der Gestapo, die junge Frau wurde von den SA Leuten mehr tot als lebendig am Mantelkragen die Treppen hinuntergeschleift anschließend wurde sie auf die Pritsche geworfen, das kleine Mädchen lag ohnmächtig in einer Ecke, sie wurde hinter ihrer Mutter hergeworfen. Ich konnte mich kaum fassen, so brutal war das Vorgehen der SA-Männer, der Lkw verschwand in der nächsten Querstraße, ich rannte die Treppen hinauf und dort fand ich meine Eltern, meine Mutter war völlig zusammengeschlagen und lag in der Küche auf dem Boden, mein Vater befand sich im Bad dort lag er in der Badewanne – ertränkt.

Ich konnte meinen Augen kaum trauen, als ich das sah, man hatte schon sehr viel von der Brutalität der SA und SS Männer gehört, aber wenn man es dann am eigenen Körper erfährt, ist es noch mal so schlimm, ich rannte in die Kollwitzstraße zu einem Arzt, der kam auch gleich mit, konnte jedoch nicht mehr viel für meine Mutter tun, ich legte sie ganz vorsichtig auf ihr Bett, er gab ihr noch eine Spritze gegen die Schmerzen und ich habe bis zum letzten Atemzug ihre Hand gehalten, ich saß in der Küche und weinte vor mich hin, ich wusste nicht, was ich jetzt tun sollte, meine Eltern mussten beerdigt werden und ich musste die Wohnung verlassen, es wäre zu gefährlich gewesen dort zu bleiben. Nach gefühlten Stunden, die ich in der Küche verbrachte, klingelte es an der Tür, ich öffnete und dort stand Jakob, ich hatte ihn zuvor noch nicht gesehen bzw. bemerkt, er fragte, ob er rein kommen kann um mir zu helfen, in diesem Augenblick fiel ich ihm in die Arme und schluchzte wieder vor mich hin, er bestärkte mich und tröstete mich gleichzeitig.

Da wir uns nicht kannten, stellte sich Jacob vor und bot seine Hilfe an, er hat gehört was passiert ist und würde sich gerne nützlich machen, auch er sagte mir, dass ich nicht hierbleiben kann.

Zuerst gehen wir zum Friedhof in der Marienburger Straße und lassen deine Eltern abholen und dann machen wir alles weitere, der Pfarrer war sehr nett und hörte sich die Geschichte von Jacob an, ich war nicht in der Lage zu sprechen, er sagte sofort seinem Bestatter Bescheid und der kümmerte sich um die Abholung. Jacob legte seinen Arm um mich und ich fühlte mich nicht mehr so allein, in meinem Kopf wirbelte alles durcheinander, ich wusste nicht wohin und was ich überhaupt machen sollte.

Es war tiefe Nacht als wir wieder in meiner Wohnung ankamen, wir machten kein Licht und verhielten uns ganz ruhig, als wir uns an dem Wohnzimmertisch niederließen und eine Tasse Tee tranken, fragte ich Jacob was ich jetzt tun soll, Jacob legte mir seine Hand auf die meine und sagte, du kommst jetzt erst einmal mit zu mir. Ich packte zwei Koffer und einen Rucksack, auch meine

Papiere mussten mit genommen werden. Jacob wohnte in der Französischen Straße, er hatte eine kleine 2-Zimmer Wohnung, sie war zweckmäßig und gemütlich eingerichtet, ich durfte auf der Couch schlafen.

Am nächsten Morgen machte Jacob das Frühstück und ich stand auf und half ihm, wir tranken Kaffee und machten uns ein Butterbrot mit Marmelade und nun erzählte mir Jacob von seiner Arbeit in der Druckerei, einige Zeit später mussten wir dann in den Untergrund gehen, weil es für Jacob zu gefährlich wurde die Flugblätter in den Räumen der Druckerei zu drucken und dann mit nach Hause zu nehmen, es war nur eine Frage der Zeit bis die Gestapo dahinter kam. So haben wir uns kennengelernt und sind seit dem unzertrennlich, er ist wie mein Vater und ich bin wie sein Sohn, den er nie hatte.

Ich hörte gespannt und aufmerksam zu und bedankte mich für das Vertrauen wir hatten also ein ähnliches Schicksal, nur dass mein Vater lebte und er seinen schon begraben musste.

Als wir wieder in unserem Versteck ankamen, erzählten wir allen von dem Gespräch mit meinem Vater und unser Erkennungszeichen in der Bergmannstraße, Irmgard fragte gleich, ob wir auch den jungen Mann mit dem Durchschuss zu meinem Vater bringen sollte, der junge Mann winkte nur ab und sagte, dass es ihm schon viel besser geht und die Wunden nur Zeit zum heilen brauchten, damit war die Frage von Irmgard beantwortet.

Meine Zuneigung zu Jacob stieg noch mehr durch die Erzählung von Herrn Lehmann, es war wieder mitten in der Nacht und ich zog mich zurück auf meine Matratze um ein wenig zu schlafen und auch um über meinen Vater nachzudenken, seine Veränderungen im äußeren wie auch in seiner Einstellung.

Der nächste Morgen brach an und beim Frühstück wurde besprochen was zu tun ist und wer welche Aufgabe hat. Jacob sagte er hatte Informationen zu den Verhaftungen vom Bahnhof Friedrichstraße, die verhafteten Menschen, darunter auch meine Mutter und meine kleine Schwester sind zum Bahnhof Wannsee gefahren worden, was dann mit ihnen passiert ist, sind nur Vermutungen, ich war ganz gierig nach Informationen, aber Jacob hielt sich sehr bedeckt und wollte keine Spekulationen zulassen, er sagte nur, dass er sich weiter umhören werde, ich dankte ihm sehr.

Als meine Mutter und meine kleine Schwester auf den Lkw verladen wurden, drängten sich schon sehr viele der Reisenden auf der Ladepritsche, der Mann, der ihr so hilfreich zur Seite stand wich nicht von ihrer Seite, Marie war immer noch wie in einer Schockstarre, sie nahm alles völlig gelassen und teilnahmslos hin, meine Mutter drückte sie an sich und streichelte ihren Kopf, der Mann stand auch ganz dicht bei ihnen und kümmerte sich um die Koffer. Der Lkw setzte sich in Bewegung und wir fuhren eine ganze Weile, bis er plötzlich hielt, die SS Männer lautstark alle aufforderten die Pritsche zu verlassen, der Mann half uns wieder abzusteigen und nahm uns die Koffer ab, meine Mutter war unendlich dankbar für seine Hilfe, es begann ein anstrengender Marsch durch den Wald bis wir am Bahnhof Wannsee ankamen, dort wurden wir aufgefordert uns in Zweierreihen anzustellen, auf dem Bahnhofsgelände befanden sich schon sehr viele Menschen, an dem gelben Stern erkannte man, dass es überwiegend Juden waren, auf dem Gleis stand ein Güterzug mit vielen Waggons, die SS und SA mit ihren Hunden standen am Rande des Bahnhofs um eine eventuelle Flucht zu verhindern. Der junge Mann wich nicht von unserer Seite und Marie nahmen wir in die Mitte.

Die Waggontüren wurden geöffnet und die Menschen wie Vieh verladen, bevor wir den Waggon betreten durften, mussten wir unser Gepäck an den Rand des Bahnsteiges bringen, nur den Rucksack dürften wir behalten und mitnehmen, meiner Mutter stand die Angst wieder ins Gesicht geschrieben.

Es war eine endlose Schlange die sich kaum bewegte, denn es war nicht so einfach für viele ältere Menschen aber auch für die Kinder in den Waggon zu kommen, den SS-Männern dauerte das alles viel zu lange und sie wurden sehr brutal, wenn jemand nicht schnell genug in den Waggon kletterte.

Waggon für Waggon wurde mit Menschen gefüllt, sie standen so eng nebeneinander, dass sie nur stehen konnten und auch die Bewegung war stark eingeschränkt. Der Bahnhof war schon fast geleert als wir an der Reihe waren den Waggon zu besteigen, der junge Mann half uns so weit er konnte, er hob Marie hoch in den Waggon und sagte ihr, sie soll auf die andere Seite an das Fenster gehen, meine Mutter folgte ihr und auch der Mann stellte sich schützend vor sie, das kleine Fenster war die einzige Möglichkeit frische Luft zu atmen, innerhalb kürzester Zeit, war die Luft völlig verbraucht und die vielen

Menschen mussten sich erst daran gewöhnen ohne Platz auszukommen, Marie fing an zu weinen und der junge Mann, von dem wir nicht einmal den Namen wussten, nahm sie auf den Arm und hielt sie ans Fenster.

Die Zeit verging überhaupt nicht, wie auch keiner wusste wo es hin ging und was mit uns geschehen würde, meine Mutter fragte den jungen Mann, ob er weiß wo es hinging, er sagte nichts dazu, sicher wusste er mehr als er sagte.

Nach Stunden des Wartens setzte sich der Zug in Bewegung, erst ganz langsam und dann immer schneller, draußen war es schummrig, man konnte die Angst riechen, keiner sagte einen Ton, nur die ganz kleinen Kinder wimmerten leise vor sich hin.

Eine ältere Dame aus der anderen Ecke des Waggons ergriff das Wort, sie sagte, wir müssen uns auf eine längere Fahrt einstellen und uns ein wenig organisieren, sie schlug vor, eine Ecke für die Notdurft einzurichten, damit nicht der ganze Waggon zur Toilette wird, alle stimmten zu, weiterhin sagte sie, dass wir unser Essen und Trinken zusammen fassen sollten und es gleichmäßig verteilen, auch damit waren alle einverstanden.

Der junge Mann half dabei eine Ecke für die Notdurft einzurichten und meine Mutter gab sofort den Rucksack mit allen Lebensmitteln an die ältere Dame weiter, alle anderen Mitinsassen taten es ihr gleich, als meine Mutter zu der Dame ging, fragte sie, wo die Reise hingehen wird, sie sagte nur, so wie ich es verstanden habe fährt der Zug Richtung Osten, man sprach von Polen bzw. Auschwitz, bei diesen Worten ging ein Raunen durch die Menschen und viele fingen sofort an zu weinen, sie sagten, das ist das Ende wir sind alle verloren.

Meine Mutter ergriff sofort das Wort und sagte wir dürfen uns nicht klein kriegen lassen, Marie sah meine Mutter bewundernd an, es war keine Spur von Angst mehr zu spüren, der Mann klopfte ihr auf die Schulter, sie sind eine starke Frau.

Dieses Lob tat meiner Mutter sehr gut, sie wurde verlegen und sagte nur, dass sie es nicht anders gewöhnt war, von ihrer Jugend in Jordanien, dort war jeder Tag ein Überlebenstraining, allerdings wollte sie es der kleinen Marie ersparen.

Wir fuhren und fuhren die Zeit verging überhaupt nicht, die Frauen waren damit beschäftigt die kleinen Kinder zu unterhalten, sie spielten mit den Händen, sangen Lieder und sagten Gedichte auf, die Männer waren damit beschäftigt die provisorischen Toiletten abzudecken wenn jemand seine Notdurft verrichten musste, die Schamgrenze war ohnehin schon auf einen Nullpunkt gesunken. Gegessen und geschlafen wurde in Etappen, da so viele Menschen in dem Waggon waren, ging das leider nicht anders, wenn jemand schlief, mussten alle anderen dichter zusammenrücken. Durch die kleinen Regeln kam keine Benachteiligung auf und alle verstanden sich mehr oder weniger miteinander. Wir waren nun schon drei Tage unterwegs, es roch wie in einer Jauchegrube, aber das nahmen wir gar nicht mehr wahr, jeder hatte sich an den Geruch gewöhnt.

Zwischendurch hielt der Zug und wir hatten schon die Befürchtung angekommen zu sein, dabei hielten wir auf freier Strecke, einige ältere Menschen haben die Strapazen nicht überstanden, sie sind kurz nach Abfahrt des Zuges gestorben, wir alle beteten für sie und ihren Weg ins Jenseits, die Leichen wurden in einer Ecke gestapelt, das hört sich grausam an, war aber dringend notwendig, da wir alle am Leben bleiben wollten und der Platz gebraucht wurde. Je länger die Fahrt dauerte um so größer wurde der Berg mit toten Menschen. Es ist schon erstaunlich, womit man sich alles abfinden kann, wenn man muss bzw. keine Wahl hat.

Nach einer weiteren gefühlten Ewigkeit kamen wir in Auschwitz an, alle waren am Ende mit den Kräften, die ältere Dame hat es leider nicht mehr geschafft, sie ist in der Nacht zuvor gestorben, mit einem Lächeln auf den Lippen.

Die Waggontür wurde aufgeschoben und vor der Tür standen ausgemergelte Männer in gestreifter Kleidung mit Holzkarren, sie standen hinter den SS-Männern mit ihren bellenden Hunden und trauten sich nicht den Kopf zu heben. Die SS-Männer schlugen mit dem Knüppel gegen die Holzwände und schrien die Menschen in den Waggons an, sie sollten sich beeilen, die Menschen konnten nicht so schnell laufen, weil die Beine völlig erschöpft waren und fielen natürlich hin, das war ein Zeichen für die SS die Gummiknüppel auf den Rücken der Menschen schlagen zu können, jeder bemühte sich so schnell wie nur möglich zu sein, aber auch alte und kranke mussten unterstützt werden.
   Die Gepäckstücke wurden von den Häftlingen auf den Karren geladen. Die Häftlinge schleppten die Leichen zu einem Lkw, der unweit des Zuges stand. Der Blickkontakt zwischen den ankommenden Menschen und den Häftlingen wurde von dem Wachpersonal genau beob-

achtet. Meine Mutter und Marie blieben immer an der Seite des jungen Mannes.

Neben uns lief ein Häftling mit einem Karren, er sah meine Mutter kurz an und machte eine Handbewegung unterhalb des Kinns, die ich zum damaligen Zeitpunkt nicht einordnen konnte.

Die SS trieb uns erbarmungslos an, wir rannten wie eine Horde Tiere in Richtung Eingangstor, das erste, was wir von Weitem sahen, waren die Worte „Arbeit macht frei". Je näher wir dem Tor kamen, umso übersichtlicher wurde der Zug Menschen.

Wir mussten uns in einer vierer Reihe aufstellen und wurden sofort sortiert, Frauen und Kleinkinder auf die eine Seite und auf der anderen Seite die Männer.

Arbeitsfähige Frau und Männer bildeten wieder eine Gruppe, natürlich auch getrennt, ich sah, wie man Frauen und kleine Kinder trennte, das gleich wollte man mit Marie und mir machen, ich hatte jedoch Glück, als wir getrennt werden sollten, unternahm ein Mann einen Fluchtversuch, sofort rannte das gesamte Wachpersonal mit Gewehren im Anschlag hinter dem Mann her, ich nutzte sofort die Situation, um Marie mit auf meine Seite zu ziehen, es war die Gruppe der arbeitsfähigen Frauen, die anderen Frauen bemerkten das sofort und nahmen Marie in die Mitte um sie zu schützen, der junge Mann sah meiner Mutter noch lange nach und auch sie hatte Tränen in den Augen als sich ihre Blicke trafen.

Es waren auch vier Männer in weißen Kitteln vor dem Eingang, sie sahen sich die neu angekommenen Gefangenen genau an, kleine Kinder, und schwangere Frauen wurden auf einen Fingerzeig hin aussortiert, auch behinderte Menschen kamen auf eine bestimmte Seite, ich wusste nicht was das zu bedeuten hatte.

Zuerst gingen die Männer durch das Tor, die Wachleute brüllten und trieben die Männer zur Eile an.
Die Aufseherinnen waren nicht minder brutal, auch sie ließen die Gummiknüppel auf den Rücken sausen, wenn es ihnen nicht schnell genug ging.

Wir rannten zu einer Baracke, dort sollten wir uns ausziehen und die Kleidung auf einen Haufen legen, auch das Gepäck wurde uns abgenommen, wir standen nackt da und drückten uns aneinander, an der Längsseite der Baracke standen Stühle und dahinter Häftlinge mit Schere und Rasierer, fünf Frauen hatten auf den Stühlen Platz, zuerst wurden die längeren Haare mit der Schere abgeschnitten und dann wurde der Kopf geschoren, alle anderen Frauen mussten sich in einem Halbkreis aufstellen und der Prozedur zusehen, neben den Stühlen standen Häftlinge mit Besen und Tüten und sammelten die Haare sofort ein.
Die Frauen, denen der Kopf fertig geschoren worden ist, stellten sich in einer Reihe zum Duschen an. Eine Frau hinter mir sagte nur, dass es jetzt in die Gaskammern ging, ich drückte sofort Marie an mich.
In diesen sogenannten Duschen war es sehr kalt, es waren zwei große Räume, an den Decken waren die Duschköpfe zu sehen und die Wände und der Boden waren mit Fliesen ausgekleidet, auch hier standen die Frauen dicht an dicht, Marie und ich durften uns auf keinen Fall verlieren, wir hielten uns gegenseitig fest, die riesigen Türen wurden geschlossen und alle beteten leise vor sich

hin und dann geschah das Wunder, aus den Duschköpfen kam kein Gas sondern Wasser, es war eiskalt, aber das machte uns nichts aus, wir atmeten tief durch und genossen das reine Wasser, nach einigen Minuten wurden die Duschen wieder ausgeschaltet und die Türen geöffnet.

Jeweils zwei Frauen erhielten ein Handtuch und jeder bekam gestreifte Kleidung und Holzschuhe. Als wir wieder den Vorraum betraten, stand dort eine große Gruppe mit Frauen und Kindern, denen nicht die Haare geschoren wurden, sie waren nackt und gingen anschließend in die Duschen, jetzt hatten wir verstanden worin der Unterschied der beiden Gruppen bestand, die Frauen für die Arbeit wurden geschoren und die, die ihre Haare behalten durften, gingen ins Gas.

Wir mussten uns vor der Baracke in zweier Reihen anstellen und wurden dann von Heftlinksfrauen und Aufseherinnen in die Baracken gebracht, nach welchen Gründen die Frauen in den Baracken verteilt wurden, war für uns nicht zu erkennen, mein Anliegen war nur nicht getrennt zu werden von Marie. Die Solidarität unter den neu angekommenen Häftlingen war sehr groß, jeder half auf seine Weise die kleine Marie zu schützen.

Ich wurde mit vier anderen Häftlingen in eine Baracke geführt, als die Aufseherin mit uns die Baracke betrat, wurde Marie sofort von den anderen Häftlingen in die äußerste Ecke gedrängt und abgeschirmt, jede Frau spielte mit ihrem Leben um uns zu helfen.

Die Aufseherin verließ die Baracke und die Gruppe mit den Frauen ging weiter zur nächsten Baracke. Ich bedankte mich sofort ganz herzlich bei den Frauen für die Hilfe, sie nickten nur und waren sehr ruhig und verschlossen, man konnte es ihnen nicht verübeln, nur zu oft wurden Spitzel eingeschleust um zu erfahren was bei den Häftlingen los ist und wie sie sich organisieren, ich habe das sofort erkannt und mich ganz normal verhalten. Marie und ich bezogen das hinterste und oberste Bettgestell, Marie wurde von mir an die Wand geschoben, sodass sie von unter nicht gesehen werden konnte. Meine Nachbarin nickte mir nur zu und sagte, es wäre das beste, wenn Marie in den ersten Tagen nur oben im Bett bleibt, für Essen müssen wir sorgen und auf den Eimer konnte sie nur gehen, wenn einer den Hof im Auge behalten konnte, ich nickte sofort und war mit allem einverstanden. Unsere gestreifte Kleidung hatte den gelben Stern, damit wusste jeder, dass wir Juden waren, diese Baracke war gemischt, einige Häftlinge hatte kein Zeichen an der Kleidung und andere hatten einen roten Kreis, was das alles bedeutete wusste ich noch nicht.

Die Frauen in unserer Baracke waren in ganz verschiedenem Alter, auch ihre körperliche Verfassung war sehr unterschiedlich, da gab es die ganz dünnen und ausgezehrten jungen Frauen, neben den älteren die genauso dünn waren, sich die Kraftlosigkeit aber nicht anmerken ließen, sie litten leise vor sich hin.

Es waren insgesamt 10 neue Frauen in die Baracke gekommen, alle saßen ruhig auf ihren Betten oder standen allein an den kargen Wänden gelehnt. So gegen 18:00 Uhr gingen vier der älteren Frauen aus der Baracke um das Abendbrot zu holen, nach einer kurzen Weile kamen sie mit einem großen Holzkarren und einen halbvollen Sack Brot wieder, alle stellten sich in einer Reihe an, wir neuen taten es ihnen gleich, jede Frau hatte ihre Schüssel und den Löffel in der Hand. Das Abendessen bestand aus einer Wassersuppe mit ein wenig Kohl Geschmack und einem Kanten Brot, als ich an der Reihe war, fragte ich ob meine keine Marie auch ein Kochgeschirr bekommen könnte, die Dame an dem riesigen Suppenkessel nickte nur und gab mir die Schussel und den Löffel für Marie.

In der Mitte der Baracke stand ein langer Tisch und an den Längsseiten zwei Bänke, diese Sitzgelegenheiten reichten bei weitem nicht für alle Insassen, sodass einige Frauen auf dem Bett saßen und die Suppe löffelten.

Nach einer halben Stunde wurde der große Karren wieder weggefahren und die Frauen machten sich für den Abendappell fertig, um 19:00 kam die Aufseherin in die Baracke und pfiff laut mit der Trillerpfeife und schlug mit dem Gummiknüppel auf den Tisch, sie schrie alles raus treten zum Zählappell. Die Frauen standen auf und gingen ganz langsam aus der Barackentür, davor wurde sich in Fünferreihen angestellt, ich hielt mich in der Mitte der letzten Reihe auf und Marie blieb im Bett, die Frau neben mir merkte meine Angst und Unsicherheit, sie nahm unbemerkt meine Hand und zwinkerte mir zu, sprechen war strengstens verboten, die Aufseherin schrie, man solle endlich mit dem Zählen anfangen und los ging es, ich war die Nummer 53 und war erstaunt, dass in unserer Baracke 70 Frauen untergebracht waren. Eine zweite Aufseherin trat dazu und befahl, dass alle neu angekommenen Frauen vortreten sollen, sie ging mit uns 10 Frauen im schnellen Schritt Richtung Ausgang, das erkannte ich an dem Schild „Arbeit macht frei", was ich als erstes nach unserer Ankunft in Auschwitz gesehen habe, dort saßen vier Männer in Häftlingskleidung an Tischen und vor ihnen stand ein Hocker, es waren die

Tätowierer und Schreiber, wir stellten uns in einer Reihe auf und warteten geduldig bis wir an der Reihe waren, ich bekam die Nummer 71638 auf den Unterarm tätowiert und der Schreiber notierte neben die Nummer meinen Namen.

Als alle Frauen fertig waren ging es im Laufschritt wieder in die Baracke, ich setzte mich zu Marie und verhielt mich ruhig, allerdings fragte ich mich, wie Marie zu ihrer Nummer kommen sollte.

Der nächste Tag brach an, um 6:00 Uhr kam die Aufseherin mit dem Gummiknüppel und hämmerte lautstark an die Wand und die Tür, alle Frauen waren sofort wach und kamen aus ihren Betten gekrochen, sie gingen vor die Tür und stellten sich zum Zählappell auf, ich schloss mich ihnen an und es wurde wieder durchgezählt und anschließend die Arbeit für den Tag eingeteilt, einige Frauen mussten in die Baukolonne, andere hatten Küchendienst und wieder andere mussten in den Straßenbau.

Ich wurde mit drei weiteren Frauen für die Reinigung der Latrinen eingeteilt, ich ging mit den drei Frauen in die erste Baracke, dort stand ein großer Lkw mit einer eisernen Wanne auf der Pritsche, unsere Aufgabe war es, erstens die Toiletteneimer aus den Baracken zu holen und in der Wanne zu entleeren, weiterhin mussten wir mit den Gülle-Eimern die nahen Latrinegräben leeren und reinigen und den Inhalt wiederum in der Gülle Wanne entleeren. Da die Wanne auf dem Lkw viel höher war als die kleine Treppe, die wir hinaufgingen, dauerte es keine 10 Minuten und unsere Kleidung war über und über mit Urin und anderen Exkrementen durchtränkt, mir war nur einen kleinen Augenblick übel und dann hatte ich mich an den Geruch gewöhnt, ich arbeitete sehr fleißig, das wurde auch von den Frauen bemerkt, eine von ihnen war schon älter und konnte nicht mehr so schnell laufen, ich übernahm auch ihre Eimer und entleerte sie.

Als wir mit unserer Arbeit fertig waren, gingen wir in die nahe Dusche und zogen uns aus, wir durften uns mit kaltem Wasser waschen und bekamen saubere Häftlingskleidung, danach musste unsere verschmutzte Kleidung gleich in die Wäscherei gebracht werden, auch dort arbeiteten Häftlinge, die sahen allerdings sehr schlecht aus, sie waren völlig mager und ausgemergelt und zum Teil waren sie sehr krank, man hatte den Eindruck keine von ihnen würde den Tag überleben, sie taten mir unendlich leid.

Ich habe sofort die Situation erkannt und half den Frauen bei der schweren Arbeit, sie mussten die schweren Wäschekessel heben und entleeren, die Wäschestücke mit dem Waschbrett rubbeln und anschließend spülen, bis sie letztendlich auf eine Leine neben der Baracke aufgehängt wurden.

Die anderen Frauen aus meiner Baracke taten es mir gleich, sie gingen jedoch früher als ich in unsere Baracke zurück und wollten sich um Marie kümmern, ich half noch ein wenig und war zum Abendessen wieder bei meiner Tochter, die Frauen aus der Wäscherei waren unendlich dankbar für die Hilfe, ich winkte nur ab und sagte, dass ich versuche bald wieder zu kommen.

Das Abendessen verlief wie am Vorabend und Marie langweilte sich sehr, ich versuchte ihr klar zu machen, dass die Situation sehr gefährlich ist, wenn die Aufseherin sie entdecken würden, nicht nur sie und ich würden bestraft werden, sondern alle Frauen, Marie nickte nur und fand sich mit ihrer Situation ab.

Auch der Abend Appell verlief wie am Vortag ganz ruhig und entspannt. Nachdem wir wieder an dem Tisch und auf der Erde saßen, fingen die Frauen langsam an sich mit uns Neuen zu unterhalten, sie fragten, wo wir zu Hause waren und unter welchen Umständen wir hier her gekommen sind. Langsam wich die Zurückhaltung und jeder erzählte seine Geschichte, einige Frauen kamen auch aus Berlin, wieder andere hatten ihr zu Hause in Mecklenburg und an der Ostsee. Alle hörten den Erzählungen aufmerksam zu, es wurde Anteil an den Grausamkeiten genommen und die Tränen wurden gestillt, auch meine, als ich erzählte, dass ich nicht weiß was aus meinem Sohn und Mann geworden ist.

Die Frauen die schon längere Zeit hier leben wussten sagten, dass es nicht immer so ruhig abläuft wie in den letzten Tagen und die Solidarität untereinander sehr groß ist, ich nickte nur und sagte, dass ich es schon bemerkt hatte.

Der nächste Tag brach an und wieder fand der morgendliche Zählappell statt und die Frauen wurden zur Arbeit eingeteilt, da die Latrinen sauber waren, wurde ich in die Baukolonne gesteckt, Marie blieb wieder in der Baracke und die älteren Frauen kümmerten sich um sie. Der Trupp der Baukolonne setzte sich in Bewegung und auch aus anderen Baracken kamen die Frauen und schlossen sich uns an, wir wurden von den Aufseherinnen angetrieben und aus dem Gelände geführt, jetzt kamen auch bewaffnete SS-Männer hinzu, um Fluchtversuche zu vereiteln, daran war ohnehin nicht zu denken, da die meisten Frauen viel zu schwach waren um wegzurennen.

Wir wurden in drei Gruppen eingeteilt, die erste Gruppe hatte Holzkarren in denen sie Steine einluden und zu der nahe gelegenen Baustelle fahren mussten, dort wurde eine neue Baracke gebaut, die zweite Gruppe schachtete mit Schippen und Hacken große Gruben aus, diese Arbeit war sehr gefährlich, da man schnell abrutschen konnte und durch die Tiefe der Grube war ein hinauf klettern sehr schwierig, die dritte Gruppe mischte Kies mit Sand und Zement und karrte es zu den Frauen, die den Fußboden der Baracke fertig stellten.

Es war eine sehr schwere Arbeit, das Wachpersonal trieb uns zur Eile an, wir taten, was wir konnten und wieder war die Solidarität unter den Frauen sehr groß, wenn eine Frau nicht mehr konnte wurde sie gedeckt und alle arbeiteten für sie mit, so konnte sie sich etwas ausruhen, denn Schwäche war ein Grund erschossen zu werden und damit wurde nicht lange gefackelt.

Als der Tag vorbei war konnten wir kaum noch laufen, jede Frau war mit den Kräften am Ende, die Kolonne schlich kraftlos zurück in die einzelnen Baracken, dort sackten wir alle zusammen und waren fast zu müde um das Abendessen entgegen zu nehmen, Marie kuschelte sich an mich und streichelte meine Hand, erst jetzt begriff ich warum die meisten Frauen nur Haut und Knochen waren, die schwere Arbeit und das wenige Essen waren der Grund dafür.

Beim Abendessen erzählten die Frauen, dass die Arbeit im Straßenbau noch viel schwerer war als die in der Baukolonne, im Straßenbau fanden die meisten Frauen den Tod. Nach dem Abend Appell ging ich in mein Bett und schlief sofort ein. In dieser Nacht starb eine Frau in unserer Baracke, sie lag nur ein paar Liegen von uns entfernt, sie hörte einfach auf zu atmen, die Aufseherin wurde davon informiert und veranlasste, dass sie vor der Tür abgelegt wurde, jeden Tag vor dem Appell fuhr ein Lkw die einzelnen Baracken ab und sammelte die Leichen ein, Häftlinge warfen sie dann auf die Pritsche und anschließend wurden sie verbrannt, auch das wurde von Häftlingen erledigt.

Am nächsten Tag wurde ich in die Straßenbaukolonne eingeteilt, wir verließen wieder in der Kolonne das Gelände, wieder wurde die Gruppe unterteilt, einige Frauen karrten Schotter auf den Gehweg, andere zerkleinerten Steine und verteilten sie auf der Straße, zwei Frauen waren damit beschäftigt einen riesigen Behälter mit Teer zu erhitzen, sie sammelten Holz und fachten das Feuer an, bevor der Teer vergossen werden konnte, wurde eine große Walze in Bewegung gesetzt, das musste man sich so vorstellen, diese Walze war drei Meter breit und hatte einen Durchmesser von 1,5 Metern, der Bügel um die Ramme hatte viele Gurte, die Frauen legten sich die Gurte um den Oberkörper und versuchten die Ramme in Bewegung zu setzen, es war unendlich schwer, jeder gab sich die größte Mühe und wurde von den Aufseherinnen brutal angefeuert, die Frauen stemmten sich in die Gurte und von hinten wurde geschoben, bis sich die Walze in Bewegung setzte, die Frauen zogen sie den Weg entlang und zerkleinerten somit die Geröllstücke, es war sehr gefährlich, denn wenn die Kraft nachließ bestand die Gefahr mit den Holzschuhen oder den weiten Kitteln unter die Walze zu geraten, dann war alles zu spät, auf diese Weise sind schon viele Frauen zu Tode gekommen, der letzte Arbeitsgang war das Aufbringen von Teer auf das Geröll, der Teer wurde in Eimern gegossen und von den Frauen auf der Straße mit Besen verteilt, auch diese Arbeit war sehr gefährlich, jede Frau ging mit übelsten Verbrennungen zurück in die Baracken, fix und fertig von der Arbeit kamen wir wieder zurück und schafften es gerade noch die Wassersuppe zu essen und den Appell über uns ergehen zu lassen und schon schliefen wir wieder entkräftet ein.

So war ich schon nach vier Tagen total fertig und brauchte dringend eine Pause, aber daran war nicht zu denken. Die Nacht war viel zu schnell vorbei, draußen war es noch schummerig als die Aufseherinnen uns lautstark zum Appell aus den Bretterpritschen jagten, sie pfiffen und knallten mit den Gummiknüppeln gegen die Wände, wer sich nicht beeilte, machte Bekanntschaft mit dem Gummiknüppel auf dem Rücken oder wo auch immer sie trafen, ich wurde wieder für die Latrinen Arbeit eingeteilt, das war unangenehm aber gegenüber dem Straßenbau und der Baukolonne sehr einfach, aus unserer Baracke musste keiner zum Bau und wir gingen wieder in die Baracke und warteten bis die Frauen mit dem Holzkarren aus der Küche kamen.

In unsere Baracke kam eine neue junge Frau, sie sprach kein Deutsch und sie war noch sehr jung und eingeschüchtert, ihr hatte man die Haare nicht geschoren, sie sollte sich mir in den Latrinen arbeiten. Ich bemühte mich ihr alles so einfach wie nur möglich zu zeigen, ich schätzte ihr Alter auf 18 bis 19 Jahre, die kleine Frau machte mir alles nach und lernte sehr schnell, es dauerte wieder nicht lange und wir waren über und über mit Fäkalien durchtränkt. Da sie noch sehr jung war, wurde sie von den SS-Männern beobachtet, was das zu bedeuten hatte, war mir nicht bewusst, wir bemühten uns so unauffällig wie nur möglich zu arbeiten, wir mussten auch die Latrinen in den Verwaltungsgebäuden, den Unterkünften der SS-Leute und des Wachpersonals sowie den Baracken der Wiederverwertung reinigen.

Auf diese Art und Weise lernten wir das Lager kennen, etwas Abseits standen zwei größere Baracken, das waren die Krankenstation und auch die Ärzte hielten sich hier auf, ich wusste natürlich nicht was sich hinter den Fenstern abspielte, wir leerten die Latrinen und hörten das Wimmern bis draußen, die kleine Frau und ich sahen sich nur an und beeilten uns diesen Ort zu verlassen, es gab auch Krankenschwestern, die würdigten uns keines Blickes und gingen mit erhobenem Haupt an uns vorbei.

Die letzte Station des Latrinenkarrens war das Lager, dort arbeiteten auch sehr viele männliche Häftlinge, wir dürften keinen Kontakt zu ihnen haben, ein verstohlener Blick und jeder ging wieder seiner Arbeit nach, die Männer sortierten Berge von Schuhen, Koffer, Kleidung, Haaren und allen anderen persönlichen Dingen der Häftlinge es waren Gegenstände eines Lebens, die einem bei der Ankunft abgenommen wurden.

In einer Ecke befand sich ein riesenhafter Berg von Büchern, daneben standen die Kinderwagen übereinandergestapelt, ein kurzer Blick trieb mir sofort die Tränen in die Augen. Die Männer waren mit ihrer Arbeit so beschäftigt, dass sie keine Notiz von uns nahmen, jeder einzelne Gegenstand in dieser riesigen Halle hatte seine eigene Geschichte zu erzählen.

Als wir mit unserer Arbeit am Ende waren, gingen wir wie das letzte Mal in die Wäscherei und zogen unsere Urin durchtränkte Kleidung aus, um uns zu waschen, die Frauen dort erkannten mich sofort wieder und ein schneller freundlicher Blickkontakt wurde hergestellt, natürlich alles unter den Augen der Aufseherin, noch mieden sie uns, weil wir so stanken, aber das würde sich je gleich ändern, die Aufseherinnen tuschelten miteinander und beobachteten die kleine Frau neben mir ganz genau, ich wusste nicht um was es ging und verhielt mich ganz neutral. Als wir mit dem Waschen und Umkleiden fertig waren, halfen wir den Frauen wieder bei ihrer Arbeit, die Aufseherin bemerkte das und knallte mit dem Gummiknüppel auf ein Waschfass und dann auf meinem Rücken ich schrie und ging sofort zu Boden und die kleine Frau stellte sich sofort aus Angst an die Wand, ich rappelte mich auf und stand stramm, die Aufseherin brüllte mich an, ich solle sofort in meine Baracke gehen, ich setzte mich in Bewegung, die kleine Frau, von der ich nicht einmal wusste wie sie hieß, musste mit den Aufseherinnen mitgehen, sie wimmerte und weinte vor sich hin, es tat mir so leid, ich war verzweifelt über meine Hilflosigkeit.

Als ich in meiner Baracke ankam, erzählte ich sofort von dem Vorfall, die Frauen hörten schweigend zu, ich fragte, wo man die kleine Frau hinbringen würde, die Frauen sahen zu Boden und nach einer längeren Pause sagte eine Insassin, dass die SS-Männer sich immer wieder junge Frauen holten, um sie für ihre Zwecke zu gebrauchen, meistens kommen die Frauen nicht wieder, keiner weiß, was mit ihnen anschließend geschieht und ob sie noch leben oder erschossen werden, die Informationen sind noch nicht zu ihnen durchgesickert.

Es gibt auch Frauen die sich für diese Zwecke bei den SS-Männern anbiedern, die werden natürlich auch genommen, aber nicht gerne, denn diese Teufel wollen eigentlich ihrer Macht und ihre Brutalität an den Frauen ausleben die Angst vor ihnen haben, es muss furchtbar sein.

Die Präsenz der SS-Männer war deutlich zu spüren, wenn eine neue Gruppe Frauen in das Lager kam, dann wurden sicher Absprachen getroffen, dass die Frauen ihnen bei der nächsten Gelegenheit zugeführt werden sollten, die Aufseherinnen ließen dann die Haare nicht scheren und auch sonst ließ man sie in Ruhe.

Auch bei einigen Aufseherinnen wusste man, dass sie für die SS-Männer Gefälligkeiten erledigten und umgekehrt, die kleine Frau, von der wir den Namen nicht wussten, tat uns unendlich leid, sie würde diese Tortur sich nicht ohne Schaden überstehen.

Marie hörte aufmerksam zu, wusste jedoch nicht so richtig wovon wir sprachen. Es wurde Abend und das Stück Brot mit einem Becher Wasser war unser Abendessen, der Appell wurde abgehalten und dann hielten wir uns wieder in der Baracke auf.

Ich erzählte den Frauen von der Krankenstation, wie die Menschen dort schrien und wimmerten, die Frauen sahen mich an und erzählten, dort werden medizinische Experimente durchgeführt. Als du angekommen bist, hast du doch bestimmt die Männer in den weißen Kitteln gesehen, ich nickte, die suchen schon bei der Ankunft Menschen aus mit denen man experimentieren konnte. Zum Beispiel nimmt man gerne schwangere Frauen, Zwillinge, behinderte Menschen, aber auch ganz normale Menschen, es kommt immer darauf an was man für Experimente durchführen möchte. Die Menschen, die dort landen, sind absolut zu bedauern, die wären lieber tot als die furchtbaren Schmerzen aushalten zu müssen, letztendlich wird das Sterben nur hinausgezögert, die armen Kinder müssen furchtbares ertragen und die Mütter können ihnen nicht helfen, es ist so unbarmherzig, so grausam, aber jeder wird gerichtet werden, so hoffe ich jedenfalls, sagte eine Frau, die schon zwei Jahre hier ist und schon so manches gesehen hat.

Auch die Aufseherinnen haben ihre Lieblinge, da gibt es tatsächlich Frauen die Spitzeldienste für die Aufseherinnen ausführen, es dauert natürlich nicht lange bis diese Frauen entlarvt werden und dann werden sie aus allem herausgehalten und können nichts mehr erzählen, um aber ihrer Bespitzelung gerecht zu werden, denken sie sich dann Dinge aus und die Häftlinge sind der Willkür und Brutalität ausgesetzt, einige von diesen Denunziantinnen verschwinden dann, so wie sie gekommen sind ganz plötzlich und keiner weiß, was mit ihnen geschehen ist, es interessiert auch niemanden. Aber jetzt verstehst du, warum wir jedem Neuzugang erst einmal etwas skeptisch gegenüber stehen und abwarten, ich nickte und verstand die Reaktion.

Brutalität und Willkür waren ohnehin unsere täglichen Begleiter, keine von uns wusste, ob sie den Tag lebend übersteht, jedoch spürte man, zu mindestens bei uns, Mitgefühl und Hilfe, sofern es möglich war.

Irene die schon zwei Jahre in diesem Lager ist, erzählte von den Arrestzellen, dort kommen die wenigsten lebend wieder raus und rein kommt man für Kleinigkeiten, wie zum Beispiel wenn du jemanden ein Stück Brot wegnimmst oder du nicht schnell genug zum Appell läufst oder du einem Aufseher in die Augen siehst oder weil ihm deine Nase nicht passt, also pass gut auf, ich nickte und ging zu Marie auf die Holzpritsche.

Als wir uns am nächsten Morgen vor der Baracke zum Appell aufstellten, war es eine sehr unruhige Atmosphäre unter den Aufseherinnen, sie hielten auch gehörigen Abstand zu uns, das hatte den Vorteil, dass uns auch ihre Gummiknüppel nicht erreichen konnten, wir wurden heute nicht zur Arbeit eingeteilt und konnten anschließend wieder in unsere Baracke gehen, keiner wusste was vorgefallen war.

Die Frauen vom Küchendienst gingen los, um den Frühstückskarren zu holen, vielleicht konnten sie etwas erfahren, Irene bat sie aber sehr vorsichtig zu sein.

Das gesamte riesige Gelände des Konzentrationslagers teilte sich in einzelne Bereiche auf, da gab es den Ankunftsbereich, der befand sich gleich hinter dem Stacheldrahtzaun, ein großer Appellplatz schloss sich an und an den Seiten standen die Baracken der Verwaltung, etwas weiter hinter einem großen elektrisch geladenen Zaun waren die Baracken der Männer, die mussten die schwere Arbeit auf der Straße und im Bergbau verrichten, auf der gegenüberliegenden Seite standen kleine Baracken in einem Rondell angeordnet, dort waren die Kinder untergebracht, das war am grausamsten mit anzusehen, waren zu viele Kinder in dem Lager, wurde ein Lkw beladen und in das Nachbarlager nach Birkenau gebracht, dort ging es direkt in die Gaskammern.

Die Kinder wurden von den Häftlingen betreut und versorgt, die Aufseherinnen waren den Kindern gegenüber genauso brutal wie bei den Frauen, viele der Kleinstkinder überstanden die ersten Tage und Nächte nicht und starben an Unterernährung und Durchfall.

Die Baracken der Kinder waren von dem Frauenlager nicht einzusehen, aus gutem Grund, denn keine Mutter würde das Leid der Kinder mit ansehen können und es würde immer wieder zu Ausschreitungen kommen.

Am Ende des Lagers befanden sich die Öfen und Berge mit toten Menschen, die Öfen brannten Tag und Nacht und wurden von Häftlingen betrieben, die dort arbeiteten, sie hatten den Vorteil, dass sie mit Alkohol und Zigaretten versorgt wurden, anders ließ sich diese Tätigkeit sicher auch nicht ertragen, wenn ein Häftling nicht mehr konnte, wurde er sofort erschossen und auch verbrannt, die Asche der Toten wurde wieder von anderen Häftlingen in eine tiefe Grube versenkt, war sie voll, wurde die nächste ausgehoben und gefüllt.

Außerhalb des Geländes war ein großes Stück Land eingezäunt, dort wurde für die Küche Gemüse angebaut, hier arbeiteten Frauen und wurden streng bewacht, diese Frauen leisteten Zuarbeit für die Küche, auch für das Wachpersonal wurde gekocht, natürlich in extra Töpfen und mit Fett und Fleisch, wer sich daran vergriff wurde sofort standrechtlich erschossen, wer hier arbeitete war privilegiert, denn die Frauen hatte nichts zu befürchten, die Arbeit war nicht zu schwer und man war immer sauber und geschützt in der Küche, auch Brot- und Knochenreste vielen ab, von denen man dann heimlich eine Brühe kochte.

An den Werkstätten, wo die Habseligkeiten der Häftlinge gesammelt wurden, schlossen sich Handwerksbaracken an, dort wurden zum Beispiel aus den Haaren, das Innenleben für Kissen gefertigt, und aus den Lederschuhen Gürtel, alles wurde verwertet, dort fertigte man auch Bestellungen für das Wachpersonal an. Die Familien der Wachleute wohnten nicht weit von dem Lager und die Frauen und Kinder hatten so manche Wünsche, auch wer hier arbeitete hatte nicht viel zu befürchten, denn Handwerker wurden gebraucht, es gab eine extra Halle für die Tischler, sie stellten die Balken für neue Dächer her und kümmerten sich um die Fußböden, die Handwerker wurden auch gesondert bewacht, ab und an wurde das Personal aufgestockt, auch hier schleuste man Spitzel ein, die wurden jedoch schnell erkannt und keiner ließ sich etwas zu Schulden kommen.

Irene erzählte mir, dass es eine kleine Organisation in dem Lager gibt, die wird von den Russinnen geleitet, der Block schloss sich den Baracken der Juden an, dort lebten russische Partisaninnen und auch andere Genossen, die hielten sehr zusammen und waren unter ständiger Bewachung, es gab immer wieder willkürliche Vorfälle, die Russen wurden ohne jeden Grund geschlagen, gequält und erschossen. Die Frauen waren sehr solidarisch und halfen wo sie nur konnten, jeder versuchte auch ihnen zu helfen. Sie hatte ein Netzwerk aufgebaut, in dem man im Tauschgeschäft an Medikamente und Essen heran kam, weiterhin kümmerten sie sich darum, dass Häftlinge für eine Zeit von der Bildfläche verschwanden, wo sie versteckt wurden war ein Geheimnis, auch wenn jemand mit den Kräften am Ende war, wurde dafür gesorgt, dass sie für eine gewisse Zeit eine leichtere Arbeit, zum Beispiel in der Wäscherei, der Küche oder in der Nähstube, verrichten konnte.Es war gut zu wissen, dass es sie gab, denn Hilfe brauchte man immer, die russischen Häftlinge waren jedoch sehr misstrauisch und man musste sich das Vertrauen hart erarbeiten, ich nickte nur und sagte, dass ich das Verhalten gut verstehen konnte.

Irene fragte mich, ob sie den Kontakt zwischen den Russen und mir herstellen soll, ich hatte mich gar nicht getraut zu fragen, weil ich noch recht neu hier bin, ich würde jedoch gerne helfen wenn ich kann, das wurde von den Russinnen schon bemerkt und ich habe versprochen mit dir zu reden und dich zu fragen, ob du in der Organisation mitarbeiten möchtest. Ich freute mich über das Vertrauen und drückte Irenes Hand, sie lächelte mich an und war mit dem Gespräch zufrieden.

Es war 17:00 und vor unserer Baracke standen die Aufseherinnen und auch SS-Männer waren zur Verstärkung mit dabei, Marie verkroch sich sofort in die äußerste Ecke, wir sollten uns in zweier Reihen aufstellen und wurden unter strenger Bewachung Richtung Ausgang gebracht, ich sah Irene hilfesuchend an, sie zwinkerte mir nur zu, wir mussten rennen und durften den Anschluss an unseren Vordermann nicht verlieren.

Wir rannten auf den großen Appellplatz, der sich am Eingang des Lagers befand, dort standen an einer Seite vier Stühle und Tische und die Ärzte in ihren weißen Kitteln hatten darauf Platz genommen, von allen Seiten kamen die Frauen angerannt, jede Baracke stand separat für sich an dem Rand des Platzes.

Die erste Gruppe wurde hinter die Ärzte gebracht, dort mussten sich die Frauen ausziehen und nackt in zweier Reihen wieder anstellen, die meisten Frauen bestanden nur aus Haut und Knochen.

Jede Frau musste ihre Kleidung in einem Bündel mit sich tragen, nun wurde die erste losgeschickt, sie musste nackt um den Appellplatz rennen, als sie vor den Ärzten angekommen war, musste sie ihre Kleidung auf die Erde legen und Kniebeugen machen, das war so demütigend und unbarmherzig, dass mir ganz kalt wurde, die Ärzte sahen sich die Frau genau an und entschieden dann mit einer Handbewegung, entweder zurück oder weg, das weg war das Todesurteil.

Die erste Frau hatte Glück gehabt und dürfte zurück, sie nahm ihre Sachen und zog sich hinter den Ärzten wieder an, so ging es von einer Frau zur nächsten, jeder Häftling mobilisierte seine letzten Kräfte, sofern sie noch welche hatte.

Die SS-Männer trieben die Frauen an, sie brüllten und knallten mit dem Gummiknüppel auf die Erde, sie machten sich lustig über die Frauen und hielten mit dummen Sprüchen nicht hinter dem Berg, die älteren unter den Frauen schafften nicht mal mehr die Runde um den Appellplatz und wurden sofort ausgesondert. Ich hatte das Gefühl für einige stellte diese Selektion das ersehnte Ende der Qual dar, einige Frauen konnten einfach nicht mehr, sie waren am Ende ihrer Kräfte.

Alle anderen Gruppen mussten die einzelnen Selektionen mit ansehen und versuchten sich gegenseitig zu motivieren, man wusste im Voraus wer es schaffen würde und wer nicht.

Die ausgesonderten Frauen wurden auf einen Lkw geladen. Als die Pritsche voll war fuhr er weg, man flüsterte sich zu, dass es nach Birkenau ins Gas geht.

Wieder andere erzählten, dass man sicher wieder neue Transporte erwartet und man auf diese Weise Platz schaffte.

Aus meiner Baracke hatten es 30 Frauen geschafft und alle anderen würde man nicht mehr wieder sehen. Als wieder Ruhe einkehrte krabbelte Marie von ihrem Bett und kuschelte sich ganz dicht an mich, ich legte beide Arme um sie und sagte nur, das Gott seine Hände über mich gehalten hat, auch Irene hatte es geschafft, als wir zum Abendessen in der Baracke saßen, sprach Irene ganz leise zu uns allen, wenn jetzt die neuen Häftlinge kommen, seid bitte sehr vorsichtig, man weiß nicht wen man uns als Spitzel unterjubelt, alle nickten und waren froh über die Ermahnung.Die Selektion hat wieder viel Platz geschaffen und sehr viel Leid verursacht, es dauerte eine ganze Weile bis sich das Leben wieder halbwegs normalisiert hatte, die Arbeit wurde nun auf den Rücken der restlichen Frauen neu verteilt. Ich war weiterhin für die Latrinen verantwortlich und half jedes Mal in der Wäscherei, da es auch dort viele neue Gesichter gab, hielt ich mich sehr zurück und redete kein Wort, Irene hatte uns nicht ohne Grund gewarnt, als ich mit dem waschen der Kleidung fertig war und sie auf der Leine hing, ging ich sofort und ohne einen Gruß in meine Baracke, dieses Verhalten viel mir sehr schwer aber es musste sein.

Nach zwei Tagen kamen wieder Güterzüge mit Gefangenen an, dieses Mal wurden jedoch ganze Güterzüge nach Birkenau umgeleitet, damit erspartemanesich die Arbeit der Aufnahme und die Menschen gingen gleich ins Gas.

Wir erwarteten 35 neue Frauen, die auch nicht lange auf sich warten ließen, es waren wieder zwei Frauen dabei, denen die Haare nicht geschoren wurden, sie hielten das für normal und wir sagten ihnen nicht die Wahrheit, die Neuzugänge wurden von uns in den vorderen Betten untergebracht, damit hatten wir uns im hinteren Bereich der Baracke eine kleine Schutzoase für Marie geschaffen.

Noch am gleichen Abend wurden die beiden Frauen mit den langen Haaren, es waren ungarische Juden, von den Aufseherinnen abgeholt, die Mädchen sahen uns hilfesuchend an, aber wir konnten nichts ausrichten, man sah verstohlen zum Boden und wusste, dass man sich nicht wieder sehen würde.

Unter den Neuankömmlingen war auch eine junge Frau, der es sehr schlecht ging, sie wurde von den anderen Frauen gestützt und lag fast leblos im Bett, die anderen Frauen erzählten, dass sie sich gegen die Aufseherinnen wehren wollte, als man ihr ihre kleine Tochter aus den Armen gerissen hat, sofort waren zwei andere Aufseherinnen da und halfen dabei die Frau mit Gummiknüppeln zu schlagen, das kleine Mädchen auf ihrem Arm bekam auch einen Schlag ab und fiel sofort leblos auf der Erde, als die Frauen vom Wachpersonal von ihr abließen war sie mehr tot als lebendig, sie lag ohnmächtig auf der Erde, zwei Frauen gingen sofort zu ihr und nahmen sie in ihre Mitte auch die anderen Frauen bildeten einen großen Kreis, sodass man die Frau nicht von außen sehen konnte. Man tätschelte sie, damit sie wieder zu sich kam und auf ihren Beinen stehen konnte, die Gruppe mit den Frauen setzte sich in Richtung Duschen in Bewegung.

Mit der Hilfe aller Frauen konnte sie es bis in unsere Baracke schaffen, sicher auch weil die SS-Männer Anspruch auf die beiden jungen Mädchen anmeldeten, dadurch waren die Aufseherinnen abgelenkt und achteten nicht auf uns.

Ich ging zu der jungen Frau und setzte mich an ihren Kopf, ich fragte wo sie Schmerzen hatte, sie schüttelte nur den Kopf und weinte aus tiefstem Herzen, sie rief nach ihrer kleinen Tochter, keiner sagte ihr, was mit ihr geschehen ist, ich versuchte ihr zu sagen, dass sie überleben und kämpfen muss, eben für die kleine Tochter, die Frau sah mich an und zeigte mir ihren Körper, er war über und über mit Striemen übersät, einige waren aufgeplatzt und bluteten, ihr rechter Oberarm war gebrochen, er schmerzte sehr, ich ging in meine Koje und holte ein Wechselhemd unter dem Strohballen hervor, dieses Hemd habe ich mir aus der Wäscherei organisiert, ich riss es in breite Streifen und verband damit den Bruch, anschließend stellte ich aus weiteren dünnen Streifen eine Schlinge her, in der sie den Arm ruhen lassen musste, Irene gab mir eine Salbe für die offenen Wunden, die Fürsorge tat der jungen Frau gut, sie legte ihren Kopf an den meinen und hörte auf zu weinen, sie bedankte sich und hoffte es irgendwann einmal wieder gutmachen zu können, wir winkten nur ab und lächelten.

Irene sah mich an und ihr Gesicht sprach Bände, sie war über meinen Mut begeistert, es war aber auch sehr leichtsinnig, denn was wäre gewesen, wenn wir einen Spitzel mit in unserer Baracke hätten, dann würden solche Aktionen sofort gemeldet werden, und allen Frauen, auch Marie, würden dann darunter zu leiden haben. Das habe ich natürlich eingesehen und versprach Besserung. Irene sagte mir, dass morgen eine junge Frau aus der Baracke mit den Russinnen zu uns kommen würde, sie will Marie tätowieren, damit sie bei einer Kontrolle eine

Nummer vorweisen kann, ich bedankte mich und hoffte mich einmal für die Hilfe erkenntlich zeigen zu können.

Der nächste Tag brach an und auch er begann für die neuen Frauen mit dem Tätowieren der Nummer auf dem Unterarm, die junge Frau mit dem gebrochenen Arm wurde wieder von den anderen Frauen geschützt.

Am Nachmittag kam die kleine russische Frau und tätowierte meine kleine Marie, ich hielt solange Wache und war sehr auf der Hut, dass keiner unseren Besuch bemerkte, so unauffällig wie sie gekommen war, verschwand sie auch wieder.

Das Abendessen wurde von einer Frau in einem Holzkarren in unsere Baracke gebracht, wie immer gab es eine Scheibe Brot und eine Tasse Wasser, allerdings fehlten vier Portionen, die Aufseherin, die den Küchenkarren begleitete, kam sofort rein und brüllte uns an, mehr gibt es nicht, eine der neuen Frauen erlaubte sich zu sagen, dass es ungerecht allen Frauen gegenüber ist. Die SS Aufseherin drehte sich um und schlug ihr sofort ins Gesicht und anschließend mit dem Gummiknüppel auf den Rücken, die Frau schrie vor Schmerzen, wir standen starr vor Schreck an unserem Tisch, die Frau wurde von der Aufseherin angeschrien, sie sollte sich sofort aufstellen, die Frau versuchte gerade zu stehen, das gelang ihr jedoch nicht, sie wurde mitgenommen und in eine Arrestzelle gebracht, was sich dort abspielte konnten wir nur erahnen, alle hofften sie wieder zu sehen.

Es gab unter den Aufseherinnen auch Frauen, die besonders sadistisch waren und sich täglich an dem Leid der Menschen weideten, sie waren in mancher Hinsicht brutaler als die Männer bzw. wollten genauso geachtet werden wie das männliche Wachpersonal. Aus diesem Grunde dachten Sie wohl durch besonders großen Sadismus und Brutalität Achtung bei dem männlichen Wachpersonal zu erreichen.

Nach einer Woche kam die Frau aus der Arrestzelle zurück, sie war ganz wirr im Kopf und sprach kein Wort, sie war abgemagert bis auf die Knochen und ihre Innenschenkel waren nur noch rohes Fleisch, jeder von uns dachte sich sein Teil und ließ sie in Ruhe. Alle Frauen kümmerte sich um die Frau, wir besorgten extra Portionen für sie zu essen, damit sie wieder zu Kräften kam, wir gaben ihr Salbe, damit sie ihre Innenschenkel und auch die Scheide einsalben konnte, das sitzen fiel ihr sehr schwer und sie krümmte sich vor Schmerzen, wo die genau waren konnten wir nur erahnen. Als ich mich nach dem Latrinendienst wieder einmal in der Wäscherei aufhielt zog ich mir zwei Hosen an und auch zwei gestreifte Kittel, wieder in meiner Baracke gab ich der neuen jungen Frau die eine Hose und auch den zweiten Kittel, damit sie die Kleidung wechseln konnte und sich etwas sauberer fühlte, sie bedankte sich sehr bei allen die ihr halfen.Wir hatten nun zwei schwerverletzte Frauen bei uns, Marie nahm sich der Frau mit dem gebrochenen Arm an, sie holte ihr das Essen und die Wassersuppe, half beim Waschen und unterhielt sich mit ihr, sie sprach gebrochen Deutsch und war in Polen zu Hause.

Sie erzählte von ihrer Zeit im Getto in Krakau, dort hat sie ihre gesamte Familie verloren, wer nicht an Hunger oder Krankheiten gestorben ist, wurde bei der Räumung des Gettos erschossen, ihr gelang die Flucht nur durch einen befreundeten Arzt aus der Krankenstation, dieser Arzt, musste allen Kranken, vor der Räumung des

Gettos, auf der Station einen Gifttrunk verabreichen, die junge Frau befand sich zu diesem Zeitpunkt auf der Station. Die Krankenschwester und der Arzt machten den Todestrunk fertig und waren gerade dabei es den Patienten zu verabreichen.

Ich lag mit einer tiefen Kopfwunde in meinem Krankenbett und konnte das Treiben genau mitverfolgen, als der Arzt bei ihr ankam und ihr den Trunk geben wollte, bettelte sie es nicht zu tun, sie würde sich tot stellen und hätte so vielleicht eine Chance zu fliehen, der Arzt sah sich zu der Krankenschwester um, die hatte nichts gehört oder bemerkt. Der Arzt goss den Trunk hinter mein Bett und schloss mir mit der Hand die Augen, ich verstand sofort und blieb reglos liegen, nach einer kleinen Weile kam die Schwester und bedeckte mich mit einem Lacken.

Als die SS-Männer hereinkamen und schießen wollten, sagte der Arzt nur dass alle 21 Patienten verstorben sind, die SS-Männer gingen zu den ersten beiden Patienten und zogen sie auf den Boden, ein SS-Mann sprang mit beiden Beinen und den schweren Stiefeln auf den Körper des Toten, um zu sehen, dass sie auch wirklich tot waren, es war dem Wachpersonal wohl zu mühsam diese Prozedur bei allen Patienten anzuwenden, und gaben sich mit der Aussage des Arztes zufrieden, dass alle zugedeckt und tot waren. Der kleinen Frau rannen die Tränen über die Wangen, sie hatte Glück gehabt, die Leichen wurden in der folgenden Nacht abgeholt, sie versteckte sich in einem Wandschrank und hörte nur das Treiben in der Krankenstation, die Leichen wurden vom jüdischen Wachpersonal auf einen Lkw verladen und außerhalb des Gettos in einem riesigen Massengrab gebracht, wieder andere Bewohner des Gettos standen mit

Schippen bereit und bedeckte die Körper mit Sand alles unter strenger Bewachung durch die SS. ES war sehr gefährlich, denn die SS-Männer bekamen an den Massengräbern, gesonderte Schnapsrationen und wenn einer zu viel getrunken hatte und ihm die Nase eines der Arbeiter nicht gefiel wurde willkürlich um sich geschossen und ob tot oder nicht, wurden sie in das Grab geworfen und mit Sand bedeckt. Die Zeiten waren so brutal und unmenschlich, dass sich keiner traute auch nur hoch zusehen um kein Aufsehen zu erregen, jeder verhielt sich wie eine Maus.

Der Arzt und die Krankenschwester wurden auch erschossen und gleich mit entsorgt. Die kleine Frau sagte, dass der Arzt wohl schon damit gerechnet hatte und mich aus diesem Grunde am Leben ließ, als es tiefe Nacht geworden war, schlich ich mich ganz leise aus meinem Versteck, ich nahm noch ein Skalpell mit, was auf den Boden gefallen war, um mich notfalls zu verteidigen. Ich öffnete ganz langsam und vorsichtig die Tür und der große Platz war Menschen leer, es war auch kein Wachpersonal zu sehen, ich schlich an der Häuserfront entlang und versteckte mich in einem Hauseingang. Am Ende der Straße war ein großer Schlagbaum, bis dorthin musste ich gelangen, denn hinter der Schranke befand sich die Freiheit, so glaubte ich jedenfalls. Die Häuser in dieser Straße waren alle leer geräumt, entweder wurden die Bewohner erschossen oder deportiert.

Ich schlich von Hauseingang zu Hauseingang und blieb jedes Mal ganz ruhig stehen um zu lauschen ob ich Wachsoldaten hörte, kurz vor der Schranke hörte ich Stimmen, es waren Deutsche und sie unterhielten sich relativ leise, ich verkroch mich in dem Hauseingang und ging ganz leise die Treppe hoch um aus der ersten Etage den Eingang des Gettos bzw. die Wachsoldaten zu beobachten, ich zitterte vor Angst und hielt das Skalpell in der Hand. Ich setzte mich vor Erschöpfung in eine Ecke und verhielt mich ganz ruhig, die Soldaten unterhielten sich weiter, wie sollte ich es nur schaffen an Ihnen vorbei zu kommen, ich beschloss für mich in dieser Wohnung zu bleiben und abzuwarten was sich draußen vor dem Fenster ereignete, nach kurzer Zeit schlief ich ein, durch einen lauten Knall, der von dem Schlagbaum kam, wurde ich aus dem Schlaf gerissen, ich ging ganz vorsichtig zum Fenster um zu sehen was sich dort abspielte. Das Wachpersonal machte seine miesen Spiele mit einem Mann, der zu einer Arbeit in der nahen Munitionsfabrik wollte, er hatte keine Schuhe an und darüber machten sie sich lustig, sie schossen auf die Erde und der Mann musste tanzen, wie ein Bär auf glühenden Kohlen, der ältere Mann war so mager, das die Knochen durch sein Jackett ragten, das Hüpfen, was von ihm verlangt wurde, fiel ihm unendlich schwer, er mobilisierte seine letzten Kräfte um die Befehle zu befolgen, nach einer kleinen Weile brach er zusammen, die Soldaten traten ihn und forderten ihn auf, auf zu stehen, so sehr er sich auch bemühte es gelang ihm nicht, seine Beine trugen ihn nicht mehr, ein Soldat legte an und erschoss den Mann, er hat nichts getan.Aus einer Gruppe, die sich auf den Weg aus dem Lager befand, um zu arbeiten wurden zwei Männer heraus geholt, sie mussten den toten Mann wegbringen, widerstandslos taten sie alles was ihnen befohlen wurde.

Es gab nur eine Möglichkeit für mich aus diesem Getto zu kommen, ich musste mich als Mann verkleiden und am Morgen mit einer Gruppe Arbeiter zur Arbeit gehen.

Den Tag verbrachte ich in der leeren Wohnung, ich sah mich um und fand sehr viele Fotografien, die alle auf der Erde verstreut waren, dort waren Familien abgebildet die zusammen feierten und einen glücklichen Eindruck machten, ich wagte mir kaum vorzustellen was sich hier abgespielt haben muss, als vor kurzem einige Straßenzüge geräumt wurden. Meine Familie und ich wohnten in einem Zimmer am anderen Ende des Gettos, dort hatten wir von der Räumung gehört, aber nichts davon erlebt, jeder hoffte für sich nicht der nächste zu sein, ich konnte auf keinen Fall zurück zu meiner Familie, auf dem Weg dahin hätte man mich sofort geschnappt, denn es war strengsten verboten die Häuser, in denen man wohnte zu verlassen, nur Personen mit Passierschein dürften raus um zu arbeiten, andere Juden versuchten heimlich etwas zu essen zu organisieren, was einem Todesurteil gleichkam, wer dabei erwischt wurde, wurde sofort standrechtlich erschossen.

Es gab nur ganz wenige Straßen, die wir Juden begehen durften, dort gab es Schuhputzer, Bettler und viele Prostituierte, es lagen die Leichen an den Straßenrändern, die wurden täglich von einer jüdischen Gruppe Männer eingesammelt, die meisten von ihnen sind verhungert, sie brachten die Toten aus dem Getto in ein nahe gelegenes Waldstück, was dort mit ihnen geschah, wusste niemand. den Männern war es unter Todes Androhung verboten worden, darüber zu sprechen. Es war das Bestreben der Soldaten, die gesamten Juden in diesem Getto auszuhungern. Jeder dachte nur an sich und an das eigene überleben, solche Solidarität wie ich sie hier bei euch erlebt habe, gab es dort nicht mehr.

Ich überlegte, wo ich Männerkleidung her bekommen konnte, ohne entdeckt zu werden, ich musste also in die

Straße gelangen, wo man sich am Tage aufhalten durfte, dort musste ich mich nach einem toten Mann umsehen und mir die Kleidung von ihm besorgen. Das war leichter gesagt als getan, die meisten Toten waren schon sehr steif und man konnte die Kleidung nicht mehr entfernen, ohne ihnen die Knochen beim Ausziehen zu brechen. In einem Hauseingang sah ich von der Straße aus nur zwei Beine, ich ging in diesen Eingang und sah einen toten jungen Mann, ich machte mich sofort an die Arbeit und zog ihm die Kleidung aus, ich rollte sie zu einem Paket zusammen und ging wieder auf die Straße, ich fühlte mich so schlecht, das kann sich keiner vorstellen wie verroht man schon geworden ist.

Am Ende des Tages, es wurde schon leicht schummrig, ging ich wieder in eine Wohnung auf der Straße, die zum Schlagbaum führte. Aus einem Fenster konnte ich die Wachsoldaten gut beobachten, sie nahmen keine Notiz von dem Treiben im Getto, sie hatten nur darauf zu achten, dass niemand das Getto ohne Erlaubnis verließ und auch niemand von außen hinein kam. Die Soldaten rauchten und unterhielten sich lautstark, es kam vor, dass ein Wachsoldat sich eine Prostituierte von der Straße holte, sie musste dann alle Männer der Reihe nach bedienen und dass dauerte eine ganzen Tag, diese Frauen taten das, um zu überleben, man sah es ihnen an, sie bekam Zigaretten und Lebensmittel für ihre Dienste, als sie fertig war, schlich sie mehr oder wenig in ihr Zimmer, das laufen fiel ihr sehr schwer. Ich verfolgte das Schauspiel und die Frau tat mir unendlich leid.

Der nächste Tag brach an, ich hatte mir die Kleidung des toten Mannes angezogen und wartete in dem Hauseingang auf die Arbeiterkolonnen, die Zeit wollte nicht vergehen und dann kamen sie, sehr langsam und kraftlos, ich wartete auf einen Augenblick, wo ich mich in die Mitte der Kolonne drängeln konnte, die Männer machten sofort Platz und sahen natürlich, dass ich eine Frau war, keiner sagte einen Ton und ich passte mich ihrem Lauftempo an, als wir kurz vor dem Schlagbaum waren, klopfte mein Herz zum Zerspringen, die Kolonne holte ihre Arbeitserlaubnis raus und in diesem Augenblick wusste ich, das die Soldaten mich entdecken würden, es gab Soldaten, die kontrollierten und welche, die es nicht so genau nahmen, ich betete ganz leise und die Soldaten sagten nur wir sollen uns beeilen und nicht so trödeln. Die Arbeiten bogen in die erste Straße ein und ich versuchte mich in einem Hauseingang zu verstecken, das war natürlich nicht möglich, da die Haustüren verschlossen waren. Die Polen hatten große Angst vor der Gestapo und grenzten die Juden völlig aus, es gab zwar Organisationen, die sich im Untergrund um die Juden kümmerten, zu denen hatte ich jedoch keinen Kontakt.

So ging ich schnellen Schrittes die Straße entlang und entdeckte in einiger Entfernung einen Marktplatz, dort bauten die Polen ihre Stände auf und verteilten die Waren zum Verkauf auf den Tischen. Am Rande beobachtete ich das Treiben und wollte versuchen eine Arbeit für den Tag zu erlangen, die Marktbetreiber waren sehr kritisch und auch abweisend jedem fremden gegenüber, ich ging von einem Stand zum nächsten und fragte nach Arbeit, dieses Betteln war mir sehr unangenehm ich hatte nur überhaupt keine Wahl und auf persönliche Befindlichkeiten wurde sowieso keine Rücksicht genommen, die ersten schüttelten den Kopf und ich ging weiter, sicher sah jeder wo ich herkam, denn die Kleidung war schmutzig, ich war abgemagert und eingeschüchtert. Nachdem ich eine Stunde auf dem Markt gelaufen bin, machte ich eine Pause, an einem Brunnen trank ich einige Hände voll Wasser. Eine ältere Dame, die einen Fischstand hatte, beobachtete mich, sie winkte mich zu sich heran, ich ging schnellen Schrittes, die Dame fragte mich, ob ich immer noch Arbeit suche, ja sagte ich und war sehr zuversichtlich, sie nahm mich mit hinter den Verkaufstisch, dort standen große Metallkübel bis zum Rand mit Fischen gefüllt, sie fragte mich, ob ich Fische ausnehmen kann, ich nickte ein wenig vorsichtig, weil ich das noch nie gemacht habe, die Dame war recht freundlich und zeigte mir was ich tun soll und wie ich die Fische festhalten musste.

Voller Freude, etwas sinnvolles tun zu dürfen widmete ich mich den Fischen, nach zwei Stunden war ich fertig und die ältere Dame war sehr zufrieden mit meiner Arbeit, jetzt hast du dir aber eine Pause verdient, sie gab mir ein großes Stullen-Paket und eine Thermosflasche mit Kaffee, ich konnte es kaum fassen und fragte vorsichtig nach, ob das auch kein Irrtum war, die Dame klopfte mir vorsichtig auf die Schulter und sagte nur, dass ich mich hinter den Stand setzen soll um zu essen, damit es nicht jeder sah.

Nun wusste ich ganz sicher, dass sie wusste wo ich her kam. Ich hatte so viel Glück gehabt, dass ich es kaum fassen konnte. Auf dem Weg zum Markt, habe ich einen kleinen Jungen auf der Straße betteln gesehen, er hatte nur ein Bein und stützte sich auf Krücken, ich sagte der älteren Dame, dass ich kurz auf die Toilette musste und gleich wieder da sein würde, sie nickte nur und ich ging schnellen Schrittes zu dem Jungen, er war immer noch an derselben Stelle, als ich näher kam, wurde er unruhig, ich nahm den Rest des Stullen-Pakets aus meiner Tasche und reichte es ihm, er stand fassungslos vor mir und fing sofort an zu weinen, er drückte und küsste meine Hand und biss sofort in die Brote, ich freute mich mit ihm und mir wurde seit ewiger Zeiten wieder warm ums Herz.

Dann plötzlich kamen von beiden Seiten der Straße SA-Männer angelaufen, ich blieb wie angewurzelt stehen, sie kamen direkt zu mir und fragten mich nach meinen Papieren, ich sagte, dass ich sie verloren haben muss, der eine SA-Mann brüllte mich an, der andere bohrte mir die Mündung seines Gewehres in den Rücken, ich weinte und bettelte um Nachsicht, aber nichts half, sie führten mich ab, wir mussten über den Markt zur nahen Polizeistation gehen, die ältere Dame sah das Geschehen und machte ein sehr trauriges Gesicht, auch alle anderen Marktbetreiber machten mitleidige Mienen, das half mir jedoch überhaupt nicht. Ich war so stolz, es bis hierher geschafft zu haben und nun war doch alles umsonst gewesen.

Die Gestapo hatte mich drei Tage lang verhört, geschlagen, vergewaltigt und gefoltert, ich konnte mir nicht vorstellen, dass es noch etwas schlimmeres auf der Welt geben könnte.

Der Körper ist auch ein kleines Wunderwerk, nach dem man mir unendliche Schmerzen zu gefügt hatte, spürte ich kaum noch etwas, die Schläge und Tritte waren sehr schmerzhaft und trotzdem spürte ich nichts mehr.

Am vierten Tag wurden die gesamten Gefangenen auf einen Lkw geladen und zum Bahnhof gefahren, dort wartete schon der Güterzug auf uns und wir wurden verladen und nach Auschwitz gefahren, wenn jetzt jemand denken könnte, dass ich dem Jungen die Schuld an meiner Verhaftung geben würde, das ist ein großer Irrtum, er konnte gar nichts dafür, ganz im Gegenteil, keiner wusste, was aus ihm geworden ist, sicher waren es polnische Nazis, die in den Wohnungen wohnten und die Polizei bzw. die SS-Männer benachrichtigten, weil sie sich von dem bettelnden Jungen belästigt fühlten.

So bin ich hierhergekommen und für mich stand lange fest, dass ich das Leben hier nicht lange aushalten würde, schon im Vorfeld hat man sich erzählt was uns hier erwarten würde, für sehr viele ist das die Endstation. Ich legte der kleinen Frau meine Hand auf die ihre und sagte nur, wir helfen uns hier gegenseitig, du musst aber kämpfen und einen eisernen Willen zum Überleben haben, damit schadest du den Nazis am meisten, die kleine Frau nickte nur und küsste meine Hand.

Der Tag ging zu Ende und wir versuchten zu schlafen, trotzdem uns die Erzählung der jungen Frau noch lange durch den Kopf gingen.

Der nächste Morgen brach an und wir wurden lautstark aus dem Schlaf gebrüllt, die Aufseherin schlug mit dem Gummiknüppel auf den Tisch und schrie, dass wir uns in 5 Minuten vor dem Block anzustellen haben, es begann der übliche Zählappell und die Arbeit wurde eingeteilt, die kleine junge Frau wurde in der Wäscherei eingeteilt, ich ging wieder in die Fäkalien und Irene musste in den Straßenbau.

Der Frühstücksdienst holte die Wassersuppe und das Brot aus der Küche, wir hatten gerade den letzten Bissen heruntergeschluckt, als wir von der brutalen Aufseherin zur Eile angetrieben wurden, es musste alles sehr schnell gehen, zwei Frauen hatten die Nacht nicht überstanden, wir legten sie vor die Baracke und stellten uns dann zur Arbeit an.

Marie wusste längst was sie zu tun hatte, sie verkroch sich und machte sich unsichtbar. Der Tag verging und ich hatte meinen Dienst in den Latrinen verrichtet, der Geruch machte mir schon längst nichts mehr aus, im Laufe der Zeit gingen mir Gedanken durch den Kopf, das einzige Versteck, wo sich die SA-Männer und Frauen nicht hineinwagten, sind die Latrinen, um die machten alle einen großen Bogen, in ihnen konnte man auch gefährliche Dinge verstecken.

Der Bautrupp kam auch wieder in die Baracke zurück, die brutale Aufseherin war schon von weitem zu hören, sie trieb die Frauen zur Eile an, denn schließlich hatte sie ja Feierabend, auf einem Karren, brachten sie zwei Frauen zurück, die bei der Arbeit gestorben sind, sie wurden gleich zu den Öfen gebracht, dort wurden sie auf dem Berg mit Leichen abgelegt. Die Sträflinge an den Öfen wurden anders versorgt als die übrigen Häftlinge, sie bekamen auch Zigaretten und Alkohol, ihre Augen waren leer und ausdruckslos, sie wussten, dass sie diese Arbeit nicht überleben würden, denn Zeugen der Grausamkeit brauchten die Nazis nicht, ihnen war klar, dass auch sie irgendwann im Ofen landen würden.

Irene hatte starke Schmerzen, sie hat beim ziehen der großen Presse einen Schuh verloren und musste ohne Schuhe auf dem Schotter laufen und weiter arbeiten, sie hat sich die gesamte Fußsohle aufgeschnitten und konnte nicht mehr laufen. Ich zerriss sofort wieder einen Kittel in kleine Streifen und umwickelte den Fuß, nachdem ich ihn gesäubert und mit einer Salbe eingecremt habe, das Abendessen brachten wir ihr auf das Strohlager. Am nächsten Tag versuchte ich sofort Kontakt in die Baracke der Russinnen aufzunehmen, von dort wollte ich Irene Tabletten besorgen, damit sich der Fuß nicht entzündete, diese Kontaktaufnahme war gar nicht so einfach, weil wir unseren Block nicht verlassen durften.

Ich ging also mit unserem Eimer zu den Latrinen und entleerte ihn, anschließend nahm ich einen anderen Weg zurück, um an der russischen Baracke vorbeigehen zu müssen, ich stellte den Eimer ab und ging hinein, sofort war Stille, keiner wagte mehr auch nur einen Ton zu sagen, ich schilderte in kurzen Sätzen was mit Irene geschehen ist, eine große kräftige Frau nickte mir zu und sprach zu den anderen im Block auf Russisch, ich kannte die Frau aus der Wäscherei und die Skepsis verwandelte sich in Freundlichkeit, die große Frau entschuldigte sich für die abweisende Haltung, aber Vorsicht ist immer geboten, ich nickte und winkte nur ab, ich fragte erneut nach den Tabletten, die Russin ging in den hinteren Teil des Blocks und kam mit einem Streifen Tabletten wieder zurück sie soll alle 6 Stunden zwei Stück nehmen, ich nahm sie und bedankte mich recht herzlich, die Tabletten wurden versteckt, dann nahm ich den Latrinen Eimer und verließ unauffällig den Block.

Wieder in meiner Baracke angekommen gab ich Irene gleich zwei Tabletten und eine Tasse Wasser, sie bedankte sich und schlief sofort ein.

Das war meine erste Begegnung mit den Frauen aus dem russischen Block, sie wurden als Kommunisten und Landesverräter eingestuft und das war genauso schlimm wie eine jüdische Abstammung zu haben, zu diesem Zeitpunkt wusste ich noch nicht genau wie schnell wir uns schon bald wieder sehen würden, ich war erst einmal dankbar für die sofortige Hilfe.

Ich lebte nun schon so lange bei der Familie Kretschmer, dass ich mir kaum noch etwas anderes vorstellen konnte, mein Leben war sehr stabil und unkompliziert, ich ging zur Schule, kam nach Hause, machte meine Hausaufgaben und ging dann zu Frau Gerber ins Geschäft einkaufen. Die Nachbarn haben sich sehr schnell mich gewöhnt, ich war sehr höflich und grüßte jeden, die meisten erwiderten, hab einen schönen Tag Luise und lass dich nicht von den Lehrern ärgern. Ich war zurückhaltend und recht verschlossen, die einzigen Blicke galten meiner alten Wohnung im Nebenhaus, aus dem Fenster in der ersten Etage hing eine Fahne der NSDAP und am Tag hielten vor dem Eingang die schwarzen Autos der Gestapo, das konnte ich von unserem Küchenfenster gut beobachten.

Frau Kretschmer kam um 16:00 Uhr von der Arbeit, dann setzten wir uns an den Küchentisch und sie fragte mich was in der Schule los war, das war meine schönste Stunde des Tages, ich hatte dann die liebe Frau Kretschmer ganz für mich allein, sie machte mir dann einen Kakao und sie trank einen Kaffee. Eine Stunde später kam Herr Kretschmer nach Hause, auch er setzte sich dann zu uns in die Küche, er erzählte von seiner Arbeit und das wieder zwei Arbeitskollegen von der Gestapo abgeholt wurden, sie sollen angeblich Flugblätter gedruckt und verteilt haben, die Chance sie jemals wieder zu sehen war sehr gering. Frau Kretschmer fing an Abendbrot zu machen und ich half ihr, ich deckte den Tisch und in der Zeit wo sie die Bouletten für Herrn Kretschmer in der Pfanne gebraten hatte, spielen wir beide eine Partie Dame, ich habe schon sehr viel von Herrn Kretschmer gelernt und habe auch gewonnen, nach dem Abendbrot spielten wir Schach und Frau Kretschmer sah uns zu, man konnte sagen, dass es uns recht gut ging, ich fragte zwar noch so manches Mal, ob jemand etwas von meinen Eltern gehört hat, aber die Antwort war immer dieselbe, keiner wusste etwas genaues und über Vermutungen wurde nicht gesprochen.

Nach einigen Tagen, als ich zu Hause war und vom Fenster aus die Straße beobachtete, wurde ich Zeuge eines unwahrscheinlichen Zwischenfalls, auf der gegenüberliegenden Seite sah ich wie zwei Lkws und eine schwarze Limousine vor dem Eingang hielten, SA-Männer stürmten die Treppen hinauf, das knallen von Türen und Fenstern war bis zu mir zu hören, es fielen auch Schüsse, kein Anwohner hatte den Mut stehen zu bleiben, jeder verkroch sich so schnell er konnte und wollte mit der Gestapo nichts zu tun haben, hinter der Gardine konnte mir jedoch nichts passieren und ich fühlte mich sicher.

Von der vierten Etage bis zur ersten wurden alle Bewohner auf die Straße gejagt, vereinzelt hatten sie schon schwere Verletzungen davon getragen, vor dem Eingang wurden die Bewohner von bellenden Hunden und schreienden SS Männern bewacht, unter den Bewohnern waren auch kleine Kinder, schon sehr alte Menschen und eine hochschwangere Frau. Die schwangere Frau stürzte und wurde mit Fußtritten bearbeitet, ein junger Mann, der ihr helfend zur Seite stand, wurde sofort erschossen, die Frau hielt sich an einer Laterne fest, die SS-Männer beobachteten sie genau, dann wurde sie an den Haaren in den Hauseingang gezerrt, sie schrie vor Schmerzen und hielt sich den Bauch, dann geschah das unfassbare, alle SS-Männer gingen nacheinander in den Hausflur und vergewaltigten die junge Frau, alle anderen Bewohner hörten die Frau schreien und keiner konnte ihr helfen, als alle SS Männer ihr Werk verrichtet hatten, stellten sie sich wieder auf die Straße und ließen die junge Frau Blut überströmt aus dem Hausflur holen, die aggressiven Hunde bellten und versuchten nach ihr zu schnappen, die SS-Männer stachelten sie noch an und freuten sich über die Angst in den Gesichtern der Menschen.

Man zog sie an den Haaren auf einen der Lkws, und auch einem der Hunde war es gelungen ihr in den Bauch zu beißen, da sie ohnmächtig oder sogar tot war, kam von ihr keine Reaktion mehr, der riesige Bauch klaffte auf und man sah die Därme, es war ein Anblick des Schreckens.

Alle anderen Bewohner sahen alles mit an und wimmerten nur vor sich hin, auch sie wurden auf die Pritsche gejagt und stiegen über die arme junge Frau hinweg. Die beiden Lkws fuhren los und hinterließen einen Bürgersteig, der über und über mit Blut verschmiert war, auch andere Exkremente waren hier zu finden.

Als Frau Kretschmer nach Hause kam, erzählte ich ihr die ganze Geschichte, sie hatte auf dem Weg nach Hause schon davon gehört, in dem Aufgang sollen Juden versteckt worden sein, durch den Verrat des Postboten, der eine Person mit gelben Stern im Hinterhof gesehen hatte, kam die Gestapo und durchsuchte jeder Raum, den Boden und den Keller, auch wusste man wie die Speisekammern als Verstecke genutzt werden konnten, es gab also für keinen ein Entrinnen.

Man fand wohl drei Familien, die sich auf dem Boden, hinter einem großen Schrank ein Versteck gebaut hatten, von dort stammte auch die junge hochschwangere Frau. Die deutschen Familien wurden auch alle verhaftet, auch ihnen drohte die Todesstrafe bzw. das KZ. Frau Kretschmer strich mir über den Kopf und sagte nur, wir haben, glaube ich, alles richtig gemacht, zumindest bist du in Sicherheit, denn rettet man einen Menschen so rettet man eine ganze Nation. Diesen Spruch werde ich auch mein Leben lang nicht mehr vergessen.

Die Portier-Frau aus dem Nachbarhaus machte den Gehweg mit einem Eimer und dem Schrubber sauber, und nach zwei Stunden war von der grausamsten Szene, die ich je gesehen habe, nichts mehr zu erkennen.

In dieser Nacht konnte ich nicht schlafen, mir gingen die Bilder des Tages nicht aus dem Kopf. Familie Kretschmer saß noch sehr lange und unterhielten sich, worüber konnte ich nicht sagen.

Am nächsten Tag saßen wir am Frühstückstisch und meine Pflegemutter sagte mir noch einmal ganz eindringlich, wenn man sich in der Schule darüber unterhält, was gestern hier geschehen ist, halte dich bitte aus allen Gesprächen raus, du weißt nicht, welches Amt die Eltern bekleiden und was sie für eine Gesinnung haben, ein falsches Wort reicht um die Gestapo hellhörig werden zu lassen. Ich versprach mich an die Anweisungen zu halten.

Als ich am Nachmittag aus der Schule kam, wartete Frau Gerber schon auf mich, sie sagte ich soll meiner Tante sagen, dass Frau Gerber sie unbedingt heute noch sprechen muss, ich nickte und richtete alles gleich zu Hause aus. Frau Kretschmer zog sich daraufhin wieder an und ging zu Frau Gerber, erst nach drei Stunden kam sie wieder, Herr Kretschmer und ich spielten schon, wie gewohnt am Küchentisch, das Gesicht von Frau Kretschmer war sehr ernst, sie sah ihren Mann an und sagte nichts, wir aßen zusammen Abendbrot und anschließend ging ich heute gleich ins Bett, das Ehepaar Kretschmer saß noch lange am Küchentisch, sie unterhielten sich sehr leise.

Der nächste Tag brach an und alles war wieder wie immer. Der Fliegeralarm hatte in den letzten Wochen sehr zu genommen, hinter vor gehaltener Hand sprach man davon, das die Engländer und Amerikaner sich gegen Deutschland verbündeten haben und sich zur Wehr setzen wollen, auch die Russen leisteten erbarmungslosen Widerstand. Unsere Koffer waren immer gepackt, der Keller war mit allem ausgestattet was man so brauchte. Der Blockwart, so nannte man den Verantwortlichen für Fliegeralarm im Haus, führte eine Liste von den Bewohnern des Hauses und strich anschließend die Menschen, die den Angriff nicht überlebt hatten.

Gott sei Dank war uns bisher nichts geschehen, Herr Kretschmer kam des Öfteren nicht mit in den Luftschutzkeller, er sagte nur, dass er auf die Wohnung aufpassen würde.

Die Wochen vergingen und alles lief in ruhiger Atmosphäre ab, Herr Kretschmer kam immer sehr spät nach Hause und meine Ersatzmama machte sich große Sorgen.

Es war an einem Mittwoch, als ich nach dem Abendessen in mein Zimmer gehen wollte, plötzlich heulten die Sirenen und wir nahmen unseren Koffer und gingen in den Keller unseres Hauses, auch Nachbarn aus den Nebengebäuden kamen zu uns, weil unser Keller einen stabilen und ordentlichen Eindruck machte. Herr Kretschmer kam wieder nicht mit, allerdings zog er sich heute an und verließ mit uns zusammen die Wohnung.

Erst Stunden später, so gegen 21:00 Uhr gab die Sirene Entwarnung, wir verließen den Keller und auf allen Stufen des Hauses und dem Bürgersteig lagen Flugblätter, auf denen wurde mitgeteilt, dass die Amerikaner, Engländer und Russen die Nazis vertreiben und vernichten wollen, man solle sich ruhig verhalten und auf das nahe Kriegsende hoffen, weiterhin wurde über die Konzentrationslager aufgeklärt, man schrieb sehr ehrlich, dass es sich um Vernichtungslager handelte und die Menschen zu tausenden vergast und verbrannt wurden.

Es war verboten die Flugblätter zu lesen bzw. sie mit nach Hause zu nehmen, wenn jemand dabei erwischt wurde, drohte ihm das Zuchthaus und trotzdem das alles bekannt war, gelang es immer wieder Menschen die Flugblätter einzustecken und sich zu Hause in Ruhe durch zu lesen.

Meine Ersatzmama und ich gingen in unsere Wohnung, wo Herr Kretschmer schon auf uns wartete, er saß am Tisch und las die Zeitung, er war aber total verschwitzt, sein Hemd hatte an beiden Armen große schwarze Flecke, Frau Kretschmer sah das und holte sofort ein neues Hemd aus dem Schrank, das schmutzige Hemd weichte sie sofort in der Badewanne ein und legte noch Socken dazu, alles geschah ganz leise und ohne ein Wort zu sprechen, ich verstand die Situation nicht, traute mich aber nicht eine Frage zu stellen.

Meine Ersatzmama kochte Kaffee für sich und ihren Mann, Herr Kretschmer spielte mit mir noch eine Runde Dame.

Plötzlich hörten wir schwere Schritte auf der Treppe, es klingelte bei uns und Frau Kretschmer hielt den Finger vor den Mund und ging ganz leise zur Tür, dort standen zwei Polizisten, ein Mann von der Gestapo und zwei SS-Männer mit gezogenen Gewehren.

Frau Kretschmer blieb ganz ruhig und fragte, ob sie helfen kann, die Polizisten drängten sie zur Seite und trat in die Küche zu Herrn Kretschmer, der stand auf und fragte, was das zu bedeuten habe, der Mann von der Gestapo fragte, wo er ab 16:00 Uhr gewesen ist, Herr Kretschmer erzählte, das er von der Arbeit kam und dann zu Hause geblieben war, der Polizist zeigte ihm ein Flugblatt und fragte, ob er das kannte, Herr Kretschmer schüttelte nur den Kopf und sagte, dass er so etwas noch nicht gesehen hat. Der Mann von der Gestapo beschuldigte Herrn Kretschmer des Hochverrats und wies die SS-Männer an ihn ab zuführen und in die Kruppstraße nach Moabit zum Verhör zu bringen.

Herr Kretschmer wurde ganz blass, was ein Verhör bedeutet wusste er zu genau, die Foltermethoden der Gestapo waren überall bekannt, Frau Kretschmer fing sofort an zu weinen und bat den Polizisten sich noch von ihrem Mann verabschieden zu können, dafür hatten die SS-Männer keine Zeit. Wir gingen beide mit die Treppe hinunter und schauten dem Polizeiwagen nach, ich wusste nicht was ich sagen sollte, ich nahm die Hand von meiner Ersatzmama und drückte sie nur ganz fest.Die Nachbarin über uns hatte alles mit angesehen und wartete auf Frau Kretschmer im Treppenhaus, sie kam leise mit in unsere Wohnung und flüsterte uns zu, dass die Portier-Frau von gegenüber ihren Mann mit Papierstapeln gesehen hat, in der Zeit als wir uns im Luftschutzkeller aufhielten, sie rief sofort die Polizei, Frau Kretschmer schüttelte nur den Kopf, es muss sich dabei um einen Irrtum handeln, mein Mann hat nichts mit Flugblättern zu tun, die Nachbarin nickte nur und verließ unsere Wohnung.

Wir warteten die ganze Nacht auf die Rückkehr von Herrn Kretschmer, aber nichts war von ihm zu hören. Meine Ersatzmama zog sich an und machte sich auf den Weg in das Polizeirevier in der Kruppstraße, sie bat mich auf ihrer Arbeit im Rathaus vorbeizugehen und sie aus den bekannten Gründen zu entschuldigen, sie würde sich am nächsten Tag auf jeden Fall melden.

Ich ging wie gewöhnt zu Schule und war überhaupt nicht bei der Sache, ich hatte höllische Angst wieder ein Elternpaar zu verlieren und diese Angst war nicht ganz unbegründet. Als ich wieder zu Hause war, machte ich meine Schularbeiten und ging dann zu Frau Gerber um noch ein Brot zum Abendessen zu holen, Frau Gerber fragte mich was die Gestapo in unserem Haus wollte, sie hat von Kunden davon erfahren, ich erzählte ihr ganz leise und in kurzen Sätzen was passiert ist und auch das was uns die Nachbarin erzählt hat, Frau Gerber nickte nur und biss sich vor Nervosität auf die Unterlippe, auch dass verstand ich nicht, sie bat mich meine Pflegemama zu grüßen und ihr zu sagen, dass sie immer zu ihr kommen kann, wenn sie Hilfe benötigt.

Ein Kunde betrat das Geschäft und Frau Gerber war wieder eine ganz andere, sehr sicher und zu jedem freundlich, ich drehte mich um und verließ das Geschäft, mit schnellen Schritten ging ich nach Hause, meine Pflegemama war noch nicht da, ich stellte mich ans Fenster und beobachtete die Straße, die Menschen, die nach Hause kamen, wie sie lachten und sich über kleine Dinge freuten.

Es war schon dunkel als Frau Kretschmer nach Hause kam, sie hatte ein ganz aufgequollenes Gesicht und rote Augen vom vielen weinen, sie erzählte, dass sie ihren Mann nicht sehen dürfte, und man ihr auch nicht gesagt hatte, wo er sich befand und wie es ihm geht, sie hat den ganzen Tag gewartet um bei dem zuständigen Leiter der Polizeiaktion des letzten Abends, vorgelassen zu werden, man sagte ihr, er würde sich bei ihr melden, darauf wollte sie es aber nicht ankommen lassen, schließlich ist ihr Mann ein unbescholtener Bürger, der zu Unrecht beschuldigt wird.

Am nächsten Tag, wollte sie wieder dorthin gehen und auf den Leiter der Polizei warten, das ist das einzige, was man in solchen Momenten tun kann, irgendwann wird es ihnen zu viel werden und sie hören sich an was man zu sagen hat und merken weiterhin, dass ein Interesse an der Person existiert, man konnte sie nicht so einfach verscharren, es würde Aufsehen erregen, zumal sie beide arische Bürger waren, die einer Arbeit nachgingen und sich auch sonst nichts zu Schulden kommen ließen.

Meine Pflegemutter war am Ende ihrer Kräfte, sie war traurig und gleichzeitig wütend, wie machtlos man diesen Schergen ausgeliefert war.

Beim Abendessen erzählte sie mir von den Personen, die sie dort in der Kruppstraße kennengelernt hat, es waren Menschen mit den gleichen Problemen, die sie hatte, jeder wollte wissen, was mit den Angehörigen geschehen ist.

Frau Kretschmer ging jeden Tag zur Kruppstraße und wartete auf eine Antwort, das wurde natürlich von den Polizeibeamten und der SS nicht gern gesehen, sie wurde oft aufgefordert den Wartebereich zu verlassen, dass tat sie aber nicht, sie beharrte darauf eine Antwort bekommen, wo sich ihr Mann aufhält und was man ihm vorwirft.

Nach vier Tagen des Wartens wurde sie dem Kommandant vorgeführt, sie war sehr aufgeregt und ihr schlug das Herz bis zum Hals, der Kommandant war sehr unfreundlich und überheblich, er stand nicht mal auf als sie das Büro betrat, sie stand ihm gegenüber und musste sich sehr zusammennehmen um nicht sofort zu weinen.

Der Kommandant stand auf und fragte sie unfreundlich, was sie hier in dem Gebäude zu suchen hat. Frau Kretschmer versuchte so ruhig wie nur möglich zu bleiben und fragte nach dem Aufenthalt von ihrem Mann, was ihm vorgeworfen wird und wie es ihm geht. Der Kommandant sah sie ärgerlich an und sprach sehr laut und bestimmend, dass er ihr darüber keine Auskunft geben kann, ihr Mann befindet sich nicht mehr in diesem Haus, weiter kann ich ihnen nichts sagen und ich fordere sie hiermit letztmalig auf das Haus zu verlassen, sollte das nicht geschehen, werde er sie in Haft nehmen.

Frau Kretschmer wurde blass und verließ das Büro des Kommandanten. Sie ging noch einmal in den Wartebereich zu den anderen Frauen, die auf ihre Männer warteten, und erzählte schnell was gesagt wurde, die Frauen hörten schweigend zu, wollten aber nicht mit ihr das Haus verlassen, was natürlich jeder verstehen konnte, Frau Kretschmer wusste jetzt wenigstens, dass ihr Mann nicht mehr hier im Gefängnis war.

Als sie die Treppe in Richtung Ausgang hinunter ging, begegnete sie einer jungen Frau, die sie vom Sehen aus dem Nachbarhaus kannte, sie sprach die junge Frau sofort an und erklärte ihr worum es ging, sie musste unbedingt herausfinden wo sie ihren Mann hingebracht haben, die junge Frau trat sofort einen Schritt zurück und sagte kein Wort, sie tat so als wüsste sie überhaupt nicht wovon Frau Kretschmer redete, sie winkte nur an und lief schnell die Treppe hinauf in eines der vielen Zimmer.

Auf dem Nachhauseweg war meine Pflegemutter wieder so traurig wie am Anfang, heute wollte sie zu Frau Gerber gehen, sie wartete ja auch schon einige Tage auf ihren Besuch.

Als sie in die Kollwitzstraße einbog, sah sie Frau Gerber schon vor dem Geschäft stehen, sie winkten sich zu und Frau Kretschmer war froh mit jemanden reden zu können.

Frau Gerber fragte sofort ob sie etwas über ihren Mann erfahren hätte, nur so viel sagte sie, dass er nicht mehr in der Kruppstraße ist, Frau Gerber schüttelte den Kopf und versprach ihr sich umzuhören. Frau Kretschmer erzählte ihr noch kurz von der Begegnung mit der jungen Frau aus dem Nebenhaus, Frau Gerber hörte sofort interessiert zu, sagte aber nichts weiter dazu.

Beide Frauen umarmten sich und jeder ging wieder seiner Wege, man musste in dieser Zeit sehr vorsichtig sein, Spitzel gab es immer wieder und man hatte das Gefühl es werden immer mehr.

Die Tage vergingen und meine Pflegemutter ging wieder arbeiten, sie musste sich ablenken um nicht den ganzen Tag an ihren Mann denken zu müssen.

Nach zwei Tagen klingelte es sehr spät am Abend bei uns, es war schon sehr dunkel und wir hatten beide Angst die Tür zu öffnen und fragten von drinnen wer da wäre, wir hörten nur eine zarte Stimme, die sagte, dass sie ein Päckchen für mich hat, wir machten die Tür langsam auf und vor uns stand die junge Frau aus der Kruppstraße, die meine Pflegemutter auf der Treppe getroffen hatte.

Frau Kretschmer holte sie sofort in die Wohnung und bot ihr einen Stuhl und einen Kaffee an, die junge Frau winkte sofort ab und sagte nur im Flüsterton, dass mein Mann im Gestapo-Hauptquartier in der Prinz-Albrecht-Straße ist und des Hochverrats angeklagt werden wird, meine Pflegemutter rannen sofort die Tränen über die Wangen, die junge Frau drückte sie an sich und verstand ihren Schmerz sofort, sie sagte, leider kann ich nicht mehr für sie tun, die Zeiten sind sehr schwierig und die Denunzianten nehmen täglich zu, ich muss sehr vorsichtig sein, damit ich überhaupt ein wenig helfen kann, die Verkleidung mit Perücke und so weiter dienen nur dem Schutz, wenn sie etwas hören sollte, werde sie Frau Gerber informieren und sie gibt es dann an sie weiter, meine Pflegemutter nickte und war sehr dankbar für die Information. Frau Kretschmer öffnete die Tür und ging zuerst raus um zu sehen, dass sich keine Person im Treppenhaus befand und auch die Straße frei war, die junge Frau lief ganz schnell und war schon nach Sekunden nicht mehr zu sehen. Wir saßen beide am Küchentisch und überlegten, was wir tun könnten, meine Pflegemutter sagte, dass sie am nächsten Tag in die Prinz-Albrecht-Straße gehen wolle und versuchen will etwas über ihren Mann zu erfahren.

Der nächste Tag brach an und Frau Kretschmer machte sich auf den Weg in das Gestapo-Hauptquartier, das Gebäude machte schon von außen einen beängstigenden Eindruck, es war prunkvoller als das Gebäude in der Kruppstraße, die große Eingangstreppe war aus Marmor und auch die Wände waren mit Stuck und Holz verkleidet, meine Ersatzmama ging zögerlich die Treppe hinauf und suchte das Schild „Empfang", dieser Raum war in der Mitte des langen Ganges und dort saßen auch schon einige Menschen, ich setzte mich hinzu und fragte ganz leise, ob man hier Auskunft über Vermisste Personen erhalten würde, der Mann neben mir nickte nur kurz und sagte, das er schon den 8 Tag hier ist um etwas über den Aufenthalt von seinem Sohn zu erfahren, ich nickte nur und war beruhigt, hier an der richtigen Stelle zu sein. Nach Tagen des Wartens war es nun endlich so weit, ich wurde aufgerufen und betrat ein großes Büro, dass prächtig eingerichtet war, ein großer Schreibtisch aus schwarzer Eiche und Ledersessel zierten das Zimmer, der Hauptmann, das er Hauptmann war, habe ich von seinem Namensschild auf dem Schreibtisch abgelesen, stand nicht auf, er fragte mich nach meinem Anliegen, ich nannte ihm meinen Namen und fragte nach meinem Mann, ich erzählte von der Kruppstraße, dass man dort sagte ihr Mann sei hier, ich wollte mich erkundigen, was ihm vorgeworfen wird und wie es ihm geht, ich würde sehr gerne von meinem Besuchsrecht Gebrauch machen. Der Hauptmann hörte sich alles an und sagte dann ganz ruhig und teilnahmslos, dass Herr Kretschmer dem Hochverrat angeklagt wird, das Urteil wird in einigen Tagen in der Litten Straße gesprochen, er hat illegalerweise Flugblätter hergestellt und verteilt, dabei wurde er von einem Bürger beobachtet und ein Besuch ist auf keinen Fall möglich.

Zu gegebener Zeit wird man mir mitteilen wo mein Mann die Strafe verbüßen wird, ich wieder sprach und sagte, dass mein Mann keine Flugblätter verteilt haben kann, weil er die ganze Zeit in der Wohnung war, der

Hauptmann erhob sich und die schwarze Uniform flößte mir große Angst ein, er sagte es ist alles gesagt und ich möchte jetzt das Büro verlassen, ich versuchte noch einmal zu betteln, ob ich meinen Mann nicht doch für nur ein paar Minuten sehen konnte, der Hauptmann sah mich wütend an und zeigte nur auf die Tür, mir blieb nichts anderes übrig, als zu gehen, wenigstens wusste ich nun was ihm vorgeworfen wurde.

Auf dem Weg nach Hause ging ich an dem Gerichtsgebäude in der Litten Straße vorbei, um zu sehen, ob die anstehenden Verhandlungen angeschlagen sind, ich betrat das Gerichtsgebäude und schaute in den Schaukästen nach den nächsten Verhandlungen, ob ich den Namen meines Mannes entdecken würde, die einzelnen Gerichtsverfahren wurden alphabetisch aufgeführt, mein Mann war nicht dabei.

Ich ging in die erste Etage und betrat ganz mutig das erste Büro, dort saß eine Frau an einer Schreibmaschine, ihr Schreibtisch war voll mit Aktenbergen, ich entschuldigte mich für das Eindringen, schilderte ihr aber in kurzen Sätzen mein Anliegen, die Dame machte einen zurückhaltenden, aber freundlichen Eindruck, sie sagte, dass ich vor dem Büro Platz nehmen soll, sie schrieb sich den Namen und das Geburtsdatum auf und wolle sich bei mir in Kürze melden. Frau Kretschmer war so dankbar für die Hilfe. Nach einer Wartezeit öffnete die Dame die Tür und gab mir einen beschriebenen Zettel, sie drückte mir die Hand und verschwand wieder im Büro, auf dem Zettel stand das Datum und die Uhrzeit der Verhandlung, ich war sehr glücklich, weil ich mir Hoffnung machte meinen Mann an diesem Tag zu sehen, der Termin war in zwei Wochen. Auf dem Heimweg ging ich zu Frau Gerber vorbei und erzählte ihr in kurzen Sätzen was ich heute erreicht habe, wir hatten leider nicht viel Zeit, denn der Mann von Frau Gerber, ein SS-Offizier, betrat das Geschäft und wir brachen sofort das Gespräch ab und ich nahm mir einen Blumenkohl und ein halbes Brot bezahlte es und verließ das Geschäft.

Zu Hause setzten wir uns in die Küche und bereiteten das Abendessen vor, meine Pflegemutter konnte gar nicht aufhören zu erzählen, sie war so voller Hoffnung und Zuversicht ihren Mann in zwei Wochen sehen zu können.

Die Tage vergingen wie im Flug, die Bombenangriffe auf Berlin nahmen von Tag zu Tag mehr zu und auch die willkürlichen Bestrafungen an der zivilen Bevölkerung nahm zu, es reichte schon der kleinste Verdacht bzw. ein mutmaßlicher Verrat durch die eigene Bevölkerung um in ein Gefängnis oder gleich ins Konzentrationslager deportiert zu werden. Jüdische Geschäfte gab es schon lange Zeit nicht mehr und auch die Kaufhäuser und Fabriken die der jüdischen Bevölkerung gehörten waren aus dem Stadtbild verschwunden, die Geschäfte und auch sonstige Einrichtungen gingen in deutsche Hände über und niemand traute sich zu fragen wo die ehemaligen Eigentümer geblieben sind. Immer wieder kam es dazu, dass Verstecke von jüdischen Mitbürgern entdeckt wurden, den Menschen drohte die sofortige Erschießung bzw. der Abtransport in ein Konzentrationslager, wenn es deutsche Menschen gab, die ihnen geholfen haben, wurden sie des Hochverrats angeklagt und ins Zuchthaus gesperrt. Es war also gar nicht so leicht hilfsbereit und solidarisch zu sein. Seit der Machtergreifung der Nazis haben sich einige Widerstandsgruppen gebildet, wie zum Beispiel die Rote Kapelle oder die weiße Rose und viele andere, wer in diesen Gruppen mithalf, lebte sehr gefährlich, denn auch die Nazis schleusten immer wieder ihre eigenen Leute dort ein, um an die Drahtzieher und Hintermänner der Organisationen zu kommen, solche Aktionen zogen unendliches Leid auf sich, meist wurden nicht nur die Menschen in der Gruppe verhaftet und erschossen, sondern die gesamte Familie, im günstigsten Fall kam die Familie ins KZ und das aktive Mitglied wurde erschossen. Die Aktionen der Widerstandsgruppen kosteten auch vielen SS-Männern das Leben, das war auch beabsichtigt, es zog nur groß angelegte Vergeltungsaktionen nach sich, so wurden zum Beispiel für jeden toten Deutschen Soldaten vier und mehr Menschen aus der zivilen Bevölkerung erschossen, sodass die Aktionen der Gruppen unter der Bevölkerung sehr geteilt gesehen wurden.

Das Verteilen von Flugblättern war da noch das geringste Vergehen und es wurde auch nur Herr Kretschmer angezeigt, wir blieben Gott sei Dank unbehelligt.

Der Tag der Gerichtsverhandlung brach an und meine Pflegemutter war mehr als aufgeregt, sie ging schon zwei Stunden früher aus der Wohnung um auch wirklich pünktlich im Gerichtsgebäude zu sein, auf dem Weg zur Straßenbahn wünschte Frau Gerber ihr noch viel Glück.

Als sie in der Litten Straße ankam, waren die großen Eingangstüren noch verschlossen, sie setzte sich in das Wartehäuschen der Straßenbahn und wartete, ihr gingen tausend Dinge durch den Kopf, sie wollte ihren Mann ganz viel fragen und hatte ihm ein großes Stullen-Paket mit Schinken und Obst mitgebracht Ihre Augen leuchteten vor Vorfreude.

Endlich war es soweit, die Eingangstür wurde geöffnet, jetzt standen schon einige Leute vor der Tür, die hatten alle das gleiche Ziel, sie wollten ihre Angehörigen sehen, es brauchte keiner etwas zu sagen, jeder wusste es auch so, denn die erwartungsvollen Gesichter ähnelten sich. Frau Kretschmer betrat mit einigen anderen Frauen, die sie nicht kannte den Gerichtssaal, sie ging ganz nach vorne in die erste Reihe, in der Hoffnung ihn vielleicht anfassen zu können, die anderen Frauen taten es ihr gleich. In dem Gerichtssaal roch es eigenartig, es war ein Gemisch aus altem Holz, Angstschweiß und Bohnerwachs.

Nach einer Weile des Wartens wurde die Tür hinter dem Richtertisch geöffnet und eine Richterin in ihrer Robe betrat den Saal, neben ihr noch ein weiterer Richter der jedoch wesentlich jünger als sie war und auch eine Uniform trug, er war also SS Offizier, auch eine Gerichtssekretärin betrat den Saal und setzte sich mit ihrer Schreibmaschine etwas versetzt unterhalb der Richter hin. Alle erhoben sich und warteten, bis die Richterin sich wieder hingesetzt hatte, erst dann durfte man wieder Platz nehmen. Meine Pflegemutter verfolgte das Schauspiel sehr aufmerksam, sie wollte nichts verpassen.

Zur Rechten der Richterin hatte ein Staatsanwalt in Uniform Platz genommen, er stand auf und verlas die Anklage. „Verhandelt wird der Hochverrat der Männer …" und jetzt zählte er 6 Männer Namen auf, deren Geburtsnamen, Herkunft und Wohnsitz.

Einige Frauen brachen in Tränen aus, die Richterin schlug mit dem Ordnungshammer auf das Holz und rief, wenn sie auch nur einen Ton hören sollte wir der Gerichtssaal sofort geräumt. Die Frauen hielten sich ein Taschentuch vor den Mund und trauten sich kaum zu atmen.

Der Staatsanwalt setzte das Vorlesen der Anklage weiter fort, alle aufgezählten Männer sind schuldig des

Hochverrats und Volksverhetzung und wurden ihrer Taten überführt.

Sie haben gestanden und erwarten ihr Urteil, er sah die Richterin an und übergab ihr die Anklageschrift.

Die Richterin rief den Gerichtsdiener herein und bat ihn die Täter aus den Zellen zu holen, der wiederum holte sich einige SS Offiziere und ging mit ihnen in die untere Etage des Gerichtes, nach einer Weile öffnete sich eine kleine Tür neben der Anklagebank, es erschienen die SS-Männer und dann folgten die Angeklagten, auch Herr Kretschmer war mit dabei, alle Männer waren nur noch ein Schatten ihrer selbst, abgemagert in gestreifter Häftlingskleidung und über und über mit Wunden und blauen Flecken übersät, das war nur das, was man sehen konnte, wie alles andere aussah, konnte man nur erahnen, alle Frauen hielten sich die Hände vor den Mund um nicht des Saales verwiesen zu werden, die Tränen liefen über die Gesichter der Frauen, jede versuchte eine Blick ihres Mannes zu erhaschen, die Männer blickten jedoch nur nach unten auf die Erde, sie hatten sicher Anweisungen der SS-Männer erhalten, die standen breitbeinig zu beiden Seiten der Angeklagten und hielten den Gummiknüppel in den Händen.

Die Richterin verlas Auszüge aus der Anklageschrift und gleichzeitig das Urteil, im Namen des Gesetzes, sie zählte nochmals jeden Angeklagten auf und das Urteil war erschütternd, alle Männer wurden zu 10 Jahren Zwangsarbeit verurteilt, abzusitzen im Arbeitslager Dachau. Herr Kretschmer riskierte einen Blick zu seiner Frau, er sah die Tränen und schaute sofort wieder nach unter, auch die anderen Männer taten es ihm gleich, es würde der letzte Blick für die nächsten 10 Jahre sein.

Die kleine Tür neben der Anklagebank wurde wieder geöffnet und die Männer verließen wieder den Gerichtssaal, da sie nichts mehr zu verlieren hatten, war Herr Kretschmer seiner Frau noch einen Handkuss zu, auch die anderen Männer taten es, die SS-Männer hoben den Schlagstock und alle blickten wieder teilnahmslos nach unten, was sich hinter der Tür abspielte, konnte jede Frau nur ahnen.

Die Richterin erhob sich und alle Anwesenden in Saal taten es ihr gleich, sie verließ den Sitzungssaal und die Frauen gingen in der kleinen Gruppe bis vor die Eingangstür.

Dort wollte man sich nicht sofort trennen, unter Tränen unterhielt man sich, eine Frau wollte fragen gehen wann und wo sie antransportiert werden, alle nickten ihr zu, das war eine gute Idee, wir gingen gemeinsam die große Treppe noch einmal hinauf und klopften in dem Sekretariat an, die jungen Frau konnte uns keine Antwort geben, sie sagte nur, dass es sehr unterschiedlich gehandhabt wird und sie es als letzte erfährt. Traurig verließen wir das Büro und das Gerichtsgebäude.

Die Frauen verabschiedeten sich voneinander und man wünschte sich alles Gute für die Zukunft, keine Frau kannte die andere und trotzdem stand man in dieser schweren Stunde füreinander ein, sie hatten alle das gleiche Los, sie hatten ihren Mann verloren und wussten nicht, ob man sich in diesem Leben noch einmal wieder sehen würde, jede Frau fragte sich ins geheim, ob es die Sache, für die die Männer die Aktionen starteten, wert gewesen ist.

Frau Kretschmer setzte sich in das Wartehäuschen der Straßenbahn und wartete, die anderen Frauen gingen zu Fuß. In der Kollwitzstraße angekommen, ging sie zuerst in das Geschäft von Frau Gerber, die gute Frau kam gleich hinter dem Ladentisch vor und nahm meine Pflegemutter in die Arme, sie erzählte unter Tränen von dem Urteil und wie ihr Eindruck von ihrem Mann war. Frau Gerber hörte aufmerksam zu und sagte nur, dass sie versuchen wollte etwas von ihrem Mann zu erfahren, wann und wo man die Verurteilten abtransportiert, sie musste jedoch sehr vorsichtig sein, dass ihr Mann keinen Verdacht schöpfte, wenn ich etwas erfahren habe, finde ich sofort einen Weg um es ihnen mitzuteilen, ich dankte ihr von Herzen, eine Kundin betrat den Laden und Frau Kretschmer ging hinaus und nach Hause, dort wartete Luise, die kleine sah natürlich sofort, dass sie geweint hatte, auch die Butterbrote und das Obst hatte sie noch dabei, das war ein schlechtes Zeichen, meine Pflegemutter erzählte in kurzen Sätzen was sich zugetragen hatte, mir wurde ganz schlecht, bei der Vorstellung, dass ich Herrn Kretschmer nicht mehr wieder sehen würde, ich hatte ihn, genau wie seine Frau sehr lieb gewonnen, wir waren eine Familie und das spürte ich jeden Tag.

Den Abend verbrachten wir in der Küche, wir redeten, meine Pflegemutter putzte ein bisschen die Küchenschränke und ich räumte anschließend wieder alles ein, wir hatten Spaß an der Arbeit und setzten uns zwischen durch immer wieder an den Tisch und tranken einen Kakao. Frau Kretschmer war nicht mehr ganz so traurig, sie hatte das Gefühl Frau Gerber würde ihr helfen können und den Ort von dem ihr Mann abfuhr heraus bekommen.

Nach zwei Tagen klopfte es abends an unserer Tür, wir machten ganz vorsichtig auf, vor der Tür stand die junge Frau aus dem Nebenhaus, sie war wieder total anders verkleidet, sie trug dieses Mal eine schwarze Perücke und hatte sich wie ein Mann angezogen, wir zogen sie schnell zu uns herein und gingen mit ihr in die Küche, dort flüsterte sie Frau Kretschmer zu, dass ihr Mann morgen Mittag vom Bahnhof Wannsee abtransportiert wird, die junge Frau hat heute die Papiere für ihren Mann und drei weitere Männer fertig gestellt, sie werden in das Konzentrationslager Dachau überstellt und sollen dort ihre Strafe absitzen, der Rest der verurteilten Männer müssen ihre Strafe im Zuchthaus Brandenburg absitzen. Frau Kretschmer ging, bevor die junge Frau die Wohnung wieder verließ, zuerst auf den Treppenflur, um zu sehen, dass alles ruhig war, meine Pflegemutter drückte die junge Frau ganz herzlich, sie sahen sich an und Frau Kretschmer sagte, dass sie die Hilfe der jungen Frau im Leben nicht vergessen werde, sie winkte nur ab und verließ ohne einen Ton die Wohnung und das Haus.

Frau Kretschmer dachte kurz nach und verstand die kleine Organisation, Frau Gerber war auch ein Mitglied der Gruppe und sie würde alles tun, um den beiden Menschen zu helfen, meine Pflegemutter hat natürlich schon sehr viel getan, in dem sie mich aufgenommen hat.

Der nächste Tag brach an ich ging wie gewöhnlich zur Schule, drückte beim Abschied meine Pflegemutter aber ganz besonders doll, sie schmierte ein großes Paket Schinken Brote und füllte eine Tüte mit Obst, dann zog sie sich an und ging zur Straßenbahn, die sollte sie bis zum Anhalter Bahnhof bringen und dort wollte sie umsteigen in die S-Bahn nach Wannsee.

Als sie am Bahnhof Wannsee ankam, war alles noch sehr still, auf einem extra Gleis stand ein Güterzug mit vielen Waggons, Frau Kretschmer setzte sich in ein Wartehäuschen auf die Bank und wollte nichts verpassen, vorher ging sie noch zum Fahrkartenschalter und fragte den Beamten, wann der Zug nach Dachau abfährt, der Mann sah sie mit großen Augen an und sagte nur, dass er keine Informationen über die Abfahrt eines Zuges nach Dachau hätte, also war nicht jeder über die Transporte informiert.

Nach einer gewissen Zeit kam Bewegung auf den Bahnsteig mit den Güterzügen, es kam ein Lkw mit SS-Männern an, die gingen sofort zu dem Güterzug und öffneten die Waggontüren, der Lkw fuhr gleich wieder weg. Jetzt kamen im 15 Minuten Takt Lkws mit Männern an, sie kamen aus dem Gefängnis, das sah man an der Sträflingskleidung, meine Pflegemutter stellte sich auf die Zehen Spitzen um ihren Mann auf keinen Fall zu verpassen, die Gestalten waren so zerschlagen und kraftlos, dass sie sich nur ganz langsam fortbewegten, die SS-Leute trieben die Männer lautstark an, die konnten jedoch nicht mehr schnell genug laufen und waren an den Ton und die Schläge längst gewöhnt. In diesem Lkw war ihr Mann nicht dabei, die Menschen wurden in die Waggons gestoßen, so dicht, dass sie nur stehen konnten.

Ein Lkw nach dem anderen wurde entladen, mal waren es Männer in Sträflings Kleidung und mal waren es Familien mit einem gelben Stern, auch behinderte Menschen wurden in die Waggons gejagt, es war ein Bild des Grauens.

Endlich sah sie ihren Mann, er ging an der Außenseite einer Gruppe, in der Mitte befanden sich Männer, die gestützt werden mussten, ich überlegte mir in Sekunden Schnelle, wie ich es anstellen konnte um zu meinem Mann zu gelangen, meiner Pflegemutter kullerte einige Äpfel den Bahnsteig entlang, die rollten natürlich auf den

Bahnsteig und meine Pflegemutter rannte hinter her, sie hatte sofort die Aufmerksamkeit der SS-Männer, einer sah sie mitleidig an und sagte nur im barschem Ton, dass sie sich beeilen soll, um die Äpfel aufzuheben, dass tat sie natürlich, sie rannte, ganz mutig, in die Männergruppe hinein und drückte einem der Männer das Paket Stullen in die Hand, ihr Mann hat das natürlich sofort gesehen und sah ihr mit Tränen in den Augen nach, die SS-Männer machten sehr viel Druck sich zu beeilen, sie musste den Bahnsteig verlassen und sah ihren Mann durch das Fenster noch lange nach, sie konnte ihre Tränen nicht aufhalten, sie rannen ihr die Wangen hinab, ob ihr Mann sie auch sehen konnte war nicht genau zu sagen, die Männer standen sehr eng zusammen gedrückt, dadurch konnte man sie nicht unterscheiden.

Frau Gerber war froh, das Paket mit Broten und die Tüte mit dem Obst übergeben zu haben und war überglücklich ihren Mann noch einmal sehen zu können, man wusste in diesen Zeiten nicht, ob es das letzte Mal gewesen ist, sie setzte sich wieder auf die Bank und verfolgte von weitem das Beladen der Waggons, wenn wirklich niemand mehr in die Waggons gestoßen werden konnte, wurden die Türen geschlossen und der nächste Waggon wurde gefüllt, es kamen noch zwei weitere Lkws mit Behinderten Menschen angekommen, mit ihnen ging man noch brutaler um, sie schrien extrem laut und die Gummiknüppel sausten nur so auf die abgemagerten Körper, einige fielen hin und standen nicht mehr auf, dann nahm man sie an den Armen und Beinen und schmiss sie in den Waggon, Anweisungen verstanden sie nicht, es war das schrecklichste, was ich je gesehen habe, die Menschen wurden schlimmer behandelt als Schlachtvieh.

Es war schon später Abend als der Zug sich in Bewegung setzte, die SS-Männer warfen die Koffer und persönlichen Gegenstände der Menschen auf einen Lkw und fuhren davon. Der Zug fuhr sehr langsam und ich schaute ihm noch lange nach, ich hatte das Gefühl mein Mann würde es sehen können, dass ich noch am Bahnsteig bin und ihm heimlich winkte, wieder rannen die Tränen über die Wangen und ich ging in den Bahnhof und holte mir eine Fahrkarte zurück zum Anhalter Bahnhof, von der Straßenbahn ging ich ganz langsam nach Hause, zu Frau Gerber konnte ich heute nicht gehen, es stand ein dunkler Pkw vor der Ladentür, der Mann von Frau Gerber war bestimmt zu Hause, er kam oft mit einem dunklen Pkw der Gestapo oder wurde mit ihm nach Hause gebracht, ich habe nicht verstanden, warum die nette Frau Gerber mit so einem fiesen Menschen zusammenleben konnte.

Beim Abendessen war meine Pflegemutter ganz ruhig, sie erzählte von ihrem Tag und wir waren nicht Mutter und Tochter sondern Freundinnen, das machte mich sehr stolz, ich lag noch lange im Bett und dachte über die Ereignisse nach, bevor ich einschlafen konnte.

Meine Pflegemutter war jetzt viel ruhiger, sie wusste das sie alles getan hat was sie konnte um ihren Mann noch einmal zu sehen, sie verstand jetzt die Zusammenhänge einer Organisation und wollte so weit sie es konnte und ohne ihre Pflegetochter zu gefährden in ihr mit arbeiten und sei es nur, das sie Informationen von einem zum anderen trägt, das musste sie unbedingt Frau Gerber sagen, denn meine Pflegemutter hatte das Gefühl, dass sie der Kopf der Organisation ist und weil ihr Mann ein höherer SS-Offizier ist, man sie nicht so schnell mit einer Untergrund-Organisation in Verbindung bringen würde.

Frau Kretschmer war klar, dass Frauen in manchen Bereichen mehr erreichen können als Männer, sie sind umsichtig und fleißig, Frauen können sich in der Regel auch sehr schnell auf verschiedene Situationen einstellen und vor allem sind sie loyal.

Frau Kretschmer nutzte die nächste Gelegenheit um Frau Gerber für ihre Hilfe zu danken, denn die junge Frau aus der Kruppstraße wurde sicher von Frau Gerber geschickt, meine Pflegemutter sagte noch, dass sie auch gerne helfen würde, was immer es auch wäre, Frau Gerber sah sie einen Augenblick lang an und sagte dann, dass sie mit Luise schon mehr getan hat als mach anderer, aber wenn sie Hilfe braucht, werde ich wissen wo ich sie finde, meine Pflegemutter bedankte sich ganz herzlich und verließ das Geschäft.

Herr Kretschmer fuhr mit den anderen Männern in Richtung Dachau, sein Waggon war so voll, dass die Gefangenen nur dicht an dicht stehen konnten, wenn sich jemand auf dem Boden nieder ließ, machten die anderen Platz, auf diese Weise kam jeder mal zur Ruhe. Das Stullen-Paket wurde unter allen aufgeteilt, es war das einzige, was die Männer seit Tagen zu essen bekommen haben, es gab keine Verpflegung in der Gestapo Hauptzentrale, in der Prinz-Albrecht-Straße, Wassersuppe, Brot und Wasser in geringen Mengen wurde unter den Gefangenen verteilt, das sah man natürlich auch sofort an den ausgemergelten Körpern der Männer. Herr Kretschmer wurde genau wie alle anderen jeden Tag geschlagen und gefoltert, man wollte Namen der Hintermänner und der Leitung erfahren, es war jedoch nichts aus den Männern heraus zu bekommen, sie ertrugen die Schmerzen und einige verloren auch den Verstand, aber verraten wurde niemand. Die Widerstandsgruppe „Rote Kapelle" war bekannt unter den Nazis bzw. bei der Gestapo, man konnte immer nur vereinzelte Männer schnappen, man wusste auch, dass die Männer nichts verraten würden auch nicht unter der größten Folter.

Zwei Männer, die mit Herrn Kretschmer in Richtung Dachau fuhren waren sehr schwer verletzt, sie waren schon älter und dem einen hatte man das Bein gebrochen und das Auge ausgeschlagen, er war so ruhig und in sich gekehrt, das jeder versuchte ihm zu helfen wo es nur ging, man hatte die Befürchtung er würde den Verstand zu verlieren und das käme einem Todesurteil gleich. Der andere war stumm und konnte sich nur mit den Händen verständigen, als die Nazis das bemerkten, durchtrennten sie ihm alle Sehnen an beiden Händen, sodass er die Arme nur noch heben konnte, nichts weiter, er war jedoch noch sehr kämpferisch und brauchte bei allem Tätigkeiten des täglichen Lebens die Hilfe anderer, er versuchte mit den Unterarmen zu essen und zu trinken, auch das Anziehen ging alleine, er nahm seine Zähne und die Unterarme dazu, jeder versuchte ihm zu helfen, er lehnte jedoch immer ab, nur wenn es wirklich nicht mehr anders ging nahm er Hilfe an, er wollte sich seine Eigenständigkeit noch möglichst lange erhalten. Die anderen Gefangenen waren zwar zerschlagen und abgemagert, aber die Gliedmaßen waren noch in Ordnung.

Der Zug fuhr und fuhr, die Müdigkeit machte sich unter den Männern breit, es wurde im Stehen geschlafen, jeder lehnte sich an den anderen, so konnte man nicht umfallen, wenn einer zusammensackte schlief er eben in der Hocke weiter, man sagt nicht umsonst, Not macht wirklich erfinderisch.

Nach unendlich vielen Stunden hielt der Zug an, die ersten drei Waggons wurden geöffnet und die Häftlinge kletterten hinaus, den schwerverletzten wurde natürlich geholfen, man nahm sie stets in die Mitte damit die SS sie nicht bemerken konnte. Das erste, was wir sahen, war die Aufschrift über dem Eingang „Arbeit macht frei", alle wurden zur Eile angetrieben, Männer in Häftlingskleidung kamen uns entgegen, sie sahen nur nach unten und sammelten die Leichen aus den Waggons auf einem Holzkarren. Wir mussten uns in drei Reihen anstellen. Direkt vor dem Eingangstor saßen drei Häftlinge auf einem Hocker, sie hatten ein Pult vor sich, jetzt ergaben die drei Reihen einen Sinn, jeder Mann musste den Unterarm freimachen und ihm wurde eine Nummer tätowiert und anschließend mit dem Namen in ein Buch eingetragen, die Aktion dauerte 7 Minuten, die SS-Männer trieben die Tätowieren zur Eile an, die sprachen kein Wort und schauten auch nicht hoch, der stumme Mann aus unserer Gruppe wurde von mir begleitet und ich sagte dem Tätowierer, dass er stumm ist, der nickte nur und ich sagte ihm, das sein Name Hans Winkler ist, den schrieb er sofort auf und tätowierte schnell die Nummer auf den Arm, er sah natürlich sofort die Verletzungen und drückte heimlich seinen Arm, ich wartete und nahm ihn gleich wieder mit.

Hinter dem Eingangstor standen Gefangene in großen Gruppen, sie wurden aus dem Lager zu den Waggons geführt, dort wurden sie mehr oder weniger in die Waggons geworfen, sie waren auch mehr tot als lebendig und ohne jede Kraft, die SS-Männer mit ihren Hunden trieben sie zur Eile an.

Als der letzte verladen war, wurden die Waggontüren wieder geschlossen und die Fahrt sollte weiter gehen. Die anderen Gefangenen in den Waggons wurden unruhig, sie klopften gegen die Türen und riefen nach Wasser, die Rufe wurden immer lauter, als die SS das bemerkte, schossen sie auf die Türen und augenblicklich war alles still, wie viele Tote es gab wurde nicht bekannt.

Ich fragte die Tätowierer, wo der Zug hinfahren wird, der schaute nicht nach oben und machte nur eine Handbewegung die andeutet, dass man ihnen den Hals durchschneiden würde, ich verstand noch nicht was er sagen wollte, das sollte sich jedoch schnell ändern.

Die fertig tätowierten Männer betraten das Lager und stellten sich in Zehner-Reihen auf, alle schauten sich um, die Gebäude am Anfang des Lagers waren freundlich hell gestrichen, dahinter war ein großer Appellplatz, es schlossen sich sehr viele Baracken an, aber für jemand, der nicht wusste, was sich hinter den Türen abspielte, war der erste Eindruck nicht unbedingt schlecht, natürlich gab es große Wachtürme und einen Todesstreifen, der von Stacheldraht eingerahmt war, alle beschlich ein ungutes Gefühl.

Nachdem die Tätowierung abgeschlossen war, wurden wir in einer Baracke eingekleidet, jeder bekam einen gestreiften Anzug und ein paar Schuhe und eine gestreifte Mütze, die Häftlingskleidung, die wir anhatten, wurde sofort verbrannt, anschließend wurden wir auf die einzelnen Baracken verteilt, wir hatten alle ein rotes P an unserer Kleidung, das P stand für politisch.

Herr Kretschmer versuchte Herrn Winkler nicht aus den Augen zu lassen, er brauchte Hilfe beim Anziehen und auch sonst wollte er mit ihm zusammen bleiben, Hans Winkler registrierte das Bemühen von Herrn Kretschmer und lächelte sehr dankbar.

In unserer Baracke angekommen verhielten wir uns erst einmal sehr ruhig, wegen der Bespitzelung traute sich keiner so recht etwas zu sagen, jeder Häftling suchte sich einen Platz zum Schlafen, Herr Kretschmer kletterte nach ober und Herr Winkler blieb gleich unter liegen, alle in der Baracke bemerkten die Einschränkungen von Herrn Winkler und sahen auch wie ich die Rolle des Unterstützers übernahm, es wurde wohlwollend registriert.

Die Baracken der Häftlinge waren aus braunen Ziegelsteinen und die Gebäude des Wachpersonals und die Wirtschaftsgebäude waren weiß geputzt, die Baracken der Gefangenen lagen dicht beieinander, es war jedoch verboten Kontakt zu anderen Gefangenen aufzunehmen, der große freie Platz am Eingang hinter den Wirtschaftsgebäuden diente als Appellplatz und für Hinrichtungen, wenn zum Beispiel ein Gefangener versucht hat zu fliehen, an ihm wurde dann, vor den Augen aller Mitgefangenen wurde zur Abschreckung ein Exempel statuiert, dort hängte man die armen Menschen an den nach hinter gebundenen Armen auf, die Männer schrien vor Schmerzen und jeder hörte die Knochen brechen, sie hingen einen Meter über dem Boden und blieben dort so lange hängen bis der Tod eintrat, einige besonders sadistischen SS-Männer zogen noch an den Beinen und gaben ihnen ein Schubs, sodass sie schaukelten, was die Schmerzen noch verstärkte.

Die Mitinsassen mussten solange stehen bleiben, bis der Tod eintrat, es sollte auf diese Weise für jeden sichtbar werden wie sinnlos Fluchtversuche waren.

Die geschwächten Männer hielten nicht lange durch und einer nach dem anderen brach zusammen, die Männer blieben dann liege, geholfen werden durfte ihnen nicht.

Erst nach Stunden trat der Tod der aufgehängten Männer auf dem Appellplatz ein, die anderen Gefangenen banden sie los und schafften sie in den hinteren Teil des Geländes, dort befanden sich die Öfen für die Verbrennung.

Das Konzentrationslager Dachau war mit eines der ersten Lager, die gebaut wurden, es war Heinrich Himmlers Paradebeispiel, nach diesem Muster wurden alle anderen KZs gebaut, es wurde am Anfang als Umerziehungslager vorgestellt und diente auch ausländischen Delegationen als Vorzeige Objekt, zu diesem Zweck wurde dann alles hergerichtet, bestimmte Häftlinge wurden ausgesucht und ordentlich gekleidet, man musizierte, trieb Sport und vertrieb sich die Zeit mit lesen und studieren. Die Delegationen aus anderen Ländern und vom Roten Kreuz wusste natürlich, dass es eine Show war, die einem dort vorgeführt wurde, das interessierte jedoch niemanden, die Besucher durften sich auch nicht allein im Gelände umsehen, aus Sicherheitsgründen war das verboten, Heinrich Himmler kam dann meist persönlich aus Berlin und führte die Delegationen durch vorgesehene Baracken. Die anderen Gefangenen mussten sich still in den Baracken verhalten, das war eine sichere Zeit um einen Tunnel zu graben oder andere Verstecke auszubauen, die Gefangenen brauchten in dieser Zeit keine Angst vor Überraschungskontrollen zu haben. Eine Führung und die anschließenden Gespräche dauerten circa 3 Stunden, als die Delegationen wieder verschwunden waren, wurde das alte Leid wieder hergestellt, das Wachpersonal wurde von Heinrich Himmler gelobt und jeder bekam eine Sonderration Tabak, Alkohol und Süßigkeiten, dann verabschiedete er sich auch wieder und wurde zurück nach Berlin gefahren.

In diesem Lager gab es keine Frauen, es war ein ausschließliches Männerlager. Die SS-Männer wohnten und arbeiteten in diesem Lager, einige wohnten nicht weit von ihrer Arbeitsstelle entfernt mit ihren Familien und führten dort ein ganz normales Leben.

Der Tag begann für die alle Gefangenen mit einem Frühappell, dort wurden auch die Arbeitskolonnen eingeteilt, zur Wahl standen der Straßenbau, die Bautruppe, für den Bau neuer Baracken und die Arbeiter, die in die nahen Fabriken gebracht wurden, diese Zwangsarbeiter hatten einen gesonderten Stellenwert, sie erhielten Passierscheine und durften keine äußeren Merkmale von Gewalt aufweisen, dadurch wurden immer wieder neue Zwangsarbeiter bestimmt, man fuhr sie morgens hin und holte sie am Abend wieder ab, das waren die einzigen Gefangenen, die Kontakt mit anderen Menschen hatten. Schnell sprach sich unter der interessierten Bevölkerung herum wo die Arbeiter her kamen, sie wurden auch gesondert bewacht, trotzdem gelang es immer wieder, das Nachrichten weitergegeben werden konnten, in denen man auf die Zustände im Konzentrationslager aufmerksam machen wollte, wenn jemand dabei erwischt wurde, ganz gleich ob Gefangener oder Arbeiter er wurde entweder erschossen oder von der Gestapo abgeholt.

Herr Kretschmer wurde in den Straßenbau eingeteilt, Herr Winkler hingegen wurde von den Mitgefangenen immer in die Mitte genommen, sodass er wieder zurück in die Baracke konnte, dort musste er sich den

Tag über allein behelfen. Auf Grund seiner Gehörlosigkeit saß er immer mit dem Gesicht zur Eingangstür um zu sehen wer kommt oder ob er sich verstecken muss, jeder Gefangene aus unserer Baracke nahm sich seiner an und half ihm wo er konnte, aus dieser Sicht hatte ich es gut getroffen, es herrschte wieder Solidarität unter den Männern.

Die Arbeit im Straßenbau war schwer und endlos, einige Männer schachteten die Erde für die breiten Wege aus, andere holten auf einem Holzkarren Grabsteine heran, die waren in einem riesigen Stapel aufgetürmt, diese Grabsteine mussten zerschlagen werden und dienten als Fundament für die Straße, wieder andere mischten Zement mit Kies und gossen es auf das Fundament, das hört sich alles einfach und schnell an, ist es aber nicht, die Grabsteine waren mindestens 10 cm dick und sie zu zertrümmern kostete richtig Kraft, die kein Gefangener mehr hatte.

Da wir auch Ingenieure und Architekten unter den Gefangenen hatten wurden die für den Bau der Baracken eingeteilt, diesen Männern ließ man etwas mehr Spielraum, die teilten die Arbeit alleine ein und die Männer vertrauten ihnen, auch dort kam es zu Unglücken, wobei die Arbeiter sich auch hier gegenseitig unterstützten.

Es gab neben den Tätowierern auch die Verwaltungsbaracken, dort befand sich die Schreibstube, die Nähstube, die Küche und die Werkstatt, jeder hielt die Augen und Ohren auf, um eine Beschäftigung für Herrn Winkler zu finden, da er aber seine Hände nicht mehr benutzen konnte, war das sehr schwierig, als erstes wollten wir versuchen ihn in der Nähstube unter zu bringen, er müsste die Stoffe mit den Armen schieben und halten, er versuchte sein Möglichstes, dadurch, dass die Hände keine Sehnen mehr hatten, taten sie überhaupt nicht weg, er war sehr tapfer und nahm auch die Zähne zum Halten mit dazu, es dauerte alles sehr lange, aber er hatte eine Aufgabe, wenn das Wachpersonal vorbei kam wurde er von allen abgeschirmt, ich war sehr dankbar für die Hilfe der gesamten Gefangenen.

Dachau war mit eines der ersten Konzentrationslager, was in Deutschland entstanden ist, es lag in Bayern und die Bevölkerung wusste Bescheid, was sich in dem Waldgelände abspielte, allerdings glaubten viele Menschen, es sei ein Arbeitslager für kriminelle Gefangene, nur wer sich politisch interessierte wusste von den Verbrechen und der Vernichtung von Menschen aller Glaubensrichtungen, da waren Sinti, Juden, Christen und Muslime, sie wurden ermordet, weil sie anders waren, es gab auch in Dachau eine Baracke mit geistig behinderten Menschen, auch sie wurden zur Arbeit eingeteilt und wenn sie die Aufgaben nicht erfüllen konnten, wurden sie erschossen und verbrannt.

An einem Tag im Herbst gelang es zwei Männern, die für den Straßenbau eingeteilt wurden, die Flucht von der Kolonne in den nahe gelegenen Wald, das Verschwinden wurde nicht sofort bemerkt und die Männer hatten einen kleinen Vorsprung, als die Arbeiter Kolonne am Abend den Heimweg antrat, wurde gezählt und das Verschwinden bemerkt, sofort wurde das gesamte Wachpersonal zusammengerufen, man stellte sich mit den Hunden auf und durchsuchte das Gelände. Die Häftlinge gingen in das Lager zurück und die Suche wurde in dem Waldstück fortgesetzt, die Hunde liefen voran und hatten die Fährte aufgenommen, es dauerte eine ganze Weile, bis die SS die Geflohenen aufgespürt hatte, sie hatten sich in die Erde eingebuddelt, sie wurden zusammen geschlagen und mussten die größten Brutalitäten über sich ergehen lassen, als man mit ihnen das Lager erreicht hatte, waren sie schon sehr zerschlagen und bluteten am ganzen Körper, die SS sperrte sie in die Gefängniszellen. Es folgten Stunden, in denen die Sadisten nichts ausließen um die Männer zu quälen.

Am nächsten Tag wurde einer der Männer am Eingang nackt mit einem Halsband und einer kurzen Leine an das Eingangstor angebunden, er war völlig von Sinnen, von Kopf bis Fuß reihte sich eine Platzwunde an die nächste, der Mann musste jedes Mal wenn das Tor sich öffnete laut bellen und sich auf die Hinterbeine stellen, er trug ein Plakat um den Hals mit der Aufschrift „ich wollte fliehen", ging das nicht schnell und laut genug wurde er mit dem Gummiknüppel geschlagen, die Leine war so kurz, das er kaum Luft bekam, er lächelte vor sich hin und wackelte nur mit dem Kopf, das Essen und Trinken wurde ihm in Hundenäpfen serviert, er stürzte sich darauf wie ein Wolf.

Der Mann hatte völlig den Verstand verloren, es war ein Anblick des Schreckens.

Der andere Mann wurde an den nach hinten gebundenen Armen wieder auf dem Appellplatz aufgehangen und die gesamten Häftlinge mussten wieder auf dem Appell Platz Aufstellung nehmen und sich das Geschehen ansehen, der Mann schrie vor Schmerzen und die SS-Männer machten sich einen Spaß daraus ihn an den Beinen zu schubsen, denn durch die schaukelnde Bewegung wurden die Schmerzen in den Armen noch verstärkt, jeder der anwesenden Häftlinge hoffte, dass er ohnmächtig wurde, was natürlich auch geschah, dann ließen die SS Männer einen Eimer mit kaltem Wasser holen, gossen ihm das ins Gesicht und er musste die Schmerzen erneut ertragen, es war ein langer und schmerzender Weg, es sollte abschreckend auf die Häftlinge wirken, erst nach Stunden der Qual war der arme Mann erlöst, einige der Häftlinge schnitten ihn ab und trugen ihn zu den Öfen bzw. zu dem Massengrab.

Hinter den Verbrennungsöfen wurden riesige Erdlöcher ausgehoben, die waren schätzungsweise 10 Meter breit und 5 Meter tief, in diesen Löchern wurden die Leichen hin ein geworfen und mit Sand bedeckt, so entsorgte die SS die Opfer aus dem Lager.

Herr Kretschmer arbeitete so gut er konnte, in seiner Baracke war schnell klar, dass er sehr hilfsbereit war und sich immer solidarisch allen gegenüber zeigte, er hielt die Augen auf um den Zusammenhang zwischen der Arbeit und dem Wachpersonal herzustellen, denn nur so war es möglich eine Organisation aufzubauen, er wusste auch nicht ob man sich nicht schon organisiert hatte, die Zeit würde es zeigen, jeder Tag war ein Kampf ums Überleben, Hans Winkler machte sich so gut es ging unsichtbar.

Nach dem Appell an diesem Morgen wurde Herr Kretschmer in die Wäscherei eingeteilt, damit hatte er überhaupt nicht gerechnet, das war eigentlich den alten und schwachen vorbehalten, er nahm mit der Gruppe Arbeiter den Weg in die Wäscherei auf. Es war in der Tat so, dass er der einzige junge Mann in der Gruppe war, die Wäschetruppe wurde nicht so streng bewacht wie alle anderen, die außerhalb des Geländes arbeiteten. Herr Kretschmer erkannte sofort wo er Hand anlegen konnte und wem er helfen konnte, nach einem halben Arbeitstag machte er an den riesigen Wäschetrögen eine Pause, er stellte sich mit einer Holzgabel an den Trog und rührte die Wäsche in der Lauge, das Wasser wurde mit Holz und Kohle erhitzt und die Wäsche darin gereinigt, anschließend wurde jedes Wäschestück mit der Holzgabel aus dem Trog genommen und in einer kleinen Waschschüssel auf dem Waschbrett geschruppt, danach gespült und zum Trocknen aufgehangen, es war sehr wichtig die Wäsche zu kochen, damit alle Bakterien abgetötet wurden, denn auch die Wäsche aus der Krankenstation wurde hier gewaschen, der Krankenstand war ohnehin schon sehr hoch, man brauchte dafür keine ansteckende Infektion, auch aus diesem Grund war die SS nicht sehr lange in der Wäscherei anzutreffen, es war also auch ein Ort wo man sich leise unterhalten konnte.

Ein älterer Mann, der an dem Spültrog stand, suchte den Blickkontakt zu mir, ich bemerkte das natürlich sofort und brachte ihm die nächste heiße Wäsche zum Schruppen, er stellte sich vor und sagte er heißt Heinz und auch Herr Kretschmer stellte sich vor, Heinz sagte ganz leise, dass er gehört hat, das ich mich sehr um andere kümmere und helfe wo du nur kannst, Herr Kretschmer winkte nur ab und sagte ich tue was ich kann, Heinz fragte, ob er auch an einer geheimen Arbeit in einer Organisation interessiert wäre, Herr Kretschmer fragte um was es sich dabei handelte, Heinz erzählte, das sich ein Netzwerk über das gesamte Gelände gebildet hat, ein Netzwerk, das Verstecke zur Verfügung stellt, Medikamente organisiert, Schriftstücke und Dokumente für die Nachwelt versteckt, denn wir müssen heute schon daran denken, das was hier geschah öffentlich zu machen, der Krieg kann nicht mehr lange dauern, die Alliierten sind gelandet und kämpfen für unsere Freiheit, wir haben manchmal die Möglichkeit eine ausländische Zeitung zu lesen. Herr Kretschmer hörte interessiert zu, er sagte, dass er in der Widerstandsgruppe „Rote Kapelle" organisiert war und aktiv mit gearbeitet hat, Heinz lächelte und sagte, dass er sich so etwas schon gedacht hat, ich hätte dich gerne in unserer Gruppe dabei, du bist kein Schwätzer und packst gern mit an, aus einer Ecke kam ein unterdrücktes husten, das bedeutete soviel wie, der Wachmann ist auf dem Weg in die Wäscherei, schnell sprangen wir auseinander und packten sehr aktiv am Waschbrett und an dem heißen Wäschetrog die Arbeit an. Als der Wachmann sich umdrehte, wechselten wir beide noch einen Blick und ein Blinzeln sagte uns, dass wir uns verstehen.

Ich war sehr froh Gleichgesinnte getroffen zu haben, mir war es immer wichtig mich zu organisieren und zu helfen, die Organisation gibt einem Sicherheit und Vertrauen, das ist hier in diesem Lager sehr wichtig.

Hans Winkler lebte sehr versteckt, er durfte von den SS Wachleuten nicht gesehen werden, morgens ging er in die Näherei und abends unbemerkt oder im Schutz der anderen Näher in die Baracke zurück, wir aßen immer zusammen, weil er nichts mit den Händen halten konnte, er hat sich eine Technik erarbeitet, er hielt den Stoff und auch andere Dinge wie Brot und Kartoffeln mit dem Handgelenk fest auch eine Tasse konnte er so halten, es war sehr beschwerlich, gab ihm aber ein kleines Stück Selbstständigkeit zurück.

Das Leben in dem Lager war von Grausamkeit und Sadismus geprägt, wenn ein Wachmann einen schlechten Tag hatte, suchte er nach einer Möglichkeit sich an den Männern auszutoben, Gelegenheit gab es immer, meist nahmen sich die Wachmänner ältere oder gebrechliche Häftlinge vor um sie zu quälen, an die arbeitsfähigen Männer traute man sich nicht heran, sie wurden für die Arbeit gebraucht und nicht grundlos gequält.

Der Gefangene am Eingangstor, der wie ein Hund leben musste, war immer ein Anlaufpunkt für gewalttätige Wachleute, er wurde geschlagen, getreten und gequält, er war schon nicht mehr Herr seiner Sinne und ertrug alles, was man ihm antat, für alle Häftlinge, die neu ins Lager kamen, war er ein abschreckendes Bild, er hatte immer noch das Schild um den Hals mit der Aufschrift „ich wollte abhauen". Sein Zustand war erbärmlich, er war nackt und über den ganzen Körper waren Spuren der Gewalt zu sehen, er hatte gebrochene Arme und seine Beine bestanden nur aus Kot-Resten, weil er immer an dem Halsband und der Leine am Eingangstor befestigt war, entleerte er sich da, wo er auch lag und sein Essen zu sich nahm, er stank so unbarmherzig, dass jeder einen großen Bogen um ihn machte. Erst nach vielen Tagen sollten zwei Gefangene mit einem Karren voll Sand zu ihm kommen um die Fäkalien abzudecken, der Mann wurde nicht los gemacht, er wurde von den Wachleuten zu Seite gestoßen, die Häftlinge ließen einen Eimer bei dem Mann, den konnte er zukünftig als Toilette nutzen, er war so abgemagert, das er die gebrochenen Arme nicht mehr heben konnte, auch den Kopf konnte er nur noch mit Mühe halten, es würde sicher nicht mehr lange dauern bis der Tod ihn einholte, eine Erlösung für ihn.

Nach zwei Tagen sprach sich die Nachricht herum, dass der Mann gestorben ist, er wurde von Häftlingen abgeholt und zu den Verbrennungsöfen geschafft.

Ich hatte meine Arbeit in der Wäscherei aufgenommen, Heinz war auch schon mit dem Kochen der Wäsche beschäftigt, als wir uns unbeobachtet fühlten und die Wachleute Pause machten, stellten wir uns zusammen an den Wäschetrog und schrubbten die Wäsche, Heinz lud mich zu einem Treffen in die Baracke der Juden ein, wir haben einiges zu besprechen und zu organisieren und ich möchte dich gerne allen vorstellen, ich dankte ihm sehr für die Einladung und wollte pünktlich um 20:00 Uhr in der Baracke sein.

Es kamen jeden Tag neue Transporte an, entweder aus anderen Lagern oder neue Transporte aus dem Ausland, man hatte das Gefühl die Nazis wissen nicht mehr wohin mit den vielen ausgegrenzten und nicht arischen Menschen, Transporte aus anderen Konzentrationslagern waren meistens jüdischer Herkunft, wer nicht schon auf dem Transport gestorben ist, wurde sofort nach der Ankunft in die Gaskammern geschickt und anschließend verbrannt bzw. verscharrt.

Das waren die Grausamkeiten des täglichen Lebens, jeder von uns hatte sich schon so sehr an das Sterben und die Gewalt gewöhnt, dass es nichts Besonderes mehr darstellte, was nicht heißen soll, dass es uns egal war, wir taten, was wir konnten, aber es war immer nicht genug.

Das Treffen in der Baracke der Juden sollte heute Abend stattfinden, ich musste also in die hinterste Baracke laufen ohne entdeckt zu werden, da ich mich schon ganz gut in dem Lager auskannte, wusste ich genau wo ich langlaufen durfte ohne gesehen zu werden, die Baracke der Juden wurde ausgewählt, weil die Wachleute ganz selten bis an das andere Ende des Lagers liefen und schon gar nicht nach dem Abendessen.

Als ich in der Baracke der Juden ankam und die Tür öffnete herrschte sofort eisige Stille, Heinz, der sich schon in der Baracke befand, gab sofort Entwarnung, das ist Herr Kretschmer, ein neues Mitglied in unserer Organisation, er ist ein Freund ihr könnt also unbesorgt sein.

In der hintersten Ecke, hinter den Betten setzten wir uns auf die Erde, es waren 10 Häftlinge, die sich schon gut kannten, alle gaben mir die Hand und begrüßten mich.

Zwei jüdische Häftlinge postierten sich in der Tür, zur Sicherheit, falls sich ein Wachmann zeigen sollte.

Heinz holte einen kleinen Radioempfänger aus seinem Versteck, er wurde eingeschalten und wir hörten BBC und die neuesten Nachrichten, ich war sprachlos, wo habt ihr denn den Apparat her, den Radioempfänger haben die Zwangsarbeiter außerhalb des Geländes in kleinen Einzelteilen ins Lager geschmuggelt und hier wieder zusammen gebaut, ich freute mich riesig eine Stimme aus dem Empfänger zu hören, dort erfuhren wir, dass die Alliierten von allen Seiten der Welt die Nazis zurückdrängen, es gab sehr viele Verluste auf beiden Seiten, die Nazis sind jedoch sehr geschwächt und haben keine Reserven mehr, die Bombardierungen werden in den nächsten Tagen zu nehmen die Bevölkerung sollte sich auf jeden Fall in die Schutzräume begeben. Wir hörten eine ganze Weile zu und freuten uns riesig über die Neuigkeiten. Als der Radioempfängen wieder aus war und verstaut wurde, legten wir fest, was alles zu tun ist, es wurden schon in der Vergangenheit Unterlagen, Bilder und Registrierbücher in Sicherheit gebracht, ganz tief unter der Erde unter dem letzten Bett in dieser Baracke wurde ein Versteck ausgehoben und mit Papier und Stoff ausgekleidet, dort wurden die Unterlagen versteckt, die Grube war so groß, dass es noch Platz für vier erwachsene Männer bot.

Wir besprachen, was noch alles für die Nachwelt aufgehoben werden muss und von uns in dieser Grube zu verstecken war. Ich hatte die Aufgabe übernommen, die Schriftstücke und Wertgegenstände in die Juden Baracke zu bringen, ich wollte einen Koffer organisieren, damit alles gut erhalten blieb, alle anderen hatten auch ihre Aufgaben und waren zufrieden mit dem Treffen. Bei dieser Gelegenheit erfuhr ich, dass es noch sehr viele dieser Verstecke in dem Lager gab, wo sie sich befanden sollte ich zu einem anderen Zeitpunkt erfahren.

Jetzt war uns auch klar, wieso so viele Transporte aus anderen Lagern zu uns kamen, die Nazis versuchten Spuren zu verwischen und jeden der nicht mehr arbeiten konnte zu vergasen, es sollten keine Zeugen übrig bleiben.

Ich war von dem Treffen noch ganz aufgewühlt und konnte lange nicht einschlafen.

Das es etwas Unruhiger im Lager zuging, ist schon eine ganze Weile aufgefallen, wir hatten nur keine Erklärung dafür.

Auch das Tauschgeschäft, Edelsteine und Gold gegen Medikamente lief weiter. Wenn ein Transport ankam mussten alle Sachen und Gegenstände aussortiert und registriert werden, es gab aber genug korrupte Wachmänner, die waren für kleine Gefälligkeiten zu haben, so kam es, dass man einen Ring, eine Kette oder Edelsteine gegen Medikamente die dringend gebraucht wurden getauscht bekam, es durfte sich jedoch niemand erwischen lassen, auch die Wachleute nicht, es war ein leichtsinniges Unterfangen, wir hatten aber keine andere Wahl an Medikamente zu kommen. Der junge Mann in der Transportkolonne versteckte die wertvollen Gegenstände in der Halle, in der die Häftlinge ankamen und sich aller Gegenstände entledigen mussten. Aus dieser Halle konnte nichts geschmuggelt werden, die Männer wurden bis auf die Haut durchsucht, es war fast unmöglich etwas zu verstecken.

Da die Männer sehr erfinderisch waren, gelang es hin und wieder etwas zu schmuggeln, in den Körperöffnungen dir nicht immer kontrolliert wurden.

Die Arbeit der Gefangenen bestand darin, alle Gegenstände fein säuberlich in einem Buch zu notieren und in einem bestimmten Fach ein zu sortieren, Gold und Edelsteine auch Zahngold wurden täglich an das Wachpersonal übergeben, die Häftlinge, die damit zu tun hatten wurden gesondert und besonders stark bewacht, die Angst war so groß, dass es nicht, oder ganz selten zu Diebstählen kam.

Auch diese Bücher mit den Eintragungen der Wertgegenstände mussten in das Versteck für die Nachwelt aufgehoben werden.

Es verließen täglich Lkws mit Bildern und anderen wertvollen Gegenständen das Lager, wo die Reise hinging wusste niemand.

An den ständigen Bombenalarm hatten wir uns gewöhnt, in dieser Zeit wurden die Scheinwerfer auf den Wachtürmen ausgeschalten, das war ein günstiger Zeitpunkt um einige Dinge in die Verstecke zu bringen oder Medikamente in die Baracken zu bringen, wo sie dringend gebraucht wurden.

Die Sanitätsbaracke wurde von allen gemieden, auch von dem SS-Wachpersonal, man befürchtete sich anstecken zu können, was auch nicht von der Hand zu weisen war, dort infizierte man Häftlinge mit Bakterien und Viren und wartete ab unter welchen Umständen er starb, weiterhin wurden einzelne Häftlinge in einem Raum eingesperrt und in diesem Raum wurden Gaspatronen gezündet, die Ärzte beobachteten die Menschen in welcher Zeit und unter welchen Umständen sie starben, darüber wurde genau Buch geführt. Aus diesem Grunde wurde die Wäsche aus der Krankenbaracke besonders akribisch gekocht und geschrubbt.

Die Leichen wurden täglich aus der Baracke getragen und sofort verbrannt. Die Schreie und das Wimmern waren durch die geschlossenen Fenster und Türen zu hören. Kein Häftling, der diese Baracke betrat, hat sie wieder lebend verlassen. Auch von uns wurde sie gemieden.

Die Ärzte suchten sich ihre Probanden bei der Ankunft am Lagereingang aus, sie wurden gesondert behandelt, keine geschorenen Haare oder sonstige Unannehmlichkeiten, es waren überwiegend jüngere Männer, die ausgesucht wurden, sie wurden geduscht und gekleidet und mit besonderer Sorgfalt behandelt, jeder wusste, welche Qual noch vor ihnen lag, keiner von uns traute sich ihnen die Wahrheit zu sagen, ihnen zu sagen, dass sie zu Tode gequält werden ganz langsam und sadistisch, natürlich alles im Namen der Wissenschaft. Es kamen Ärzte aus der Umgebung und besprachen sich mit den Lagerärzten, dann wurden Medikamente übergeben und man traf sich Wochen später wieder und übergab die schriftlichen Dokumentationen. Alles war streng geheim und keinem gelang es einen der Berichte in die Hände zu bekommen.

In einer der ersten Baracken, gleich im Anschluss an die Verwaltung und Aufenthaltsräume der Wachleute, befand sich der Bunker bzw. eine weitere Folterkammer des Lagers, es gab immer wieder willkürliche Übergriffe an den Häftlingen, mal wurde ein Häftling dabei erwischt wie er den Blick nach oben richtete oder wenn ein Häftling nicht schnell genug war oder den SS Männern die Nase nicht passte, ganz besonders die Juden waren der Willkür ausgesetzt.

In dem Bunker wurden die Häftlinge gequält und gefoltert, mit Brutalität und Sadismus ging man vor, es gab so gut wie keine Überlebenden, wenn es doch jemanden gelang die Hölle zu verlassen, war er für sein Leben gezeichnet, es gab Männer, denen wurden die Augen ausgeschlagen, die Ohren abgeschnitten oder man hat ihnen die Gliedmaßen gebrochen und ausgerenkt.

Diese Männer mussten sofort aus dem Gesichtskreis der SS verschwinden und wurden in den Verstecken behandelt, es gelang allerdings nicht immer sie zu retten, manchmal waren die Verletzungen zu schwer und sie sind wenig später gestorben.

Das Leben in diesem Lager war, wie in allen anderen, von Grausamkeit und Willkür geprägt.Die Kooperationen mit den Fabriken der näheren Umgebung war der einzige Vorteil, den wir hatten, dadurch wurden täglich Häftlinge in die Fabriken zur Zwangsarbeit gebracht und es wurde darauf geachtet, dass die Häftlinge nicht zerschlagen oder halb verhungert waren, es waren auch hier wieder die jüngeren Männer die bevorzugt für die Außenarbeit ausgesucht wurden. Manchmal mussten die Häftlinge auch zur Fabrik laufen, die Bevölkerung war schockiert über den Anblick, aber keiner half, vielleicht hatte man Angst, vielleicht war es auch Desinteresse. Auf jeden Fall konnte kein Einwohner sagen er habe von nichts gewusst.

Die Häftlinge waren für die Industrie unverzichtbar, ohne sie wäre eine Produktion nicht möglich gewesen, es waren billige Arbeitskräfte. Sie bekamen auch andere Verpflegung als die Häftlinge im Lager, man konnte sich nicht leisten auf sie zu verzichten.

Die Fabrikbesitzer verdienten sehr gut an dem Geschäft mit den Zwangsarbeitern, es gab verschiedene Fertigungen, zum einen füllte man Patronen mit Schießpulver bzw. montierte man Gewehre. An anderen Stützpunkten stellte man Taschen zusammen, sie beinhalteten eine Notbehandlung nach einer Verletzung und ein kleines Kochgeschirr. Wieder andere stellten Eimer, Wannen und große Kochtöpfe her. Die Arbeiten waren sehr vielfältig und die Männer waren froh aus dem Lager zu kommen, sie arbeiteten fleißig und gut, die SS Wachen passten sehr auf, das die Bevölkerung keinen Kontakt zu den Häftlingen aufnehmen konnte, die Häftlinge waren hier in den Fabriken sicher vor den Brutalitäten der Wachleute, denn die Arbeit der Häftlinge brachte Geld für das Lager und für die Wachleute.

So sah das Leben in dem Konzentrationslager Dachau aus, sicher gab es schlimmere KZ' aber auch bei uns herrschte Willkür, Brutalität und Sadismus.

Mein Vater hatte im Laufe der Zeit in den Katakomben des Hedwig Krankenhauses ein kleines Krankenhaus aufgebaut, das ging natürlich nur mit der Hilfe seiner Freunde und loyalen Schwestern, die Betten waren alle angerostet und die OP-Tische defekt, das alles hielt meinen Vater nicht davon ab zu operieren. Es kamen Männer von den Untergrundorganisationen die von den Verhören der Gestapo zusammen geschlagene worden waren bzw. entlassene aus dem Gefängnis und den Gestapo-Folterkellern, sie waren alle mehr tot als lebendig, mein Vater tat alles was er konnte, er operierte, nähte und amputierte Gliedmaßen, die Kranken blieben bis sie wieder völlig gesund waren, sie mussten sehr leiden, da es keine ausreichenden schmerzlindernden Medikamente gab.

Die Mitglieder der Organisation überfielen Sanitätszüge der Nazis um dem Krankenhaus Medikamente und Verbandsmaterial zu besorgen.

In den weit verzweigten Räumen der unterirdischen Gänge gab es auch sehr weit außerhalb eine Wäscherei, dort wurden die Binden. Kittel und die Bettwäsche gereinigt, das taten meistens Frauen, denen mein Vater geholfen hatte, dass sie die Schwangerschaft von den Vergewaltigungen der Nazis nicht austragen mussten, die Frauen standen tief in der Schuld meines Vaters.

Mein Vater hatte auch das Glück Babys auf die Welt zu holen und zwar von jüdischen Frauen, die sich versteckten und bei denen es Komplikationen bei der Geburt gab, diese Frauen gaben ihre Babys sofort an eine deutsche Familie der Organisation, die kümmerten sich dann um das Baby, das war eine Vorsichtsmaßnahme, denn wenn die jüdische Mütter entdeckt wurde, war es auch sofort um das Baby geschehen, es war zwar sehr traurig für die Mütter, musste aber sein, schon zu oft ist es vorgekommen, dass jüdische Frauen verhaftet wurden und wenn sie kleine Babys hatten, wurden die sofort auf brutalste Weise ermordet.

Mein Vater ist schon seit Monaten nicht aus dem Keller gekommen, er hatte viel zu tun und legte sich zwischen durch auf eine Krankentrage und schlief, er freute sich immer sehr über den Besuch seines Sohnes Helmut, Helmut sorgte sich sehr um ihn, er war blass und ausgezehrt, er hatte wenig Appetit und schlief schlecht, er betonte immer wieder, dass es seine Schuld sei, dass die Familie in dieser furchtbaren Lage ist, er habe zu lange gehofft und gewartet, ich beruhigte ihn und versuchte ihm Kraft zu geben, wenn wir nicht mehr hier wären, wer würde dann die vielen Menschen operieren und sie gesund pflegen, es sollte alles so sein, ich bat ihn zuversichtlich zu sein und an die Zukunft zu glauben, ich hatte das Empfinden, dass ihm die Gespräche mit mir immer gut taten. Die Ungewissheit über das Schicksal meiner Mutter und der kleinen Marie machte uns jedoch sehr zu schaffen, ich hatte über die Organisation alles versucht in Erfahrung zu bringen wo sie sich aufhalten würden, es stand Auschwitz, Birkenau und Ravensbrück für die Deportationen von dem Bahnhof Wannsee zur Wahl, alles war eine Katastrophe und vor allem die Ungewissheit leben sie noch oder haben die Nazis sie umgebracht.

Ich lenkte mich mit der Arbeit in der Organisation ab, druckte Flugblätter, verteilte sie und holte wichtige Informationen von Frau Gerber, die sie von ihrem Mann erfahren hatte, mit diesen Informationen wurden vielen Kommunisten und Juden das Leben gerettet.

Immer wenn ich bei Frau Gerber war, musste ich an unsere Familie in der schönen Wohnung und die glücklichen Zeiten denken, ich fragte mich wie es Luise ging, meine Nachfrage bei Frau Gerber blieb unbeantwortet sie schüttelte nur den Kopf, sie wollte keinen in Schwierigkeiten bringen oder durch unbedachtes Handeln verraten.

Es war schon ausgesprochen leichtsinnig, dass ich mich in unsere alte Wohngegend traute, es brauchte mich nur jemand zu erkennen und alles würde auffliegen.

Frau Gerber hielt unsere Gespräche so kurz wie möglich, denn auch sie hatte große Angst vor Verrat. Leider waren die Zeiten von Denunzianten geprägt, die Nazis wiesen ausdrücklich in den Zeitungen und Nachrichten darauf hin, dass jeder der Hinweise auf politische Gruppierungen und staatsfeindliche Aktionen geben kann, entsprechend belohnt wird.

Helmut hatte die Informationen von Frau Gerber und beeilte sich wieder zum Hackeschen Markt zu kommen, in dem Versteck der Gruppe öffnete er das Schreiben von Frau Gerber, darin stand, die Gestapo verfügt über Informationen einer Krankenschwester, dass sich in den Kellerräumen des Krankenhauses ein geheimes Krankenlager befinden soll, in zwei Tagen findet die Razzia in den Kellerräumen statt. Herr Lehmann war ganz aufgeregt, er rief sofort alle an den Tisch und fing gleich an über das Problem zu sprechen.Wir müssen das Krankenhaus sofort evakuieren und alle Spuren vernichten, alle nickten und befassten sich sofort mit der Organisation.An S-Bahnhof Hackescher Markt gab es ganz tief unter der Erde sehr große leere Räume, sie dienten vor der Industrialisierung den Bauern als Lager für Heu und Viehfutter, dort müssen wir alles umlagern und zwar noch heute.Fünf Mann gehen in die Räume unter der S-Bahn und die anderen sieben kommen mit mir in das Krankenhaus.

Wir müssen einen Krankenwagen organisieren um die Schwerstkranken heute Nacht zu transportieren. Herr

Jacob, mein Ersatz Vater, wollte sich darum kümmern, ich ging mit Herrn Lehmann ins Krankenhaus. Es war äußerste Vorsicht geboten, weil man annehmen musste, dass das Krankenhaus beobachtet wurde. Die fünf Männer, die in den Kellerräumen des Krankenhauses tätig werden wollten, verkleideten sich und verbanden sich den Kopf oder den Arm mit Binden, damit jeder denken sollte, es handelt sich um einen Patienten, ich legte meinen Arm in eine Schlinge um den Hals und humpelte.

Im Untergrund des Krankenhauses angekommen, informierten wir sofort meinen Vater, der war entsetzt, konnte sich jedoch denken wer die Verräterin gewesen ist, diese Gewissheit half jetzt auch nicht mehr viel, alle die in dem Krankenhaus arbeiteten fingen sofort an die Geräte und Instrumente zusammenzupacken, in der Nacht wurde dann der Umzug vollzogen, es lagen zu diesem Zeitpunkt drei Schwerverletzte und vier Verletzte mit leichteren Beschwerden auf der Krankenstation. Es wurden als erstes die Schränke leer geräumt und zum S-Bahnhof transportiert, dann folgten die Tische, Stühle und Klappbetten auch das Bettzeug und andere wichtige Gegenstände.

Die Gruppe in den Räumen unter dem S-Bahnhof waren sehr fleißig, sie säuberten drei zusammenhängende Räume, die waren sehr groß aber auch dadurch sehr verdreckt, die Männer reinigten Decken, Wände und Fußböden mit Luftdruck und Besen, es wurde solange gesaugt und gefegt bis die Wände wieder hell waren, auf dem Fußboden konnte der Dreck jedoch nicht mehr vollständig entfernt werden.

Die Männer legten eine provisorische Wasserleitung und auch einen Abfluss, weiterhin musste ein Lüftungsrohr gelegt werden, da sich die Räume sehr tief unter der Erde befanden. Diese Notunterkunft wusste für drei Wochen reichen, erst dann konnte man wieder zurück in die alten Räume des Krankenhauses ziehen.

In dieser Nacht wurde der komplette Umzug vollzogen, es war ein gewaltiges Stück Arbeit was da bewältigt wurde. Durch die provisorische elektrische Leitung hatte man dort unten ein wenig Licht, es reichte aus um die Wunden neu zu verbinden und Medikamente zu verabreichen.

Zum Schluss wurde der Eingang zum illegalen Krankenhaus wieder gesprengt.

Zwei von uns beobachteten das Krankenhaus, in der zweiten Nacht kam die Gestapo mit zwei Einsatzwagen und vielen SS Männern und begannen die Razzia, sie durchsuchten alle Kellerräume, jeden auch noch so kleinen Raum, hinter dem ursprünglichen Eingang, hinter einer Schranktür fand man jetzt nur noch einen Berg Schutt, das war beabsichtigt, die Razzia dauerte drei Stunden, dann zogen die Gestapo und die SS wieder ab.

Uns fiel ein Stein vom Herzen, dank Frau Gerber konnte ein Unglück verhindert werden. Ich ging am nächsten Tag zu meinem Vater und erzählte ihm alles, er drückte mich ganz doll und war allen Männern sehr dankbar, ich fragte noch nach der Krankenschwester, die ihn verraten hatte, er sagte es wäre Schwester Gisela, sie hat sich erst sehr angebiedert und war nach vier Wochen Hilfe verschwunden, es konnte nur sie gewesen sein, alle anderen waren jeden Tag dabei.Die Organisation wollte auch Informationen über Verräter wissen, um sich vor ihnen zu schützen und um sie zur Verantwortung ziehen zu können.

Die Bombenangriffe in Berlin nahmen jeden Tag mehr zu und die Nazis wurden nervös, die Vergeltungsaktionen der Gestapo, für getötete SS-Männer wurden immer grausamer, so das die Bevölkerung auf Aktionen der Partisanen und der Untergrundbewegungen kritisch reagierten, man konnte es ihnen nicht übel nehmen, die Willkür der Gestapo war groß.

Jede Nacht wurden Flugblätter verteilt, jeder war mal mit der Verteilung dran, außer Herr Jacob, er konnte nicht mehr so schnell rennen und war also nur für den Druck zuständig.

Weiterhin fügte man den Nazis erhebliche Schäden zu, indem man Munitionsdepots sprengte und in den Fahrzeugen Feuer legte.

An einer Aktion war auch Herr Lehmann beteiligt, er zündete Autos der Gestapo an und wurde von einem Anwohner erkannt und auch andere Männer auf der anderen Straßenseite wollten ihn festhalten, nach einiger Rangelei konnte er sich jedoch befreien, er war also verbrannt, das heißt, man konnte ihn für Außeneinsätze nicht mehr einteilen.

Er machte sich im Untergrund nützlich und verließ nur noch in völliger Verkleidung das Versteck.

Dann kam ein Hilferuf von der „Roten Kapelle", ein junger Mann musste so schnell wie nur möglich Berlin verlassen, er wurde steckbrieflich von der Gestapo gesucht, an allen Hauseingängen und Litfaßsäulen hing sein Foto.

Herr Lehmann, der auch auf der Fahndungsliste stand, erklärte sich sofort bereit den jungen Mann zu begleiten.

In solchen Ausnahmesituationen gab es die Möglichkeit gesuchte und verfolgte Kommunisten zu den Partisanen in die Berge zu bringen, diese Möglichkeit bestand für uns in Polen, die Partisanen waren für uns am nächsten dran und relativ schnell zu erreichen.

Jetzt galt es die Partisanen zu informieren, neue Papiere zu besorgen und eine Zug- oder Autoverbindung zu organisieren.

Nach zwei Tagen war alles organisiert und die beiden Männer verkleideten sich und wurden mit einem Lkw bis zur polnischen Grenze gefahren, von dort aus ging es zu Fuß über die grüne Grenze. Herr Lehmann war flink und auch der andere junge Mann, namens Fritz, konnte gut mithalten, beide waren sehr vorsichtig aber auch gleichzeitig sehr routiniert, der Treffpunkt mit einen der Partisanen war in einem Waldstück von Stettin vereinbart, direkt an einer Bahnstation.

Als die beiden Männer dort ankamen, war weit und breit niemand zu entdecken, die einzigen Anwesenden waren der Bahnhofsvorsteher und eine Frau, die den Bahnsteig kehrte, sie blickte nicht mal hoch als wir uns dem Bahnsteig näherten, wir setzten uns auf eine Bank und warteten ab.

Unsere Verpflegung musste lange reichen, also gönnten wir uns nur ein kleines Butterbrot und ein Schluck Wasser auch einen Apfel gab es als Nachtisch.

Die beiden Männer waren sehr aufgeregt, denn keiner wusste was auf ihn zukam, wie lange er sich bei den Partisanen aufhalten wusste und wie willkommen man war, es waren schwere Zeiten für alle Bevölkerungsschichten und Nationen, die vergangenen Jahre unter dem Regime der Nazis haben ihre Spuren hinter lassen, es gab kaum eine Familie, die nicht mindestens einen Todesfall zu verzeichnen hatte.

Die Solidarität der Bevölkerung mit den Partisanen oder auch den anderen Untergrund Organisationen war hier in diesem Land sehr groß, allerdings waren auch hier die Vergeltungsaktionen der Nazis so brutal, dass die Hilfe und Unterstützung so manches Mal in Zweifel gezogen wurde.

Nach ungefähr einer Stunde kam die junge Frau, die vorher den Bahnhof gefegt hatte, zurück, sie ging in das Bahnhofsgebäude und verließ das Bahngelände auf der anderen Seite, wir beobachteten sie flüchtig, unterhielten uns aber intensiv über die letzten Aktionen in Berlin.
Es verging eine Weile und die junge Frau kam aus dem nahe gelegenen Waldstück wieder auf uns zu, sie stand vor uns und verständigte sich mit den Händen, wir sollten ihr folgen, wir beide sahen uns verdutzt an, nahmen unsere Sachen und folgten ihr in das Waldstück. Die kleine sehr schlanke junge Frau war sehr schnell, sie bewegte sich sehr sicher in dem Unterholz, wir hatten Mühe ihr zu folgen, Fritz hatte versucht mit ihr ins Gespräch zu kommen, aber vergebens, sie ignorierte uns, passte aber auf, das wir hinter her kommen. Nach einem strammen Marsch von ca. zwei Stunden waren wir in einem tiefen Waldstück, was für uns außenstehende undurchdringlich war.
Die junge Frau öffnete eine Boden Luke, es war sehr schwer für sie und Herr Lehmann sprang ihr sofort hilfreich zur Seite um zu helfen, die junge Frau sprang entsetzt zur Seite und schlug mit beiden Armen um sich, Herr Lehmann hielt sofort Abstand und sie deutete uns die steile Treppe hinab zu steigen, wir taten was sie uns sagte. Unten an der Treppe standen vier kräftige Män-

ner, sie hatten Gewehre geschultert und begrüßten uns mit einem gebrochenen Deutsch, sie fragten wie die Reise war und ob Lydia uns gut durch den Wald gebracht hatte, wir nickten nur und waren froh unter Freunden zu sein. Einer der jungen Polen erzählte uns, das sehr große Vorsichtsmaßnahmen getroffen werden mussten, weil die Deutschen immer wieder versuchten ihre Leute bei uns einzuschleusen um uns endlich zu vernichten, denn die Wälder waren für die SS immer ein Schwachpunkt, keiner kannte sich aus und die Fluchtmöglichkeiten waren sehr groß.

Lydia ist eine junge Jüdin, sie wurde vor vier Jahren mit ihrer Familie in das Getto nach Krakau gebracht, dort starben ihre Eltern, ihr Bruder wurde mit vier Jahren nach Auschwitz deportiert in der Zeit als Lydia in einer Fabrik als Zwangsarbeiter arbeitete, sie war so voller Panik als sie an diesem Tag von der Arbeit in das Lager zurück kam und ihren Bruder nicht mehr vor fand, dass sie zu den SS-Wachen gegangen ist und gefragt hat, ob sie wissen wo ihr Bruder sich aufhält, die SS Männer lachten nur schallend und sagten ihr er sei zur Kur geschickt worden, Lydia fragte wohin und wollte sofort hinterher.Die SS sah ihre Stunde gekommen und schnappten sich die junge Lydia, damals im Alter von 14 Jahren und fielen über sie her, die gesamte Belegschaft vergewaltigten die junge Frau, von hinter von vorn und auch sonst in abscheulicher Weise. Als sie nach Stunden fertig waren, war die kleine Lydia mehr tot als lebendig, sie wurde aus dem Umkleideraum auf die Straße geworfen und liege gelassen, am nächsten Morgen sollten die Totenfahren sie mitnehmen.

Einer der Partisanen hörte von dem Vorfall, weil ein SS-Mann in einer nahe gelegenen Gaststätte damit geprahlt hat wie potent er doch sei, er habe sie gleich zweimal hintereinander genommen.

Der Partisan musste sofort handeln und trommelte zwei Männer zusammen, die in einer Querstraße des Gettos Feuer machen sollten, um die Wachleute abzulenken, als der Wachposten leer war, schlich er in den Vorhof und nahm die junge Frau, die noch immer bewusstlos war, auf den Arm und verschwand in den Tiefen des Waldes. Es dauerte Wochen, bis Lydia wieder laufen konnte, der schon geschwächte Körper war bis auf die Knochen abgemagert und die Vergewaltigung muss ihren Unterleib und Darm so stark beschädigt haben, dass eine Entzündung entstanden ist, ein Arzt musste kommen und sie untersuchen, sie wehrte sich zwar, es half allerdings nichts, der Arzt musste sie untersuchen um eine Operation auszuschließen. Sie wehrte sich so panisch, dass der Arzt es nicht sehr lange verantworten konnte sie festzuhalten.Der Arzt machte uns wenig Hoffnung, er sagte der Darm habe einen Riss und die Scheide war nur noch rohes Fleisch, das sei aber nicht das Hauptproblem, diese Verletzungen würden mit Medikamenten wieder heilen, die Psyche hingegen heilt nicht so schnell, sie will nicht mehr leben, das ist das größte Problem.

Die Frau einer der Partisanen zog zu uns in das Versteck und kümmerte sich um sie, sie fütterte sie, wusch ihren geschundenen Körper, sie musste jedes Mal still dabei weinen weil ihr Lydia so leid tat, das war auch der einzige Mensch, der sie anfassen durfte, sie sprach mit ihr wie mit ihrer Tochter und bat sie Mut zu haben und allen dabei zu helfen die Nazis zu vertreiben.Diese Worte mussten sie aufgerüttelt haben, sie bemühte sich zu essen und nahm auch ihre Medikamente regelmäßig, die

Männer redeten mit ihr nur in einem entsprechenden Abstand, mit keinem von uns hat sie je ein Wort gesprochen, der Arzt sagte, es sei wohl der Schock, der ihr die Sprache genommen hat, vielleicht kommt sie irgendwann wieder.

Lydia wurde nach vielen Wochen wieder gesund, jetzt wollte sie sich an dem Kampf gegen die Nazis beteiligen, sie wurde an der Waffe, am Messer und am Umgang mit Sprengstoff geschult, sie war der beste Schüler, den man sich vorstellen kann, voller Hass gegen die Nazis, unerschrocken und mutig.

Die schwierigsten Einsätze bewältigte sie spielend, eine Frau war auch unverdächtig, sie wurde zum Sprengen von Brücken, verteilen von Flugblättern, besorgen von Lebensmitteln und allen schwierigen Rettungsaktionen eingesetzt, sie war für alle unverzichtbar. Nach Jahren der Zusammenarbeit hatte sie Vertrauen gefasst und auch die Männer konnten sie wieder in den Arm nehmen und sich bedanken.

Allerdings war sie jedem fremden Mann gegenüber sehr zurückhaltend und vorsichtig, ihre Menschenkenntnis hat uns schon so manches Mal das Leben gerettet.

Sie war unverzichtbar für die Partisanen und ihre Arbeit.

Nach dieser Geschichte verstand ich die Reaktion an der Luke nur zu gut, ich sagte, dass ich mich bei ihr entschuldigen wollen, die Männer schüttelten nur den Kopf, du würdest sie nicht erreichen, Du kannst nur ihr Herz und ihr Vertrauen gewinnen, indem du mutig und furchtlos gegen die Nazis kämpfst, ich nickte und schwor mir ganz im geheimen sie von mir zu überzeugen.

Das Hauptlager der Partisanen befand sich noch viel tiefer in den Wäldern und in Bergschluchten, für fremde unauffindbar. Da die Nazis immer wieder versuchten Überläufer in die Gruppe der Partisanen einzuschleusen und es so schon zu grausamen Überfällen gekommen ist, hat man sogenannte Verstecke auf Probe eingerichtet, erst wenn man sich hundertprozentig sicher sein konnte und das konnte dauern, dürfe man in den Hauptstützpunkt.

Diese Vorsichtsmaßnahme war für alle verständlich, denn im Hauptstützpunkt wurden die Waffen und der Sprengstoff gelagert und auch von dort kamen die großen Aktionen gegen die Nazis, aber auch Hilferufe von den Kommunisten aus Berlin und anderen Städten, das Informationsgeflecht war sehr weit verzweigt.

Eine Frau Gerber gab es in allen Städten, Dörfern und in jeder Fabrik. Auf diese Weise leistete jeder seinen Teil in der Organisation.

Wieder andere Mitglieder der Organisation kümmerten sich um die Verpflegung und den Transport von Waffen und Sprengstoff.

Fritz war nach der Geschichte von Lydia sehr nachdenklich geworden, er suchte ihre Nähe und wollte immer mit ihr zusammen an den Einsätzen teilnehmen, er beobachtete sie und lernte von ihren Fähigkeiten, Lydia war eine sehr hübsche Frau und hatte die Aufmerksamkeit natürlich bemerkt, schenkte ihm jedoch keine Beachtung, sie lebte für den Widerstand und mit Männern verbannt sie nur Schmerz und Demütigung.

Auch die anderen Partisanen haben bemerkt wie Fritz sich bemühte, sie nahmen ihn beiseite und versuchten mit ihm zu reden und ihn von seinen Plänen abzubringen, aber auch das Reden half nichts, er wollte sich um sie kümmern, ob aus der Fürsorge eine nähere Verbindung werden konnte, lag ganz allein in Lydias Händen, sie hatten beide alle Zeit der Welt. Lydia war perfekt im Umgang mit Sprengstoff, ich hatte in diesem Bereich keine Erfahrungen und lernte sehr viel von ihr.

Die Deutschen hatten in einer kleinen Ortschaft nahe Krakau ein Munitionsdepot errichtet, und die Lieferungen wurden mit den Güterzügen angeliefert, unser Auftrag war es beide Einrichtungen zu sprengen, zum einen das Depot und die Schienenanlage, beides wurde streng bewacht, es galt erst genaue Erkundigungen über den wechselnden Wachdienst einzuholen, nur so konnte man die Aktion starten, die Sprengungen mussten an beiden Orten gleichzeitig vollzogen werden, bzw. musste erst der Schienenstrang und dann das Depot in Flammen aufgehen.

Der Plan war perfekt, Lydia und ich brachten die Sprengladungen an und zogen sehr lange Kabel für die Zündung. Das gleiche wurde an dem Munitionsdepot angebracht. Zuerst sollte Lydia die Schienen sprengen, wenn sich die SS um die Schienen kümmerte und das Feuer löschten sollte ich die Munitionsfabrik zünden.Gesagt, getan, Lydia und ich verstanden uns schon blind, sie gab die Anweisungen und ich führte alles ordnungsgemäß aus.

Die Aktion gelang und die Detonation war Kilometer weit zu hören, das Munitionsdepot brannte lichterloh und es kam zu kleinen und großen Explosionen, kein SS-Mann traute sich in die Nähe des Gebäudes, auch die Gestapo war sofort zur Stelle und nahm die Ermittlungen auf, die Sprengungen bedeuteten einschneidende Verluste für die Deutschen, genau das hatten wir beabsichtigt.

Als die Flammen nach Stunden gelöscht waren, wurden Untersuchungen durchgeführt und festgestellt, dass es sich um eine Sprengung gehandelt hat.

Es wurde in jeder Straße des Dorfes und auch auf dem Lande an jedem Baum ein Steckbrief aufgehängt, dort forderte man die Verbrecher auf sich zu stellen, man gab ihnen zwei Tage Zeit und danach würden die Vergeltungsaktionen an der Zivilbevölkerung vollzogen werden, für jeden getöteten SS-Mann sollten 10 Zivilisten erschossen werden, die Gestapo war auch an Hinweisen aus der Bevölkerung interessiert und setzte eine Belohnung aus.

Die Bevölkerung war sehr verunsichert und hatte Angst, es gab auch Verhaftungen auf Grund von Hinweisen, damit wollte man sich vor der Erschießung durch die SS schützen. Die Verhafteten wurden verhört und gefoltert, die meisten haben es nicht überlebt.

An den Vergeltungsaktionen der SS war zu merken, dass die Nazis und auch die Gestapo verunsichert waren, der Vormarsch der Alliierten und die dauernden Luftangriffe taten sein Übriges dazu bei.

In den einschlägigen Zeitungen und auch in der Wochenschau wurden alle deutschen Männer dazu aufgefordert zu kämpfen und sich umgehend an die Front zu melden, Mütter sollten für die Männer stricken und Pakete an die Front schicken.

Die Nazis rekrutierten Männer jeden Alters, entweder freiwillig oder mit Gewalt.

Die polnische Bevölkerung hatte Angst vor der Vergeltung und nicht jeder war gut auf die Aktionen der Partisanen zu sprechen, was durchaus zu verstehen war.

Die Geldspenden und auch die Spenden in Form von Naturalien ließen sofort merklich nach, in diesem Moment war das Leben jedes einzelnen wichtiger, auch das wurde verstanden.

Die Tage vergingen und die Gestapo fing an die Polen für die Vergeltungsaktionen zusammen zu suchen, man ging von Haus zu Haus, sechs SS Männer wurden getötet, also wollte die Gestapo sechzig Menschen hinrichten. Auf dem Großen Dorfplatz wurden die Menschen zusammen getrieben, die Polen standen in der Mitte, alte Männer, Frauen und Kinder und außen herum standen dicht nebeneinander die SS mit ihren Gewehren.Der Hauptsturmführer baute sich breitbeinig vor ihnen auf, er gab der Bevölkerung noch 12 Stunden Zeit ihm die Verschwörer zu nennen, wenn die Zeit um ist, werden alle erschossen. Die Männer, die durch Denunziation verhaftet worden waren, sind an den Folterungen gestorben.

Lydia hielt sich in der Ortschaft auf und konnte die Aktionen miterleben, es tat ihr sehr leid was ihren Landsmännern durchmachen mussten, sie konnte nichts tun, jede weitere Aktion würde wieder auf dem Rücken der Bevölkerung ausgetragen werden, sie weinte still vor sich hin.

Die Zeit verging und das Ultimatum lief ab, gegen Mittag nahmen die SS Männer Aufstellung und der Kommandant stellte sich auf einen Tisch und gab die Befehle, Aufstellung nehmen und schießen, die Menschen schrien vor Angst und Hilflosigkeit, die Gewehr Kugeln waren bis weit über die Grenzen hinaus zu hören. Alle Partisanen hielten den Atem an und selbst die härtesten Männer weinten leise vor sich hin.

Nach der Exekution musste die Bevölkerung die Leichen von dem Dorfplatz holen und in einer Grube begraben.

Es machte sich Zorn und Wut unter der Bevölkerung breit natürlich in erster Linie gegen die Nazis aber auch gegen die Partisanen, die Gedanken waren zu verstehen, wenn man den Berg Leichen sah, den die Sprengung nach sich zog.

Lydia hielt sich in dem Versteck auf und ging nicht vor die Tür, sie holte keine Nahrungsmittel aus der Stadt und kochte auch nicht, sie war einfach nur traurig, jeder verstand die Reaktion und ließ sie in Ruhe.

Fritz nahm Verbindung zu der Hauptzentrale der Partisanen auf, er sagte dass auch seine Organisation – die Rote Kapelle – mit solchen Reaktionen zu tun hat, die Mitglieder nehmen dann sofort Verbindung zu den Familien auf, die einen oder mehr Tote zu verzeichnen hatten, und boten ihre Hilfe an, es handelt sich dabei um tatkräftige Hilfe wie zum Beispiel das Besorgen von Heizmaterial, das Einkaufen von Lebensmitteln, Unterstützung bei den täglichen Aufgaben des Lebens, keiner kann den Verlust eines geliebten Menschen ersetzen, aber man kann den Kummer etwas kleiner machen.

Der Partisanenführer hörte aufmerksam zu und nickte, er setzte sich sofort mit allen im Untergrund lebenden Partisanen zusammen und man besprach das nötige Vorgehen, auch Lydia war dabei und wollte in der Stadt einer Familie mit vier Kindern helfen, der Mann und Vater wurde heute erschossen, sie wollte im Haushalt helfen und sich um die Kinder kümmern. Auch die anderen Männer und Frauen gingen in die Stadt und versuchten das Leid ein wenig zu lindern.

Die Bombenangriffe nahmen wieder merklich zu, daran erkannten alle das die Alliierten weiter vor rückten und es machte sich wieder Hoffnung breit, auch die Nervosität der Nazis war spürbar.

Die Zwangsarbeiter aus den Lagern und Gefängnissen gehörten schon zum Alltag, sie durchquerten die

Stadt und wurden von der SS in die Fabriken aufgeteilt, als gerade ein Lkw mit Gefangenen auf den Marktplatz fuhr, ging die Sirene für den Bombenalarm los, die SS Männer jagten die Häftlinge sofort wieder auf den Lkw, verschnürten die Plane, sie rannten in den nahen Luftschutzkeller. Das war die Gelegenheit für die Partisanen, die schlichen sich an den Lkw heran und lösten die Kordel der Plane, die Gefangenen waren sehr schwach und kraftlos, sie brauchten viel Unterstützung die Pritsche des Lkws zu verlassen, man brachte die Männer in den nahen Wald, diese Aktion brauchte einige Zeit, aber die Bombenangriffe waren noch nicht vorüber und der Lkw war leer, man musste die Männer unbedingt in Sicherheit bringen. Das Waldgebiet war sehr unübersichtlich und schwer zu durchdringen, da die Männer so schwach waren, ging es nur sehr langsam voran. Angekommen in dem ersten Unterstand, sackten die Männer in sich zusammen, sie hielten sich gegenseitig fest und konnten es nicht glauben frei zu sein, die Frauen kochten sofort eine warme Suppe und schnitten reichlich Brot auf, die Männer stürzten sich auf das Brot und schlangen es herunter, man sah ihnen die Angst an, sie wussten ja nicht wo sie waren und wann sie das nächste Mal etwas zu essen bekommen würden, die Vergangenheit hat sie geprägt.

Die Männer kamen aus allen Nationalitäten, es waren auch einige Polen dabei, mit ihnen konnten sich die Partisanen unterhalten, sie schilderten ihnen die Lage und sagten, dass sie sich in Sicherheit befinden würden, die Information wurde an alle weiter gegeben, man machte ihnen Mut und sagte sie sollen sich erst einmal ausruhen von den Strapazen.

Die Partisanen gingen sofort zurück in die Stadt, man wollte die Reaktionen der SS beobachten.

Als die Nazis bemerkten, dass der LKW leer war, waren sie außer sich vor Wut, sie schossen wild um sich und gingen zu ihrem Stabschef, die gesamte Bevölkerung war angespannt und wartete erneut auf eine Reaktion der SS, diese blieb jedoch erst einmal aus.

Lydia und auch die anderen Männer blieben bei den Familien, die ihre Hilfe benötigten, Fritz durfte sich nicht sehen lassen, er kümmerte sich im Hauptstützpunkt um das Reinigen der Waffen und bastelte Sprengsätze, es war zu gefährlich für ihn sich unter das Volk zu mischen, allerdings besorgte man mir eine SS-Uniform, da ich deutsch sprach, würde man mich nicht so schnell entdecken, ein genauer Plan bestand noch nicht.

Die SS-Männer fuhren mit dem Lkw aus der Stadt, nach ca. zwei Stunden war man wieder da und hatte die Pritsche wieder voll Männer aus dem nahen Gefängnis, die wurden sofort in die Munitionsfabrik gebracht.

Die Frauen kümmerten sich sehr um die Häftlinge, es wurde Kleidung und genug zu essen besorgt, die freundschaftliche Atmosphäre ließ sie schnell zur Ruhe kommen. Die Nazis werteten den Vorfall mit den verschwundenen Häftlingen nicht weiter aus, es war ihnen sicher zu peinlich zu zugeben, dass man die Häftlinge alleine ließ und ihnen die Flucht gelungen ist, jedenfalls wurde keine Vergeltungsmaßnahmen vorgenommen.

In Berlin kam es auch weiterhin zu schweren Bombenangriffen, ganze Straßenzüge wurden dem Erdboden gleich gemacht.

Nachdem einige Zeit vergangen war, ist mein Vater mit seinen Helfern wieder in die Räume unterhalb des Hedwig Krankenhauses gezogen, dort kannte er sich aus und die Räume waren auch größer. Jetzt gab es nur noch einen Eingang in das unterirdische Krankenhaus, der zweite Zugang wurde nach dem Verrat gesprengt, um es der SS schwerer zu machen in die unterirdischen Gänge zu kommen.

Auch hier war die Unruhe unter den SS-Männern deutlich zu spüren, es wurde wesentlich schneller geschossen und man brachte aus den Ministerien Lkw-Ladungen an Papieren aus der Stadt, wohin das wusste keiner, vielleicht wurden sie verbrannt. Die Nazis verpflichteten immer jüngere Männer zu dem Dienst an der Front, es hatte sich unter der Bevölkerung herum gesprochen, dass die Russen vor den Türen Polens stehen und auch die Franzosen und Amerikaner waren nicht mehr weit, die Lügen in der Wochenschau wurden von den meisten nicht mehr geglaubt.

Mein Vater hatte in dem Krankenhaus mehr zu tun als sonst, durch die Bombenangriffe und die Zerstörung der Häuser kamen auch die Verstecke der Juden ans Tageslicht, die konnten natürlich nicht zu einem deutschen Arzt gehen, es gab auch Juden die sich in den Kleingartenanlagen versteckten, auch dort fielen Bomben und man brachte die verletzten Menschen zu meinem Vater, er operierte, amputierte und machte jegliche Wundbehandlung, er sah entsetzlich ausgemergelt aus, wollte aber keine Pause machen, mein Vater und ich sprachen hin und wieder über meine Mutter und die kleine Marie, ich sagte ihm, dass ich in meinem Herzen spürte, dass sie noch leben mein Vater lächelte nur und sagte nichts dazu.

Frau Gerber hatte wieder neue Nachrichten, ich machte mich sofort auf den Weg, musste aber immer vorsichtiger sein, die Gestapo war überall und beobachtete die Menschen auf der Straße.

Ich brachte wie vereinbart die Zeitungen zu ihr, sie war alleine und wir konnten kurz miteinander reden, sie erzählte, dass Herr Kretschmer nach Dachau gebracht wurde und Frau Kretschmer und Luise dringend Hilfe brauchten, mir wurde sofort schwer ums Herz, meine liebe Schwester Luise und ich durfte nicht zu ihr gehen, Frau Gerber sagte leise, sei vernünftig mein Junge und halte dich zurück, lange kann dieser Spuk nicht mehr dauern, Helmut nickte und ging aus dem Geschäft direkt in das Versteck in der großen Hamburger Straße, er erzählte alles von der Familie Kretschmer. Sofort setzten sich alle zusammen und schmiedeten einen Plan.

Damit keiner Verdacht schöpfen konnte, gingen immer andere Personen zu Frau Kretschmer nach Hause, mal verkleidete man sich als Kohlenträger und mal als SA Offizier, das war natürlich am unauffälligsten, die Männer kümmerten sich um Heizmaterial, Lebensmittel und halfen bei schweren Arbeiten. Frau Kretschmer wusste nicht so recht was sie davon halten sollte, nahm die Hilfe aber gerne an, Luise stellte schnell die Verbindung zu Frau Gerber her, sagte aber kein Wort.

Ich ging weiter jeden Tag zur Schule, die Synagoge, wo wir früher jeden Sonntag waren, war seit langen Zeit zerstört, wie es meinen Eltern und Geschwistern geht wusste ich nicht, auch Frau Kretschmer wusste nichts konkretes, sie sagte nur immer wieder, dass die Nazis sich nicht mehr lange halten können, wir müssen vorsichtig sein und durch halten.

Frau Kretschmer ging jeden Morgen arbeiten und ich zur Schule, am Nachmittag machten wir es uns dann zu Hause gemütlich, kochten, spielten und erzählten aus vergangenen Zeiten.

Vor einigen Wochen habe ich vom Fenster aus beobachtet, wie die junge Frau aus dem Nebenhaus, die uns die Informationen über Herrn Kretschmer gegeben hatte, von der Gestapo verhaftet und abgeholt wurde, ich erzählte das sofort Frau Kretschmer, die ging wiederum zu Frau Gerber und bat sie ihren Mann zu fragen wo sie hingekommen ist, Frau Gerber wollte sich bemühen etwas zu erfahren, die junge Frau hatte eine kleine Tochter und eine Mutter bei sich zu Hause, die beiden sah ich gelegentlich auf der Straße, als ich an einem Tag aus der Schule kam winkte mich Frau Gerber zu sich ins Geschäft, sie gab mir eine Zeitung und sagte ich solle sie meiner Tante geben. Frau Kretschmer öffnete die Zeitung und sah die Nachricht, die junge Frau befand sich in der Ernst-August-Straße, dem Hauptquartier der Gestapo, sie wurde von einem Mieter aus ihrem Haus verraten.

An einem Sonntag als wir einen Spaziergang durch den Friedrichshain machten, begegneten wir der älteren Frau und dem kleinen Kind, Frau Kretschmer ging sofort auf sie zu und fragte wie es ihr ging, die Frau war sehr zurückhaltend und winkte nur ab, Frau Kretschmer blieb beharrlich und sagte nur, das sie ihrer Tochter viel zu verdanken hatte, ich würde gerne etwas zurück geben, bitte sagen sie mir wie ich ihnen helfen kann, die ältere Dame sah mich lange an und fragte dann ob ich weiß wie man an Heizmaterial für den Winter kommt,

Frau Kretschmer nickte und wollte sich sofort darum kümmern.

Die beiden Männer von der Organisation kamen wie jeden Tag auch heute bei uns vorbei, Frau Kretschmer erzählte sofort von der jungen Frau und dem fehlenden Heizmaterial, die Männer machten sich umgehend auf den Weg und kamen mit einem beladenen Anhänger voll Kohle und Holz zurück, die ältere Dame war überglücklich und das war auch ein Glück für uns.

Nach vielen Wochen kam die junge Frau aus dem Gefängnis, man konnte ihr nichts nachweisen und sie hat auch unter der Folter nichts gesagt, sie sah furchtbar aus, gebrochene Knochen, verwirrt und zerschlagen.

Sie wurde von den Männern der Organisation sofort mit einem Lkw abgeholt, die Männer trugen SS-Uniformen um nicht aufzufallen, die junge Frau war nicht so recht bei sich, völlig ohne jeden Willen ging sie mit, die Mutter weinte und wollte sie aufhalten, bis sie die beiden Männer mit den Heizmaterialien wieder erkannte, sie fragte, wo man sie hinbringen würde, die Männer sagten nur zu einem guten Arzt. Diese Aktion musste schnell gehen, die Nachbarn nahmen allerdings von SS Männern wenig Notiz.

Die junge Frau wurde zu meinem Vater in das Hedwig Krankenhaus gebracht, mein Vater nahm sich Zeit und untersuchte sie gründlich, die Brüche wurden geschient, die tiefen Wunden genäht, das eine Auge war sehr schwer beschädigt und es wurde behandelt und mit einer Augenklappe bedeckt, als mein Vater sie weiter untersuchen wollte, bedeckte sie ihren Bauch mit beiden Armen und zog die Beine an, mein Vater redete beruhigend auf sie ein, auch das brachte keinen Erfolg er streichelte ihre Wange und zog sich zurück, sie verkroch sich in der dunkelsten Ecke, eine Krankenschwester kümmerte sich ganz rührend um die kleine Frau, sie wollte Vertrauen aufbauen, um vielleicht ihren Unterleib untersuchen zu können, sie gab ihr Schmerz- und Beruhigungsmittel und ließ sie in Ruhe.

Anschließend sprach mein Vater mit der Krankenschwester, für beide stand fest, dass sie vergewaltigt worden ist, in welchem Ausmaß die Verletzungen waren, könnte nur erahnt werden, wieder eine Frau die das Trauma des Krieges ihr ganzes Leben nicht mehr los werden würde, die Krankenschwester erzählte ihm, das sie eine kleine Tochter hat und der Mann an der Front ist, ihre Mutter kümmert sich zwar um die kleine aber das ersetzt die Mutter nicht. Die Foltermethoden der Gestapo waren bei Frauen immer gleich, damit konnten sie Macht und Stärke beweisen, wie furchtbar das für die Frauen sein musste konnte mein Vater nur erahnen.

Nach einigen Wochen, in denen die junge Frau meinem Vater zur Hand ging wo sie nur konnte, sie half die Binden zu waschen und aufzuwickeln, die Schieber zu leeren und zu reinigen, das Essen zu verteilen und die Instrumente zu desinfizieren, sie lernte schnell und erholte sich dabei immer mehr. Mein Vater führte mit ihr noch ein abschließendes Gespräch, er bot ihr an, sie noch in dieser Nacht von der Organisation abholen zu lassen und sie nach Hause zu bringen, dort nahmen die Mutter und die kleine Tochter sie in die Arme und weinten vor Glück, die kleine Familie wusste Bescheid wie sie sich in Zukunft verhalten musste um kein Aufsehen zu erregen. Die Verräterin aus ihrem Haus wurde gemieden, alle hofften darauf, dass einmal die Zeit kommen würde wo solche Menschen für ihre Taten bestraft werden.

Die Bombenangriffe nahmen wieder zu, und Frau Kretschmer und Luise liefen in den nahen Luftschutzkeller, wenn die Portiersfrau aus dem Haus der jungen Frau sich auch in dem Keller aufhielt, gingen wir sofort in die am weitesten entfernte Ecke um keinen Kontakt zu ihr haben zu müssen.

Die kleine Familie der jungen Frau kam nicht in den Keller, sie verdunkelten ihre Wohnung und blieben zu Hause, wenn wir den Keller verließen galt mein erster Blick unserem Haus und dem daneben. In der Knaakstraße brannte es lichterloh, eine Brandbombe ist in ein Haus eingeschlagen und brannte es bis auf die Grundmauern nieder, auch in unserer Straße lagen Leichen am Wegesrand, die Blockwärter legten die Leichen aus den Kellern und Wohnungen an den Straßenrand, Stunden später wurden sie von einem Lkw eingesammelt und beerdigt. Die Familien, die alles verloren hatten, und nicht wussten, wo sie die Nacht verbringen sollten, wurden von der nahegelegenen Kirche aufgenommen, bis man ein Zimmer für sie gefunden hatte, auch die Fürsorge schaltete sich ein und kümmerte sich um die obdachlosen Menschen, es war eine schwierige Zeit und für jeden der seine Sinne beieinander hatte war klar, dass der Krieg seinem Ende entgegengehen würde, es traute sich nur niemand laut zu sagen, die Fanatiker glaubten immer noch an den Endsieg.

Frau Kretschmer kochte gut und backte jedes Wochenende einen Kuchen, ich half, so gut ich konnte, wir teilten alles mit der jungen Frau und ihrer Familie aus dem Nebenhaus, sie waren immer sehr dankbar und es entstand eine gute Freundschaft, die Feiertage verbrachten wir gemeinsam, erst wurde zusammen gegessen und dann machten wir einen Spaziergang, die kleine Tochter der jungen Frau machte Luise viel Freude, sie spielten miteinander und Luise dachte viel an ihre kleine Schwester Marie und hoffte auf ein Wiedersehen.

Frau Kretschmer war der jungen Frau unendlich dankbar für das, was sie für ihren Mann getan hatte, ohne ihre Hilfe hätte sie ihn nicht mehr gesehen und wüsste auch nicht, das er in das Konzentrationslager Dachau gebracht wurde, sie schickte jeden Monat ein Päckchen und jede Woche einen Brief, ob es bei ihm ankam wusste keiner, auch wir bekamen eine Karte von ihm, darauf stand, es geht mir gut, ich arbeite und liebe euch beide, die Karte steckte am Küchenschrank und Frau Kretschmer strich jeden Tag darüber, sie wusste schon, das die Post zensiert würde und nichts der Wahrheit entspricht, aber es war seine Schrift und ein persönliches Zeichen von ihm.

Weihnachten stand auch vor der Tür, es dauerte zwar noch zwei Monate, aber die Lebensmittel und das Heizmaterial mussten besorgt werden, so oft wir konnten fuhren wir mit einem Güterzug in Richtung Brandenburg um auf den abgeernteten Feldern noch vergessene Kartoffeln, Möhren und sonstiges Gemüse zu ernten, auch Brennmaterial, wie Kohle und Holz wurde besorgt und zurückgelegt, wir wollten Weihnachten mit der befreundeten Familie von nebenan feiern, meine Pflegemutter strickte so manche Nacht durch um dem kleinen Mädchen Socken und Handschuhe zu schenken.

Es war eine schwere aber auch schöne Zeit für uns alle, jeder hoffte auf ein baldiges Ende des Krieges, nur die Nazis wollten der Realität nicht ins Auge blicken und hofften immer noch auf den Endsieg.

Der Mann von Frau Gerber erzählte ihr auch jeden Tag, dass sich das Blatt bald wenden würde, die SS ist stark wie nie und der Führer steht immer zu dem, was er sagt, er wird uns zum Endsieg führen, Frau Gerber hörte nicht mehr hin und sagte dazu gar nichts mehr.

Mein Vater fragte Helmut oft nach der jungen Frau aus der Kollwitzstraße, das Schicksal ließ ihn nicht los, auch weil er nicht wusste, ob die Vergewaltigungen Folgen gehabt haben.

Helmut konnte ihn beruhigen und erzählte von der Freundschaft mit der Familie Kretschmer, sie ist auch nicht schwanger, soweit ich das sehen konnte, sie geht aus dem Haus und verbringt Zeit mit ihrer Tochter im Park oder auf dem Spielplatz.

Unsere Wohnhäuser haben die Bombenangriffe bisher gut überstanden, die Wohnungen waren auch zu klein um noch andere Menschen aufzunehmen.

Das Weihnachtsfest nahte und die beiden Familien besprachen den Ablauf, zuerst wollten alle zur Weihnachtsmesse in die Kirche gehen und anschließend gab es die Bescherung unter dem Weihnachtsbaum bei der jungen Frau, ihre Tochter war noch so klein, dass sie noch an den Weihnachtsmann glaubte, deshalb kauften wir nur einen Weihnachtsbaum und stellten ihn nebenan auf, der Baum war eine einzige Krücke, klein und kahl, dafür aber sehr teuer.

Wir setzten uns alle zusammen und bastelten Weihnachtsschmuck aus buntem Papier, es wurden Äpfel und Nüsse an gehangen und aus dünnem Papier Lametta geschnitten, zum Schluss war dieser karge Baum der schönste Weihnachtsbaum weit und breit.

Die Päckchen wurden unter den Baum gelegt und voller Spannung ausgepackt, es war eine Freude zu sehen wie die Kinder sich freuten und den Erwachsenen standen die Tränen in den Augen, jedes Kind musste vor der Bescherung ein Gedicht aufsagen. Nach der Bescherung gab es das Festtagsessen, wir hatten das bisschen Geld zusammen gelegt und uns ein Huhn geleistet dazu gab es Rotkohl und Kartoffeln, als Nachtisch servierte man Schokoladen Pudding, satt und überglücklich ließen wir uns alle in unserem Wohnzimmer nieder, wir sangen Lieder und ich las Weihnachtsgeschichten vor, das kleine Mädchen hörte aufmerksam zu, es war für alle ein wunderschöner Tag.

Die Familie Kretschmer ging heute Abend nicht nach Hause, sie übernachteten bei der jungen Frau, ihrer Tochter und der Mutter, sodass wir auch den Feiertag noch zusammen verbrachten, es war eine lustige Atmosphäre und jeder von uns konnte für ein paar Stunden die schweren Zeiten vergessen, Frau Kretschmer hatte auch für ihren Mann ein Päckchen gepackt, sie hatte sich die Lebensmittel im wahrsten Sinne des Wortes vom Munde abgespart, ob er es je bekam blieb offen.

In der Kirche habe ich für meine Familie gebetet, dafür das es ihr gut geht und wir uns wieder sehen, ich konnte für einen kurzen Augenblick die Tränen nicht zurück halten, Frau Kretschmer sah das und drückte mich ganz fest an sich. Es war mir auch egal, ob wir in einer Moschee oder in einer Kirche beteten, ich sagte mir es gibt nur einen Gott für alle.

In der Weihnachtszeit ließen die Bombenangriffe nach und auch die Nazis waren nicht mehr so präsent wie an anderen Tagen.

Am ersten Feiertag hatte es angefangen zu schneien, die Kinder liefen zwischen den Trümmern und auf der Straße und bewarfen sich mit Schneebällen, auch ich ging mit der Kleinen von nebenan nach draußen, wir sahen uns das Treiben an und hatten unsere Freude.

Mein Vater und Helmut verbrachten Heiligabend zusammen im Krankenhaus, ich half ihm, denn die Kranken mussten auch an Weihnachten versorgt werden, die Krankenschwestern blieben zu Hause bei ihren Familien.

Mein Vater hatte ein kleines Geschenk für Helmut, es war seine goldene Taschenuhr, die er von seinem Vater bekommen hatte, heute ging sie in die nächste Generation über, ich freute mich sehr über das Geschenk, weil ich wusste wie viel sie ihm bedeutete.

Wir zündeten eine Kerze an und beteten, auch für unsere Angehörigen, von denen wir nicht wussten, wo sie waren und ob sie überhaupt noch am Leben sind.

Mein Vater weinte wieder bitterlich, weil er nicht aufhören konnte, sich die Schuld an allem zu geben, wenn er früher reagiert hätte bzw. auf seine Freunde und Kollegen gehört hätte, wären wir noch alle zusammen im Ausland, Helmut legte ihm seine Hand auf die Schulter und sagte, dass man nicht wissen kann wie es einem ergangen wäre, vielleicht hätte man uns im Ausland nicht gerne aufgenommen oder wir wären bei der Flucht verletzt worden oder, oder, oder.

Es ist wie es ist sagte Helmut und sein Vater sah mich stolz an, Du bist mein Halt und mein Leben, Du musstest in den letzten Jahren über Nacht erwachsen werden und bist so ein guter Mensch geworden, wie ich es nie sein werde, ich versuche jeden Tag ein wenig meiner Schuld abzuarbeiten, ich weiß nicht, ob ich es in diesem Leben schaffen werde. Helmut drückte ihn und sie verstanden sich ohne viel Worte.

Weihnachten war vorbei und das Leben nahm wieder seine gewohnten Bahnen, die Kinder gingen zur Schule und die Erwachsenen arbeiteten, man war damit beschäftigt Lebensmittel und Heizmaterial zu besorgen, der Kampf ums Überleben war sehr mühsam.

Auch in dem Krankenhaus war es kalt, es fehlten Decken, auch die Medikamente und das Verbandsmaterial von den Freunden meines Vaters, wurden immer weniger.

Helmut und die Männer der Organisation fassten einen Plan, sie wollten in das Hauptgebäude des Hedwig Krankenhaus gehen und Verbandsmaterial, Decken und Medikamente besorgen, wie schon einmal wollte man die Stille der Nacht nutzen um das Material zu holen.

In der nächsten Nacht schlich man unbemerkt in die Kellerräume des Krankenhauses, die unterirdischen Räume kannte man schon und die Männer fingen sofort an alles zu sammeln was in dem Krankenhaus gebraucht werden würde, die vier Männer waren mit schweren Säcken beladen und verließen das Haus unbemerkt und gingen gleich zu meinem Vater, der freute sich sehr über die Gaben und fragte nicht wo sie herkommen würden. Auf diese Weise gab es auch nach Weihnachten noch große Bescherung.

Für meine Mutter und Marie waren die Zeiten am schwersten, es gab so gut wie nichts mehr zu essen und die Arbeit wurde immer schwerer, die ausgemergelten Frauen konnten kaum einen Schritt vor den anderen setzten und mussten trotzdem im Straßenbau und bei der Errichtung neuer Baracken helfen, man konnte sagen das die Hälfte der Frauen nicht lebend von den Arbeitseinsätzen zurück kamen, die anderen Frauen versuchten ihnen zu helfen, es war jedoch in den meisten Fällen nicht mehr möglich, entweder sie brachen vor Schwäche zusammen oder vor Kälte, keine Frau hatte mehr Reserven, auf die sie zurückgreifen konnte. Auch in Polen schneite es und es war eisig kalt, das Essen bestand nur noch aus Wassersuppen, das Brot wurde immer knapper. Auch das Wachpersonal hielt sich überwiegend in den Verwaltungsbaracken auf.

Die ankommende Transporte wurden entweder sofort nach Birkenau in das Krematorium um geleitet oder in Auschwitz ging es aus dem Waggon direkt ins Gas, die Transporte kamen aus Ungarn und Tschechoslowakei, es waren auch sehr viele Sinti und Roma unter den Gefangenen. Die Selektionen bei der Ankunft vielen aus, die Ärzte holten sich keine neuen Opfer in die Krankenbaracken, das einzige was das SS-Wachpersonal machte, man organisierte sich junge, hübsche Mädchen für den Zeitvertreib, auch sie sah man nicht wieder.

Marie hatte gelernt sich unsichtbar zu machen, sie kümmerte sich um junge Frauen, die krank waren und sich nicht mehr selbst helfen konnten. Das Sterben nahm sehr zu, jeden Morgen wurden es immer mehr, die die Nacht nicht überstanden haben, für viele war es die ersehnte Erlösung, soweit war meine Mutter noch lange nicht, sie hatte die Verantwortung für Marie und die Arbeit in der Organisation machte ihr Mut und gab ihr Kraft, sie kümmerte sich um jeden der Hilfe brauchte. Meine Mutter hatte sehr an Selbstbewusstsein gewonnen, sie ist mit ihrer Verantwortung gewachsen und hatte den festen Willen zu überleben, sie strahlte soviel Sicherheit und Stärke aus, dass die russischen Frauen stolz darauf waren, sie zu kennen. So abgemagert sie auch war, in ihr steckte die Kraft einer Löwin.

Das Wachpersonal war damit beschäftigt die materiellen Gegenstände und die schriftlichen Aufzeichnungen zu vernichten bzw. aus dem Lager zu schaffen. Da die Berge von Leichen nicht mehr alle verbrannt werden konnten, wurden sie in den Erdgruben gestapelt, mit Benzin übergossen und angezündet, war ein Berg verbrannt, entstand an einer anderen Ecke wieder ein großer Berg mit leblosen Menschen. Das Wachpersonal stand nur dabei, die eigentliche Arbeit verrichteten die Häftlinge aus dem Männerlager, sie verbrannten jeden Tag 12 Stunden Menschen, über die Wälder legte sich eine Schicht aus menschlicher Asche, auch in den nahe gelegenen Städten war die Ascheschicht zu sehen und auch der süßliche Geruch machte sich überall breit.

Keiner konnte verstehen, dass es Menschen gibt, die tatsächlich von nichts gewusst haben wollen, die Veränderungen in und an der Natur waren unübersehbar.

Das Lager befand sich in Aufruhr, das Wachpersonal hatte alle Hände voll zu tun die schriftlichen Unterlagen zu verbrennen zu lassen, auch dass mussten Häftlinge machen, die Feuergruben wurden auch mit den Haaren und den persönlichen Dingen der Menschen gefüllt.

Ich verrichtete wie immer meine Arbeit in den Latrinen, dabei konnte ich Kontakt zu der russischen Baracke aufnehmen, die Frauen aus der Organisation trafen sich einmal in der Woche, da wurden die neuesten Themen durch gesprochen und über Verstecke und Reserven informiert, wir hörten auch wieder Nachrichten, das war meine größte Freude, ich konnte mich mit jemanden unterhalten und fühlte mich wohl in der Nähe der russischen Frauen, ich wurde über die Verstecke informiert und sicherte mir schon mal einen Platz für Marie und die junge Frau.

Nach der Latrinenarbeit ging ich wieder in die Wäscherei und half den Frauen dort, ich machte Ihnen Mut und bat sie durchzuhalten, lange kann es nicht mehr dauern, die Frauen hörten mehr oder weniger zu, auch sie waren mit ihren Kräften am Ende.

In der Küche gab es keine Lebensmittel mehr, die Frauen wussten nicht was sie kochen sollten, die Felder waren gefroren und Lieferungen mit Lebensmitteln blieben aus, auch das Wachpersonal hatte nichts mehr zu essen, sie gingen aber nach Hause und aßen dort.

Der Appell am Morgen wurde immer noch durchgeführt, es ging nur schneller als sonst, weil es den SS-Frauen auch zu kalt war, sie zählten auch nicht mehr mit und waren gleichgültiger.

Dann gab es die Gerüchte, dass im Männerlager große Trupps gebildet wurden und auf den Todesmarsch geschickt werden.

All diese Aktivitäten sagten uns, dass der Russe kurz vor der Tür steht und alle Zeugnisse des Grauens verschwinden mussten. Das war natürlich völlig unmöglich, was in vielen Jahren angehäuft wurde, konnte nicht in ein paar Wochen verschwinden.

Die Krankenbaracke wurde auch geräumt, alle schriftlichen Aufzeichnungen wurden verbrannt, die Kranken ermordet und anschließend verbrannt. Die Ärzte waren die ersten, die das Lager verließen und auch die Krankenschwestern gingen nach Hause.

Es war für mich völlig unverständlich wie man die Bilder des Grauens abschüttelte und zu Hause eine liebevolle Frau und Mutter sein konnte. Mir wurde übel bei dem Gedanken das diese Verbrechen ungesühnt bleiben und die Massenmörder ein völlig normales Leben führen können ohne Verantwortung für die Verbrechen an der Menschheit zu übernehmen.

Ich informierte die Frauen in der Baracke und sagte Marie und der jungen Frau, dass ein Platz im Versteck bestellt sei. Auch in den Latrinen gab es Verstecke, jede noch so kleine Ausbuchtung wurde als Versteck verwand, wir mussten uns auch alle um die Kinder kümmern, die waren hilflos und brauchten dringend Verstecke in ihren Baracken, die russischen Frauen erzählten mir, dass auch für die Kinder gesorgt wurde, wie und in welcher Form habe ich nicht erfahren können.

Die Tage vergingen, die Suppe wurde immer dünner und Brot gab es nur noch in seltenen Fällen, wenn Züge ankamen, wurden sie mit Menschen gefüllt und nach Birkenau, Bergen Belsen oder in andere Lager geschickt.

Das Konzentrationslager Auschwitz sollte also geräumt werden und die Spüren des Massenmordes vernichtet.

Die Bombenangriffe nahmen zu, man hatte jedoch den Eindruck das Lager wurde weiträumig ausgespart nur ganz vereinzelt verirrte sich mal eine Bombe auf eine Freifläche, man konnte erkennen, dass es russische Bomben waren.

Jeden Tag schickte man immer drei Baracken, also fast 300 Man auf den sogenannten Todesmarsch, wo der hinging wusste niemand, Auschwitz lag im Wald und auch in naher Umgebung gab es einige versteckte Wege, und Berge und Höhlen.

Die Todesmärsche wurden von langer Hand vorbereitet, vor vielen Wochen wurden die Häftlinge mit dem Lkw sehr weit in das unebene Gelände gefahren, dort wurden viele Gruben ausgehoben, sehr große und vor allem tiefe Gruben mussten die Männer ausheben, damals fragten sich alle was man dort vorhatte, heute bekommt diese Aktion ein Gesicht.

Es sollte keine menschlichen Zeugen geben, die Männer machten den Anfang, der Todesmarsch ging tief in die Wälder und an die steilen Felswände, die Männer mussten sich an den Rand der großen Gruben stellen und wurden erschossen, sie fielen dann sofort in die Grube, anschließend goss man Benzin oder Terpentin in die Gruben und zündete sie mit einer Fackel an.

So ging das Tag für Tag, Baracke für Baracke, zwischen durch wurden auch die Kinder Baracken geräumt, die Kinder wurden mit dem Lkw aus dem Lager gefahren, es waren nicht mehr viele, der größte Teil konnte sich verstecken, leider gelang es den Frauen nicht mehr die kranken Kinder zu verstecken, die Frauen mussten die kranken und schwachen Kinder auf die Lkw heben, wenn die Pritsche voll war, blieben die Frauen gleich oben bei den Kindern, sie mussten die Kinder abladen und auch sie wurden erschossen, war der Lkw leer wurden die Frauen auch mit in das Massengrab gestürzt. Es herrschte große Aufruhr, die Frauen waren sehr unruhig und fragten sich wann sie an der Reihe wären.

An manchen Tagen fanden keine Transporte oder Märsche statt, dann hörte man die nahen Kanonen und das Flakfeuer, so nah waren die Alliierten schon, wenn wieder Ruhe eingekehrt war, nahmen die Märsche wieder zu, jetzt waren die Frauenbaracken an der Reihe, man fing mit den Sinti und Roma an, dann kamen die Juden und dann die anderen, wer sich verstecken konnte, hatte Glück gehabt, Marie und die junge Frau brachte ich in den unterirdischen Bunker, ich selbst ging immer wieder zurück in meine Baracke, ich wollte den schwachen Frauen beim Verstecken helfen.

Dann war es plötzlich zu spät, das SS Wachpersonal stand vor unserer Baracke und führte uns ab, wir mussten uns auf dem großen Appellplatz aufstellen, wir zogen uns an, was wir greifen konnten, es kamen immer mehr Frauen, insgesamt an die 500, nach vielen Stunden des Wartens setzte sich der große Zug in Bewegung. Es ging sehr langsam voran und jede einzelne Frau wusste, dass wir mit jedem Schritt dem Tode etwas näher kommen, wir ertrugen das, es schien, als ob man die Schafe zur Schlachtbank führt, keiner sagte einen Ton, für einige Frauen endete das Leben schon nach einigen Metern, sie waren so schwach, dass sie sich nicht mehr auf den Beinen halten konnten, sie sackten zusammen und blieben liegen.

Das Wachpersonal versuchte uns anzutreiben, das hatte jedoch keinen Sinn, denn dann starben die Frauen an Ort und Stelle und die SS musste sie transportieren, also schrie man kurz und ging dann neben der großen Gruppe her.

Plötzlich hörten wir Tiefflieger und auch die SS Leute hatten Angst, sie rannten in die Tiefe des Waldes, auch wir Frauen versuchten auf der anderen Seite des Pfades Schutz hinter den Bäumen zu finden, wir halfen uns gegenseitig, dann war wieder alles still und wir hörten die Geräusche von Panzern und Gewehrkugel, wir drückten uns aneinander in die Büsche, in der Hoffnung, das uns keiner sehen würde, von dem Wachpersonal war nichts mehr zu sehen, die werden sich sicher aus dem Staub gemacht haben, dachten wir uns.

Es vergingen viele Stunden, die Frauen blieben alle zusammen und ruhten sich aus, wir wussten auch nicht was wir machen sollten und in welche Richtung wir gehen sollten.

Nach vielen Stunden des Wartens hörten wir Stimmen, wir hatten Angst, es waren männliche Stimmen und sie sprachen russisch, ein Trupp russischer Männer kam genau auf uns zu, wir setzten uns auf die Erde und erhoben die Arme, die russischen Soldaten trauten ihren Augen nicht, sie sahen uns an, als ob wir Außerirdische wären, sie blieben stehen und es wurden immer mehr, sie wussten nicht so recht was sie tun sollten, ein Offizier kam auf uns zu, er sah uns an und fragte in einem sehr gebrochenem Deutsch wo wir her kommen, wir sagten aus dem Konzentrationslager Auschwitz, die Soldaten und der Offizier gingen zu uns und sahen die gestreifte Kleidung unter den Decken und unsere nackten Beine, die geschorenen Köpfe und die ausgemergelten Körper, der Offizier rief über Funk einen Lkw, und bis der ankam, halfen sie uns aus dem Unterholz, die Soldaten nahmen die Frauen, ganz vorsichtig auf die Arme und trugen sie zu dem ausgetretenen Pfad, als der Lkw kam half man den Frauen auf die Pritsche, die Soldaten holten sofort sämtliche Decken aus dem Auto und gaben sie uns. Der Offizier fragte ganz vorsichtig, in welcher Richtung das Konzentrationslager sei, wir zeigten ihm den Weg und er rief über Funk Verstärkung, man wusste ja nicht wie viele Nazis noch dort anzutreffen waren. Wir Frau warteten in einiger Entfernung und die Soldaten erstürmten den Eingangsbereich und anschließend Baracke für Baracke.

Aus allen Richtungen kamen immer mehr Soldaten, auch das Sanitätspersonal rückte an, wir Frauen wollten von dem Lkw und zu den Frauen in den Verstecken gehen, wir versuchten uns zu verständigen, die russischen Frauen fielen den Soldaten um den Hals.

Das gesamte Gelände war menschenleer niemand traute sich aus den Baracken zu kommen.

Die Alliierten Soldaten gingen von Baracke zu Baracke und holten die Häftlinge ins Freie, es waren Männer, Frauen und Kinder, ein Bild des Schreckens, die halbverhungerten Menschen waren kaum noch als dieselben zu erkennen, die Soldaten blieben vor Schrecken stehen und ließen die Waffen fallen, sie weinten vor Entsetzen, jeder zog sofort seine Jacken und Mäntel aus und hängte ihn den Häftlingen über die Schultern, manche waren so kraftlos, dass sie ihnen von den Schultern rutschten.

Man konnte den Soldaten ansehen, wie fassungslos sie über so viel Grausamkeit waren, man machte sofort ein großes Feuer auf dem ehemaligen Selektionsplatz und die Häftlinge stellten sich sofort darum und wärmten sich die ausgemergelten Körper. Die Kinder wurden sofort dem Sanitätspersonal übergeben, die Krankenschwestern konnten nicht aufhören zu weinen, sie nahmen die kleinen Kinder auf den Arm und trugen sie in die ehemaligen Verwaltungsgebäude.

Die Ärzte waren sofort zur Stelle und untersuchten die kleinen Körper, auch sie hatten Menschen in diesem Zustand noch nicht gesehen, die Kinder machten einen apathischen Eindruck, sie ließen alles über sich ergehen ohne jede Gefühlsregung, die Ärzte und Krankenschwestern waren sehr zart und zurückhaltend im Umgang mit den kleinen Körpern, es wurden Fotos gemacht und Nummer, Namen und Gewicht notiert, anschließend wurde in einem Zimmer der SS Leute ein großes Lager mit Matratzen und Decken auf der Erde zurecht gemacht, der Ofen wurde geheizt und er gab eine leichte Milchsuppe mit Brot, die Kinder wussten nicht was sie davon halten sollten, die Unsicherheit war so groß, dass einige Kinder sofort anfingen zu weinen, die größeren unter ihnen nahmen sie an die Hand und führten sie in das warme Zimmer an den Tisch zum Essen.

Jeder Soldat meinte es gut mit ihnen, ihre Vorsicht war jedoch sehr groß, man konnte es ihnen nicht verdenken, was sie erlebt haben, reichte für zwei Leben.

Auch die erwachsenen Häftlinge wurden untersucht, sie wurden auch registriert und anschließend, gewaschen, gekleidet und versorgt, alle waren so glücklich gerettet worden zu sein, dass sie es kaum glauben konnten, auch für sie gab es leichte Milchsuppe und Brot, der völlig zurück gebildete Magen musste sich erst wieder an leichte Kost gewöhnen, es kam auch vor, dass die Suppe wieder erbrochen wurde, dann wurden beruhigende Tropfen verabreicht und man versuchte es später noch einmal.

Das Konzentrationslager füllte sich mit Reportern aus der ganzen Welt, es waren auch Alliierte aus allen

Ländern angekommen, die Nachrichten und Fotos hörten nicht auf, alles wurde mit der ganzen Welt geteilt.

Man fotografierte die Berge aus Menschen Haar, die Berge mit Schuhen, die Berge aus Koffern, Taschen und Kinderwagen und die Berge mit toten Menschen.

Die Verbrennungsöfen und die Giftduschen wurden fotografiert, die Latrinen, die Baracken mit den vielen Holzbetten und die Krankenstation, dort fand man noch Unterlagen von den Menschenversuchen, die die Ärzte nicht verbrannt haben.

Es wurden die Bunker und die Folterkammern registriert, an den Wänden waren noch die Blutspritzer der letzten Verhöre zu sehen.

Die Soldaten haben auf dem Schlachtfeld schon viel Leid erfahren und gesehen, aber das hier war nicht zu glauben und ging allen unter die Haut, hier wurden Menschen getötet, weil sie die falsche Religion hatten oder im falschen Land geboren waren.

Die russischen Gefangenen sprachen stundenlang mit den Soldaten und erzählten alles, was sich hier zugetragen hatte, sie erzählten auch von den riesigen Gruben, die ausgehoben wurden, um die Leichen dort zu entsorgen, das wurde sofort untersucht und dokumentiert.

Auch SS-Wachpersonal wurde in den Wäldern und der umliegenden Umgebung aufgegriffen und verhaftet, die mussten draußen im Freien übernachten und wurden mit aller Härte behandelt, sie mussten die Leichen aus den Gruben ausgraben und nebeneinander hinlegen, alle wurden registriert und anschließend beerdigt, sie bekamen nur das nötigste zu essen und zu trinken und wurden in die Gefängnisse der nahen Städte gebracht.

Meine Mutter und Marie hatten sich wieder gefunden und sich glücklich in die Arme geschlossen, meine Mutter kümmerte sich auch mit um die Kinder, es waren alles Waisen, sie hatten ihre Familie verloren und es war ein Wunder, dass sie überlebt haben.

Die Frauen beteten und sangen mit den Kindern, jede in ihrer Sprache und Religion, es war einfach friedlich und schön.

Das Wohlfahrtsamt organisierte in den nahe gelegenen Ortschaften Unterkünfte für die Häftlinge, jeder einzelne Bewohner wurde zur Verantwortung gezogen, ihm wurde alles weggenommen, die Häftlinge hatten zum ersten Mal ein Bett und Bettzeug, eine Toilette und einen Tisch zum Essen, die Bewohner wurden auf die Lkws geladen und in das KZ gefahren dort mussten sie sich das Grauen ansehen, was sich Jahre lang vor ihrer Haustür abgespielt hat und wovon niemand etwas gewusst haben wollte.

Wenn sich jemand weg drehte wurde er gesondert behandelt und direkt neben die Leichenberge gestellt, die Soldaten wollte damit erreichen, dass der Bevölkerung bewusst wurde was neben ihrem Garten passierte.

Das Sterben hatte jedoch noch kein Ende, auch Tage nach der Befreiung starben noch viele Menschen, der Kreislauf bzw. das Herz versagten, vielleicht auch die Freude, es war so traurig, sie hatten das Grauen überlebt, aber nicht die Freiheit.

Meine Mutter und Marie bewohnten ein großes Haus am Ortseingang, dort fand man alles vor, was man brauchte, wir hatten ein kleines Zimmer nur für uns allein, in diesem Haus kümmerten wir uns um die Kinder, wir ließen sie nicht allein, versorgten sie, trockneten ihre Tränen und sangen mit ihnen, jedes Kind hatte ein Bett für sich allein. Jeden Tag kam ein Arzt und untersuchte die Kinder, vor allem wenn sie schlecht essen konnten, die Ärzte gaben sich sehr viel Mühe, sie legten Infusionen, was sehr schwierig war, weil die kleinen Körper keine Venen mehr hatten.

Die Kinder, an denen medizinische Versuche vorgenommen wurden hatten große Narben, die auch infiziert waren und nicht heilten, oder es bildeten sich Abszesse unter den Narben, die Ärzte und Schwestern versorgten die Wunden jeden Tag, damit die Kinder keine Schmerzen hatten, gab man ihnen Tropfen in die Milch, auch wurden sie mit Aufbaunahrung versorgt.

Nach einigen Wochen ging es ihnen wieder besser, sie hatten sich erholt und an Kraft zu genommen, sie lernten spielen und zu lächeln, jedes Kind half mit die Tagesarbeiten zu verrichten, sie waren mit Freude dabei, allerdings traute sich kein Kind alleine in das Dorf zu gehen, wir machten jeden Tag gemeinsam einen Spaziergang.

Das Hauptquartier der Alliierten war in der nächstgrößeren Stadt, dort wurden auch die Nazis im Gefängnis untergebracht.

Die Häftlinge hatten sehr mit sich zu tun, die Unterbringung und Versorgung wurde geregelt, die Sterblichkeit war immer noch hoch, die Ärzte waren verzweifelt und taten, was sie konnten.

In dem Dorf wurde in der Turnhalle ein provisorisches Krankenhaus eingerichtet, dort brachte man die ganz kritischen Fälle unter, sie wurden Tag und Nacht von den Schwestern überwacht. Die Bevölkerung musste jeden Tag für Essen und Heizmaterial sorgen, die Öfen wurden von ihnen geheizt und das Essen in einer Schulküche gekocht, der Bäcker musste jeden Tag 20 Brote für die Befreiten backen, 10 Weißbrote und 10 dunkle Brote.

Das Konzentrationslager Auschwitz war leer, es wurde verriegelt und bewacht, niemand durfte hinein.

Es kamen Abordnungen aus allen Ländern, weil man den Nachrichten nicht glauben wollte und die Darstellungen für übertrieben hielt, sie gingen mit hängenden Köpfen, nach der Besichtigung wieder in ihr Land zurück.

Schon bevor die Alliierten gelandet sind, war in Amerika, England und Frankreich bekannt was sich in den Konzentrationslagern abgespielt hat. Von den Organisationen wurden immer wieder Dokumente und Bildmaterial in die einzelnen Länder geschmuggelt, die Medien der Länder konnten oder wollten es nicht glauben, dass die Nazis zu solch einem Völkermord fähig sein würden und Männer, Frauen, Greise und Kinder millionenfach vergasen und umbringen würden, nur wegen ihrer Nationalität bzw. ihrer Religion.

Die ausländische Presse überschlug sich mit Berichterstattungen, leider fünf Jahre zu spät, in dieser Zeit sind Millionen Menschen durch Verbrechen an der Menschlichkeit gestorben. Das hatte nichts mit den normalen Kriegsgeschehnissen zu tun, wo Mann gegen Mann an der Front kämpft.

Es kam immer wieder zu Kämpfen mit der faschistischen Bevölkerung, die Russen machten kurzen Prozess mit ihnen, ohne Verhandlung wurden sie an die

Wand gestellt, die Franzosen und auch die Engländer und Amerikaner sahen das andern und die fanatischen Nazis wurden von ihnen verhaftet und eingesperrt, erst nach der Verhandlung wurden sie erschossen.

Man konnte die Alliierten nicht miteinander vergleichen, die Nazis haben bei den Russen so grausam gewütet, dass man ihnen die Reaktionen nicht übelnehmen konnte, jeder von den jungen Soldaten hatte Tote zu beklagen, die Nazis haben ganze Dörfer dem Erdboden gleich gemacht und die gesamte Bevölkerung erschossen, wieder andere Dörfer wurden ausgehungert und wieder andere mussten zu sehen wie ihre Angehörigen abtransportiert bzw. erschossen wurden.

Es war in der ganzen Welt bekannt wie das russische Volk gelitten hat, deshalb stand auch keiner mit erhobenem Zeigefinger vor ihnen, sondern unterstützte sie, wo sie nur konnten.

Die Russen hatten ein großes Herz für Kinder, wenn sie sahen, dass den Kindern etwas fehlte, setzten Himmel und Hölle in Bewegung um es zu besorgen. Sie hatten ein großes Herz.

Die russischen Frauen aus dem Konzentrationslager erholten sich schnell und wer sich dazu in der Lage fühlte, half in der Kommandantur mit, die ehemaligen Häftlinge zu versorgen und unter zu bringen, die deutsche Bevölkerung hatte natürlich von nichts gewusst und sie habe auch nicht gerochen oder die Aschewolken machten an ihrem Zaun halt.

Jeder einzelne wurde intensiv verhört und musste seine Wohnung zur Verfügung stellen, sie hatten 12 Stunden Zeit ihre Sachen zu packen und zu verschwinden.

Die Soldaten erzählten von Birkenau dem benachbarten Konzentrationslager von Auschwitz, dort ging es ähnlich zu, es wurden allerdings keine medizinischen Versuche durchgeführt, dafür war es ein Vernichtungslager, es hatte wesentlich mehr Verbrennungsöfen und Frauen und Kinder gingen sofort ins Gas, dieses Lager bestand nur aus Männern.

Auch hier wollte die polnische Bevölkerung nichts gesehen bzw. bemerkt haben, auch sie mussten ihre Wohnungen verlassen und der Rest der Häftlinge wurde dort untergebracht.

Die Soldaten organisierten sofort weltweit Hilfsangebote, wenn die Häftlinge transportfähig waren und der Krieg beendet, ging es zum nächsten Bahnhof und von dort in die unterschiedlichsten Länder, das betraf vor allem die Waisenkinder aber auch Menschen, die alle Familienangehörigen verloren hatten.

Meine Mutter und Marie halfen weiter bei der Betreuung der Kinder, sie wollten dann beide, wenn der Krieg vorbei war, nach Berlin in der Hoffnung den Rest der Familie wieder zu sehen.

Die russischen Frauen wollten, wenn der Krieg vorbei ist, in ihre Dörfer zurückkehren und ein oder zwei Kinder mit nehmen, sie hatten wirklich ein großes Herz.

Es blieb eine Abordnung in den polnischen Städten und die Soldaten zogen weiter und befreiten Dorf für Dorf, sie wurden von allen gefeiert und bejubelt, es lag noch ein ganzes Stück Arbeit vor ihnen bis sie die deutsche Grenze erreicht hatten.

Die führenden Nazi Offiziere haben sich längst in Sicherheit gebracht, sie verließen das Land mit allen Kostbarkeiten, die sie geraubt haben und lagerten diese in Verstecken ein, an jedem Gegenstand klebte Blut und eine ganz persönliche Geschichte.

Die alliierten Soldaten waren erschöpft, sie konnten sich aber keine Ruhe gönnen, in ihren Gesichtern sah man das Grauen eines Krieges und den Zorn der Vergeltung.

Das Leben ging auch für die befreiten Häftlinge weiter, die Frauen und Männer, die nicht ans Bett gefesselt waren organisierten den Tagesablauf, wieder half jeder jedem, meine Mutter und auch Marie brachten sich in die Arbeit des Tages mit ein, aber jeden Abend beendeten wir den Tag mit einem Gebet, indem wir Gott dankten, dass wir überlebt haben.

Wir beide hatten in der Zeit im Lager sehr an Selbstbewusstsein gewonnen, meine Mutter hatte sich schon immer um hilfsbedürftige Nachbarn gekümmert, aber das war nicht das gleiche, auch Marie war erwachsen geworden, das Band zwischen meiner Mutter und ihr war für immer und ewig gefestigt.

Herr Lehmann und Fritz waren bei den Partisanen voll integriert, sie arbeiteten sehr gewissenhaft und mutig, Fritz bemühte sich immer noch um Lydia, sie registrierte das wohl schon, signalisierte jedoch das sie kein Interesse hat. Beide arbeiteten perfekt zusammen, die Anschläge auf die Depots der Deutschen häuften sich, es wurden auch Lkws gesprengt, man schadete den Nazis wo man nur konnte.

Da die Alliierten schon sehr nah zu hören waren, sahen die Nazis von Vergeltungsschlägen ab, sie waren mit sich beschäftigt, es mussten Unterlagen vernichtet und Kunstschätze aus dem Land geschafft werden, auch die hochrangigen Offiziere machten sich mit Gold und Edelsteinen, die sie erbeutet haben, aus dem Staub. Ihre Uniform wurde gegen abgetragene Kleidung getauscht und so verließen sie die Stadt und das Land. Die falschen Papiere hatten sie sich längst besorgt. Der kleine fanatische Soldat sollte alles verteidigen bzw. wurde geopfert.

Man kann sagen, dass es in der Geschichte der verlorenen Kriege schon immer so gewesen war, dass die Verursacher des Krieges sich in Sicherheit befanden und das Fußvolk geopfert wurde.

Eine der letzten Aktionen der Partisanen war die Befreiung einer jüdischen Familie, diese Familie hielt sich in einem Schrebergarten versteckt, es ging so viele Jahre gut, die Partisanen und auch mutige Menschen aus dem Ort versorgten sie mit Lebensmitteln, bis zu dem Tag als ein heimtückischer polnischer Vereinsvorstand die Lebensmittel Lieferungen beobachtete, er hatte nichts eiligeres zu tun, als es der Gestapo zu melden.

Die rückte natürlich sofort an und verhaftete die 5-köpfige Familie, der jüngste Sohn war 1 Jahr alt, sie wurden in das nahe gelegene Gefängnis gebracht. Die Nachricht wurde uns sofort übermittelt und wir mussten schnellstens handeln, ein Informant aus dem Gefängnis erzählte uns, dass die Eltern gefoltert wurden und man auch vor den Kindern nicht Halt machte, das achtjährige Mädchen wurde erbärmlich vergewaltigt, als Lydia das hörte machte sie sich sofort bemerkbar, sie wollte auf jeden Fall mithelfen, das verstand natürlich jeder.

Am nächsten Tag sollte die gesamte Familie zum Güterbahnhof gebracht werden und von dort aus in das nächste Konzentrationslager, das war unsere Chance der Befreiung.

Der Weg, den die SS nehmen würde, war klar, wir fällten einen Baum und legten ihn über die Straße, so das der Fahrer und auch der Beifahrer aussteigen mussten.

Der Tag brach an und wir versteckten uns in dem Waldstück, der Lkw mit den Gefangenen kam angefahren und hielt direkt vor dem Baum, es waren drei SS Männer und ein Fahrer zu sehen, die Partisanen waren gut verteilt, als alle damit beschäftigt waren den Baum aus dem Weg zu räumen, rannten wir aus dem Waldstück und postierten uns direkt hinter ihnen, sie wurden entwaffnet und gefesselt, einer wollte sofort in den Schutz des Waldes fliehen, er hatte keine Chance, Lydia hatte nur auf solch eine Gelegenheit gewartet, sie war eine gute Schützin.

Die jüdische Familie wurde von der Pritsche des LKWs geholt und in Sicherheit gebracht, der Lkw wurde ins Unterholz geschoben und mit Benzin übergossen und verbrannt, die SS Männer wurden in dem Wald an die Bäume gefesselt, sie hatten großen Abstand voneinander, so das sie sich nicht gegenseitig helfen konnten, der Lkw brannte lichterloh.

Die Partisanen wollten so schnell wie nur möglich mit der Familie die Straße verlassen, sie liefen in den

Wald und verschwanden im Unterholz, die geschwächte Familie hatte Mühe Schritt zu halten, Lydia nahm sich sofort dem achtjährigen Mädchen an, sie war so sanft und fürsorglich zu der Kleinen, dass einem warm ums Herz wurde in diesen kalten Zeiten.

Nach einem fünfstündigen Marsch hatte die Gruppe das Vorlager erreicht, alle krabbelten in das Versteck unter der Erde und ließen sich sofort auf dem Boden in der Ecke nieder, das einjährige Baby wurde sofort versorgt und warm eingepackt, um das Mädchen kümmerte sich Lydia und der Junge wich seinem Vater nicht von der Seite.

Sie hatte viele Verletzungen am Körper, die wurden bestmöglich versorgt und dann gab es natürlich etwas zu essen und zu trinken.

Es dauerte nicht lange bis es sich bis zu der Gestapo herumgesprochen hatte, dass der Lkw mit der jüdischen Familie nie am Güterbahnhof angekommen ist, man schickte einen Spähtrupp aus und fand den ausgebrannten Lkw und die gefesselten SS-Männer nach zwei Tagen.

Auch unter der Bevölkerung hatte sich diese Befreiungsaktion herum gesprochen, jeder verhielt sich wieder völlig ruhig, weil man wieder mit Vergeltung rechnen musste. Die SS hatte jedoch andere Sorgen, als sich auch noch um die angeordneten Vergeltungsmaßnahmen zu kümmern, sie waren nervös und unberechenbar, der kleinste Anlass wurde als Grund zum Schießen genommen.

Die Informationen unter den Nazis waren unterschiedlich, es gab die vernünftigen, die keinen Sinn mehr in einem Kampf mit den Alliierten sahen und es gab die fanatischen, die dem Befehl des Führers weiter zu kämpfen folgten.

Die Partisanen halfen weiter den Familien, wo ein Mitglied den Vergeltungsmaßnahmen der Nazis zum Opfer gefallen ist.
Das Hauptlager informierte uns, dass die Russen nur noch wenige Tage von uns entfernt sind, und wir alles tun sollten um ihnen zu helfen, das war für jeden von uns eine Selbstverständlichkeit.
Als Lydia die Nachricht hörte habe ich sie das erste Mal lächeln gesehen, Fritz nutzte gleich die Gunst der Stunde und nahm sie in den Arm, sie wurde zwar sofort wieder ernst, ließ es erstaunlicher Weise aber geschehen, Herr Lehmann registrierte das und freute sich für die beiden, als Fritz sie aus der Umarmung entließ, lächelte sie wieder und Fritz nahm ihr liebes Gesicht in beide Hände und küsste sie auf die Wangen und auf die Stirn, auch das ließ sie sich gefallen, alle um sie herum klatschten und waren froh, dass sich die beiden endlich gefunden hatten.

Ein neuer Tag brach an und die Kanonenschläge kamen immer näher, die jüdische Familie hatte furchtbare Angst, sie wussten nicht was auf sie zu kam, die Partisanen versuchten sie zu beruhigen.
Als die Russen einige Tage später die Ortschaft einnahm, hingen aus den meisten Häusern weiße Fahnen und man empfing sie mit freundlichen Gesten und Essen.
Aus den Häusern ohne Fahnen wurde noch geschossen, das war eine kleine Hürde, die noch zu meistern war, an den Seiten der Russen kämpften die Partisanen

mit, sie kannten sich in der Ortschaft aus und konnte sachdienliche Hinweise geben, aber sich auch vor die Bevölkerung stellen, es gab Russen, die sich gerne den Frauen zu wandten, was natürlich durch die Kommandantur verboten war, mit dem nötigen Alkohol sank jedoch die Hemmschwelle und die Frauen wussten sich verstecken.

Sie hörten aber mit den Belästigungen sofort auf, wenn die Männer aus den Ortschaften die Kommandanten informieren wollten.

Mit den fanatischen Nazis wurde wieder sofort kurzen Prozess gemacht, das war sicher nicht richtig, aber zu verstehen.

Die Russen machten in unserem Ort eine Pause von einer Woche, es gab sehr viele Männer unter den Partisanen und der Bevölkerung, die gut russisch sprachen, es wurde von der Untergrundorganisation erzählt, was alles gemacht wurde um die deutschen SS-Männer zu schwächen, es wurde aber auch erzählt was mit vielen aus der Bevölkerung geschehen ist, wie zum Beispiel Lydia.

Die russischen Soldaten sengten den Kopf und ein Offizier sagte, egal wo wir hinkommen, es ist immer ein paar Jahre zu spät, es tut uns leid, wir haben getan was wir konnten.

Die Russen erzählten von Auschwitz und Birkenau, der Bevölkerung blieb der Mund offen stehen, man hatte schon so einiges von dem Lager gehört, aber dass es so grausam und menschenverachtend war, hatte niemand gedacht, man sah sich die Bilder an und musste nur weinen, es konnte nicht wahr sein was Menschen mit Menschen machen können.

Die entsetzlichen Bilder wurden öffentlich ausgehängt, damit sich auch jeder Dorfbewohner über die Konzentrationslager informieren konnte.

In einem Haus, etwas abseits der anderen, wohnte ein hoher SS-Offizier, alle dachte er hätte sich längst aus dem Staub gemacht, nach etlichen Tagen tauchte er in dem Lebensmittelgeschäft auf, er hatte Sträflings Kleidung an und benahm sich total unterwürfig den russischen Soldaten gegenüber, die ihn nicht der SS zuordneten, der Besitzer des Geschäfts hielten ihn unter einem Vorwand fest, seine Frau rannte zu der Kommandantur und erzählte, was sich zugetragen hatte, schnell setzte man sich in Bewegung um diesen miesen Kerl zu verhaften. Es ist zwar nicht der richtige Weg Verrat durch Verrat zu begegnen, aber manchmal bleibt kein anderer Weg im Namen der Gerechtigkeit übrig.

Auch er wurde hingerichtet und sein Haus der Bevölkerung zur Verfügung gestellt.

Von diesen Nazis gab es zu dieser Zeit sehr viele, die ihre Fahne immer in den Wind hängten, egal, aus welcher Richtung er kommt, die meisten hatten die Ortschaft längs verlassen, als sich herum gesprochen hatte, dass die Russen vor der Tür standen, sie verstecken sich in anderen Ortschaften und kehrten, nachdem die Russen den Ort wieder verlassen hatten, in ihre Wohnungen zurück, zur Verantwortung wurden sie erst viel später gezogen, denn Gott sei Dank geraten solche Verbrechen an der Menschlichkeit nicht in Vergessenheit, leider wurden wieder nur die kleinen Mitläufer bestraft, die wirklichen Massenmörder und Schreibtischtäter, die sich nicht die Hände schmutzig gemacht haben, waren längst mit falschen Papieren und viel Geld im Ausland.

Herr Lehmann und Fritz wollten sich den russischen Soldaten anschließen, um Deutschland von den Nazis zu befreien, das wurde jedoch nicht gern gesehen, man brauchte verantwortliche, mutige Männer vor Ort, wir gaben uns dann damit zu Frieden und gingen weiter unserer Arbeit bei den Partisanen nach. Es war so schön sich nicht mehr verstecken zu müssen und auch das junge Glück von Fritz und Lydia machte jedem Mut, es war vorbei, das Leiden, die Gewalt, die Angst und die Willkür.

In Berlin lieferten sich die Nazis erbitterte Kämpfe mit den Alliierten, alles, was Hosen trug, drückte man eine Waffe in die Hand, ob sie wollten oder nicht. In den letzten Monaten des Krieges starben sehr viel junge Männer bzw. Kinder, manche waren nicht älter als 14 Jahre, der Führer hatte gerufen und die Fanatiker folgten, ohne nachzudenken.

Die Bombenangriffe nahmen merklich zu, die wenigen Häuser, die noch standen, wurden auch dem Erdboden gleich gemacht, und trotzdem ging das Leben weiter, die Familien fanden einen Weg zu überleben, entweder in den Ruinen oder etwas außerhalb, es gab so gut wie nichts mehr zu kaufen, dafür explodierten die Preise auf dem Schwarzmarkt, jeder hielt seine Wertgegenstände zusammen.

Die Kinder waren längst in das Umland verschickt, sie kamen bei Bauern oder anderen Familien unter, die sich selbst durch Landwirtschaft ernährten bzw. Fabriken hatten, wo man auf die Arbeit der Kinder angewiesen war. Den meisten Kindern ging es sehr gut, aber auch da gab es Ausnahmen, die die Kinder in jeglicher Hinsicht ausnutzen, sie mussten auf den Höfen arbeiten wie erwachsene Männer und dürften nicht mit den Familien der Bauern zusammen essen und schlafen, ihr Platz war bei den Tieren im Stall oder in der Scheune, auch diese Bauern wurden nach Ende des Krieges zur Verantwortung gezogen, was natürlich den Kindern wenig half.

Auch vor dem Krankenhaus in der Großen Hamburger Straße machten die Bombenangriffe nicht halt, der eine Trakt wurde total zerstört und alle Kranken die dort lagen haben den Angriff nicht überlebt, man hatte es schon lange nicht mehr geschafft die Kranken vor dem Fliegeralarm in den Keller zu bringen, die Zeit zwischen Alarm und Angriff war einfach viel zu kurz.

Mein Vater hatte in seiner Klinik nach wie vor viel zu tun, er bekam von den Bombenangriffen nur sehr wenig mit, dazu befand er sich zu tief in dem Keller. Er war schon seit Monaten nicht mehr an das Tageslicht gekommen und das sah man ihm auch an, er war sehr blass und die Haut grau und durchsichtig, Helmut machte sich große Sorgen um ihn, er wurde immer weniger und arbeitete ununterbrochen, selbst die nahen Alliierten konnten ihn nicht trösten, er glaubte seine ganze Familie ins Unglück gestürzt zu haben, weil er zu lange gewartet und gehofft hatte.

Die Kämpfe in und um Berlin waren sehr schwer, immer wieder kam es zu Überfällen der Nazis, die Amerikaner und Engländer kamen vom Süden nach Berlin und die russische Armee vom Norden, man wollte sich in der Mitte treffen. Hitler und seine engsten Mitarbeiter und Vertrauten haben sich längst hinter der Reichskanzlei im Führerbunker in Sicherheit gebracht.

Die Kämpfe hielten erbarmungslos an, das Sterben war so sinnlos und trotzdem wollten die fanatischen Deutschen Soldaten nicht aufgeben und wer es doch versuchte und sich zurückziehen wollte, wurde von den eigenen Leuten erschossen.

Auf freien Plätzen wurden Zäune gezogen und Kriegsgefangene eingesperrt, die russischen Soldaten organisierten sofort Züge nach Sibirien und in andere Arbeitslager.

Die Alliierten nutzten auch ehemalige Konzentrationslager, wie zum Beispiel das Konzentrationslager in Oranienburg um die Kriegsgefangenen unter zu bringen.
　Die zivilen Bevölkerung verhielt sich ruhig und hoffte den Angriffen zu entgehen, auch hier war die Solidarität wieder zu spüren, jeder kümmerte sich um jeden, alle hatten in der Familie tote zu verzeichnen und Hunger hatte jeder, auch hier hingen weiße Fahnen aus dem Fenster, als Zeichen der Kapitulation.
　In dem Hedwig Krankenhaus wurden auch sehr viele amerikanische und russische Soldaten eingeliefert, die bei den Kämpfen um Berlin schwere Verletzungen davon getragen haben, die deutschen Ärzte gaben sich sehr viel Mühe und behandelten sie sehr fürsorglich, die Krankenschwestern und Ärzte wurden von den Offizieren reich beschenkt, mit Brot, Speck, Schokolade und Kaffee, für die Angestellten war es wie Weihnachten.

Die russischen Soldaten hatten auch das Gestapo-Hauptquartier in der Prinz-Albrecht Straße befreit, dort fand man in jeder Zelle noch halb verhungernde Gefangenen, sie wurden befreit und in ein Krankenhaus gebracht. Auch in der Folterkammer befanden sich noch Rückstände der Misshandlungen, man musste Hals über Kopf das Gebäude verlassen haben, in dem Kamin des zuständigen Hauptmanns brannten noch Papiere, die man schnell noch verschwinden lassen wollte. Von dem eigentlichen Personal war nichts mehr zu sehen, auch sie hatten sich längst aus dem Staub gemacht.

Die wenigsten der Gefangenen überlebten, die Verletzungen waren zu groß und die Konstitution zu schlecht.

Auch hier gaben sich die Untergrundorganisationen zu erkennen und man half den Soldaten wo man nur konnte, die waren natürlich sehr skeptisch, sie beobachteten uns ganz genau, nur zu oft ist es vorgekommen, dass sich Nazis unter die Gruppen gemischt haben, und es kostete viele Tote.

Straßenzug für Straßenzug musste erobert werden, das kostete sehr viel Kraft, die russischen Soldaten schlugen in der Nähe des Tiergartens ihr erstes Lager auf, von dort aus ging man in die angrenzenden Stadtbezirke und man fand schnell Freunde unter der Bevölkerung.

In der Rummelsburger Bucht hatte sich eine ganze Kompanie SS-Männer verschanzt, sie verteidigten sich, trotzdem der Krieg längst verloren war, das musste Fanatismus sein.

Die russischen Soldaten hatten Verluste zu verzeichnen, als die SS-Männer endlich von der russischen Armee besiegte wurde, wurden sie sofort hingerichtet, die deutschen Soldaten gingen mit dem Hitler Gruß in den Tod.

Dort in der Nähe wurden die gefallenen Soldaten beerdigt, auf dem Kreuz stand, hier haben 400 russische Soldaten den Tod gefunden, sie mögen in Frieden ruhen.

Auch der Reichstag und das Brandenburger Tor wurden hart umkämpft.

Mein Vater erklärte sich sofort bereit, die russischen Soldaten zu behandeln, Helmut stellte die Kontakte zu einem russischen Hauptmann her, der sprach gebrochen Deutsch und erklärte sich damit einverstanden zu meinem Vater in die unterirdische Klinik zu gehen. Der Hauptmann war sichtlich beeindruckt, was man unter der Erde im Untergrund alles auf die Beine stellen konnte, er sah die Patienten und den Zustand von meinem Vater, er fragte, wie lange er schon im Untergrund lebt und arbeitet, ich sagte ihm, dass mein Vater den Keller seit 5 Jahren nicht mehr verlassen hat, der nickte und ordnete sofort an, dass die Kranken auf die erste Etage des Hedwig Krankenhauses verlegt werden und mein Vater die Leitung der Station übernehmen soll. Ich hatte meinen Vater noch nie vorher so gesehen, er weinte und umarmte den Hauptmann, der Hauptmann kannte diese Gefühle, er hat sie schon so oft in diesem Befreiungskrieg erlebt, der Hauptmann hielt meinen Vater an den dünnen Schultern fest und lächelte, in seinem gebrochenen Deutsch sagte er, du bist ein guter Mensch, bleibe wie du bist und vergesse die letzten Jahre nie mehr in deinem Leben, mein Vater nickte überglücklich.

Mit der Unterstützung der Roten Armee wurde die erste Etage des Krankenhauses angesehen, die Krankenschwestern und Ärzte waren sehr freundlich und aufgeschlossen den Russen gegenüber, ihnen wurden alle Zimmer und Säle gezeigt, die Vorratskammern und der Operationsbereich. Mein Vater erkannte sofort die Krankenschwester wieder, die ihn vor Jahren an die Gestapo verraten hat, er sah sie nur an und sagte, Menschen wie sie haben in dieser Klinik nichts zu suchen, der Hauptmann drehte sich sofort um und bat um Aufklärung, ich erzählte ihm, was sich vor Jahren zugetragen hatte und von dem Umzug, er ließ die Schwester sofort festnehmen und abtransportieren.

Auch diesen Zorn kannte ich von meinem Vater nicht, er sagte nur zu mir, durch Menschen wie diese Frau ist es überhaupt möglich gewesen, dass der Krieg so lange gedauert hat, ich drückte meinen Vater an mich und sagte er solle sich beruhigen.

Der Hauptmann ordnete an, dass mein Vater jede Hilfe bekommt, die er braucht.

Wir beide gingen in den Hof des Krankenhauses, dort befand sich ein beschädigter Brunnen, wir setzten uns an den Rand und ließen den kühlen Wind um die Ohren wehen, es war ein so schönes Gefühl sich ohne Angst in dem Krankenhaus bewegen zu können.

Die anderen deutschen Ärzte beobachteten meinen Vater vom Fenster aus, sie waren froh ihn bei sich zu haben, mein Vater sah nach oben in die Fenster und winkte seinen Kollegen, sie hatten ihn die ganzen Jahre heimlich unterstützt.

Als die Kranken aus dem Untergrund der Keller in die Zimmer der ersten Etage gebracht wurden, fingen auch sie an zu weinen, mein Vater ging zu ihnen und sagte nur, es ist endlich vorbei, der Krieg ist so gut wie aus.

Mein Vater ließ sich auf einem Stuhl nieder und schrieb einen Brief an die russische Kommandantur, er bat darum, nach meiner Mutter und der kleinen Marie zu suchen, sie sind wahrscheinlich, vor vier Jahren nach Auschwitz deportiert worden. Er schilderte kurz die Verhaftung am Bahnhof Friedrichstraße und den Abtransport in einem Güterwagen, weiterhin schrieb er das Gespräch mit dem russischen Hauptmann auf, seine Anweisungen, was das Hedwig Krankenhaus betraf und auch die Wichtigkeit dieses Anliegens.

Helmut überbrachte das Schreiben der Kommandantur, der dortige Offizier las das Schreiben und nickte, ich verstehe deinen Vater nur zu gut, ich habe meine gesamte Familie durch die Nazis verloren, er versprach mir, sich persönlich darum zu kümmern, er wusste, das Auschwitz vor einigen Wochen befreit wurde, aber die Umstände waren so grausam, dass er darüber jetzt nicht sprechen konnte, Helmut sah ihn mit großen Augen an und ihm standen die Tränen in den Augen, der Offizier legte ihm seine große Hand auf die Schulter und sagte er sollte nie aufhören zu hoffen, denn dann hast du schon verloren, Helmut nickte und ging aus dem Zelt, er ging in das Krankenhaus und half seinem Vater, er erzählte nichts von dem Gespräch mit dem Offizier.

Das erste gemeinsame Abendessen im Krankenhaus fand in dem Schwesternzimmer statt, das Küchenpersonal zauberte aus nichts eine warme Mahlzeit mit Kartoffelbrei, Ei und Gemüse, es war so schön zu sehen wie es allen schmeckte.

Jacob, der auch im Krankenhaus half, sagte nur, dass er jetzt jeden Abend zum Essen vorbei kommt und lachte, das Küchenpersonal war sehr froh über den Erfolg.

Nach dem Essen räumten wir weiter auf der Station, mein Vater zog sich in das Nebenzimmer zurück, legte sich auf das Bett und schlief sofort ein.

Die russischen Soldaten halfen auch dabei die Wäscherei wieder in Gang zu bringen, denn die Station wird sich schneller füllen als es meinem Vater lieb sein würde, die ersten russischen Soldaten lagen schon auf einer Pritsche auf dem Flur, mein Vater holte einen nach dem anderen in sein Zimmer, dort wurde er untersucht und eventuell für die Operation vorbereitet. Die Soldaten hatten Vertrauen, mein Vater strahlte Ruhe und Kompetenz, er war freundlich und behandelte jeden gleich.

Er arbeitet mit fünf Krankenschwestern zusammen, eine von Ihnen begleitete ihn in den Operationssaal und reichte ihm die Instrumente, es dauerte nicht lange und sie waren ein eingespieltes Team.

Die anderen Ärzte taten es meinem Vater gleich und kümmerten sich sofort um alle eingelieferten Kranken, es wurde jeder gleich behandelt, auch sie waren wieder mit Freude bei der Arbeit, ohne Druck und ständiger Überwachung.

Jacob und Helmut blieben auch in der Klinik, sie räumten und reparierten jedes Zimmer nacheinander, die großen Gitterboxen kamen wieder zum Einsatz und auch der interne Fahrstuhl wurde notdürftig repariert, sodass die Küchenfrauen und auch die Frauen aus der Wäscherei die großen Kessel und Wäschekörbe nicht mehr die Treppen hoch tragen brauchten.

An Personal mangelte es nicht, viele Frauen, denen mein Vater in der Not geholfen hatte, fragten sofort an ob sie helfen konnten, jede Hand wurde gebraucht, die Bezahlung war ein warmes Essen, aber auch das wurde geteilt, es kamen Bauern von außerhalb und brachten Gemüse und Kartoffeln, es gab auch Mehl und Eier um Brot zu backen.

Jacob legte im Keller, wo es schön kühl war, ein kleines Lager mit Regalen und Kisten für das Küchenpersonal an.

Innerhalb des Krankenhauses war es wunderbar still und friedlich, wenn man auf die Straße ging hörte man immer noch Gewehr- und Kanonenfeuer, der Kampf um Berlin war noch nicht vorbei.

Die Bevölkerung hatte sicher die schlimmsten Tage des Krieges hinter sich, jeder versuchte zu überleben und verkroch sich in den vielen Ruinen, die Menschen gingen hamstern, das heißt, man fuhr mit dem Zug nach Brandenburg bzw. noch weiter ins Umland, die Bauern brauchten immer Hilfe und als Bezahlung bekam man Lebensmittel, wie eine Kanne Milch, Kartoffeln, Gemüse und Obst.

Wenn keine Arbeit gefragt war, versuchten die Menschen zu tauschen, aber auch da war der Bedarf gedeckt, für die teuren Teppiche gab es nur noch ein Schnäppchenpreis, die Bauern konnten schon die Tierställe mit Teppichen auslegen, so viele wurde ihnen angeboten.

Der Bevölkerung in Berlin ging es sehr schlecht, es gab kaum noch etwas zu essen und die Wohnungen waren zum größten Teil zerstört, jeder der einen kleinen Garten hatte, zog sich dahin zurück und versuchte sich etwas Gemüse und Kartoffeln anzubauen, die Lauben waren jedoch meistens ohne Heizmöglichkeit und dem entsprechend kalt.

Es waren schwierige Zeiten, aber jeder hatte wieder Hoffnung, dass der Frieden auch bessere Zeiten bringen würde, jeder hoffte, dass die Angst und die Entbehrungen bald vorbei sein würden.

Es ging das Gerücht durch die Bevölkerung, dass Adolf Hitler sich das Leben genommen hat, aber keiner wusste etwas genaues, jeder normale Mensch freute sich über das Gerücht aber es gab immer noch Fanatiker die noch immer an den Führer glaubten.

Es war nach dem kalten Winter auch noch ein kühles Frühjahr, in diesem Februar waren noch durchgängig Minusgrade, im Tiergarten wurden die Bäume gefällt und auch sonst wurde alles verbrannt was man finden konnte.

Die größte Befreiungsarbeit leistete die russische Armee, aber auch die Amerikaner, Franzosen und Engländer hatten harte Kämpfe hinter sich, die Alliierten trafen sich im Reichstag, auf dem Brandenburger Tor hatte die russische Armee ihre Fahne gehisst, das war ein großer Triumph und sie kosteten ihn voll aus.

Es gab noch vereinzelte kleinere Kämpfe, aber im Großen und Ganzen war der Kampf vorbei. Die deutschen Gefangenen mussten entweder draußen im Freien kampieren oder wurden in nahe Konzentrationslager gebracht. Es gingen jeden Tag Züge nach Osten, dort wurden Kriegsgefangenen Lager errichtet und die Gefangenen mussten schwer arbeiten.

Frau Gerber hatte in ihrem kleinen Geschäft nicht mehr viel zu verkaufen, die Ware kam aus dem Umland und war eine Stunde nach der Anlieferung ausverkauft.

Es gab schon seit geraumer Zeit Lebensmittelmarken und das Anstehen nach Brot und anderen Lebensmittel nahm den größten Teil des Tages ein, wieder explodierte der Schwarzmarkt, es gab immer wieder Menschen, die es verstanden aus der Not ein Geschäft zu machen.

Frau Gerber versuchte zu helfen wo sie nur konnte, sie hatte nur auch nichts außer ihre Fürsorge, der Hinterhof ihres Geschäftes war zerstört, sodass sie weniger Lagermöglichkeiten hatte. Ihr Mann, ein führender SS-Offizier hatte sich schon vor Monaten aus dem Staub gemacht, er ging mit anderen Nazis ins Ausland, Frau Gerber war nicht traurig darüber, sie fühlte sich seit geraumer Zeit frei und hoffte die Gerechtigkeit würde auch ihren Mann treffen.

Helmut fuhr mit dem führenden Hauptmann der Russen zu dem Geschäft von Frau Gerber, er wollte Frau Gerber als hilfsbereite Frau vorstellen, die russische Armee suchte nämlich Menschen, die ihnen bei der Verteilung von Lebensmitteln helfen konnte.

Frau Gerber verstand sich sofort sehr gut mit dem Hauptmann und bot ihre Hilfe auf allen Gebieten an. Der Hauptmann sprach mit Helmut, er war dafür verantwortlich die Lebensmittel Transporte aus dem Umland zu verteilen, in jedem Stadtbezirk wird sich ein Geschäft befinden, dass mit der Verteilung beauftragt wird, Frau Gerber brauchte für den Verkauf Hilfe und sprach die Pflegemutter von mir an, Frau Kretschmer war sofort damit einverstanden und wurde für die Hilfe mit Lebensmitteln bezahlt, auch ich hielt mich sehr oft im Geschäft auf um den beiden Frauen zu helfen.

Es vergingen einige Tage bis die Straßen soweit beräumt wurden, dass die Fuhrwerke aus dem Umland durch kamen, dann kam Helmut ins Geschäft und sah Luise, er stand wie versteinert da und konnte nichts sagen, die Tränen traten ihm in die Augen, er kam auf mich zu und rief nur Luise bist du es wirklich, Luise stürzte in seine Arme und drückte ihn, beide weinten vor Freude vor sich hin, sie hielten sich an den Armen und betrachteten sich von ober bis unter, beide hatten sich sehr verändert, aber die Augen und das Gefühl waren geblieben, beide gingen Arm in Arm aus dem Geschäft und setzten sich auf einen Stapel Steine, sie hatten sich viel zu erzählen, sie ließen sich nicht mehr los und Helmut ging mit Luise in das Hedwig Krankenhaus um ihren Vater zu überraschen.

Herr Horn war gerade in einer Operation und die beiden warteten in seinem Zimmer, als er kam, traute er seinen Augen nicht, er kam sofort auf sie zu gerannt und drückte sie von ganzem Herzen, alle drei hielten sich an den Händen und wollten sich eigentlich nicht mehr los lassen.

Luise ging noch einmal zurück zu Frau Kretschmer und sagte, dass sie ihren Vater gefunden hat und sich erst einmal bei ihm aufhalten möchte, das verstand Frau Kretschmer auf jeden Fall, sie sagte nur, bitte komm bald wieder, das Kind war ihr ans Herz gewachsen wie ihr eigenes. Alle drei hatten sich viel zu erzählen, Luise glaubte Helmut sei in der Schweiz, erst jetzt erfuhr sie, dass er von ihrer Mutter und Marie getrennt wurde und keiner genau wusste was mit den beiden geschehen ist.

Die beiden Kinder waren erwachsen geworden nicht vom Alter her, sondern vom Denken und dem Verstand, auch haben sie in ihrem kurzen Leben Dinge gesehen, die kaum ein Erwachsener verkraften kann, geschweige dann ein Kind.

Frau Gerber und Frau Kretschmer unterhielten sich sehr lange, jede wusste von der anderen, dass sie für die Untergrundorganisation arbeitete, aber keiner der beiden hatte den Mut sich der anderen anzuvertrauen, Frau Gerber hatte auch Luise sofort wieder erkannt, trotz der gefärbter Haare und der anderen Frisur.

Die beiden Frauen schlossen das Geschäft und gingen zu Frau Gerber in die Wohnung, dort tranken sie noch einen Kaffee und sie blieben die ganze Nacht zusammen.

Die Familie Horn hatte sich im Krankenhaus viel zu erzählen und auch Luise erzählte viel aus den letzten Jahren, Helmut und sein Vater waren glücklich, sie konnten sogar lachen und gaben die Hoffnung nicht auf das ihre Mutter und Marie noch am Leben waren.

Die Krankenschwestern hatten sehr viel zu tun und Luise wollte unbedingt mithelfen, ihr Vater war natürlich damit einverstanden, Helmut übernahm wieder den Keller und die Wäschekammer auch Joseph blieb in dem Krankenhaus um zu helfen.

Es wurden Lebensmittellieferungen aus Brandenburg direkt in das Krankenhaus geliefert und Helmut nahm die Lieferungen an und verstaute sie.

Luise ging heute zu Frau Kretschmer, sie wollte ihr Bescheid sagen, dass sie vorerst bei ihrem Vater in der Klinik bleibt, um sich dort um die vielen Verletzten zu kümmern. Es war leider niemand zu Hause, ihr nächster Weg ging zu Frau Gerber, dort traf sie auch ihre Pflegemutter an, die Freundschaft zwischen den beiden Frauen wurde immer intensiver, sie verbrachten die meiste Zeit zusammen und freuten sich über die vielen Gemeinsamkeiten.

Für alle war es ein eigenartiges Gefühl sich frei und ungezwungen auf der Straße bewegen zu können, die Angst ließ erst langsam nach, zu tief war die Furcht vor der Willkür der Nazis gewesen.

Luise drückte ihre Pflegemutter ganz herzlich und bedankte sich für ihr Verständnis.

Frau Kretschmer unterdrückte die Tränen, als Luise das Geschäft verlassen hatte, ließ sie ihren Gefühlen freien Lauf, Frau Gerber nahm ihre Freundin in den Arm und tröstete sie.

Herr Kretschmer wurde nach erbitterten Kämpfen von den Amerikanern befreit, es konnten sich nicht sehr viele vor dem Todesmarsch retten, nur ca. 3.000 Mann blieben im Lager, auch unter ihnen gab es sehr viele, die mehr tot als lebendig waren, Hans Winkler war immer in der Nähe von Herrn Kretschmer anzutreffen, sie waren wie Pech und Schwefel.

Vor der Befreiung gab es noch viele Luftangriffe der Alliierten und auch dabei kamen viele Häftlinge ums Leben.

Als die Amerikaner das Lager im Wald entdeckten und betraten trauten auch sie ihren Augen nicht, es war ähnlich wie in Auschwitz, sie trafen dort halb verhungerte Menschen an und man stieß auch dort auf Berge von toten Körpern, es war für die Amerikaner unbegreiflich wie so etwas geschehen konnte und so viele Jahre unbemerkt geblieben ist.

Sie sorgten sofort dafür, dass Lebensmittel ins Lager gebracht wurden, Milch, Brot und warme Speisen, die Gefangenen stürzten sich wie wild auf das Essen, das war natürlich nicht zu verdauen, die meisten starben an den Durchfällen, die sich daraus ergaben, erst die Ärzte sagten, dass die Häftlinge ganz langsam an die feste Nahrung gewöhnt werden mussten, alles andere wäre lebensgefährlich.Die schwer erkrankten Häftlinge wurden sofort in die bayrische Universitätsklinik gebracht, die dortigen Ärzte hatten solche Menschen in ihrem Leben noch nicht gesehen, auch sie waren fassungslos, die Amerikaner sagten nur, dass sie Jahre lang Tür an Tür mit ihnen gewohnt haben, aber auch hier hatte keiner etwas gewusst oder bemerkt, der Ascheregen muss wahrscheinlich einen Bogen um die Ortschaften gemacht haben, die Amis konnten sich ihren Sarkasmus nicht sparen.

Nach Tagen des Aufenthalts der Amerikaner in dem Lager, wollten sie der Bevölkerung einen Denkanstoß geben, alle Menschen aus den umliegenden Dörfern wurden zusammengetrommelt, sie mussten sich in zweier Reihen an stellen und das Lager besichtigen, sie sollten sich ansehen, was sie nicht gemerkt haben wollten.

Die Bevölkerung wurde an den Bergen von toten Menschen entlang geführt und auch durch die Häftlingsbaracken und den Verbrennungsöfen, es wurde akribisch aufgepasst, dass keiner den Blick senkte, sie mussten stehen bleiben und sich die Grausamkeit ansehen, in der Hoffnung, sie nahmen es in sich auf und würden es niemals vergessen, wie viel unter der Bevölkerung Nazis waren, konnten die Amis zu diesem Zeitpunkt noch nicht sagen, das stellte sich erst später heraus. Viele Menschen waren ernsthaft ergriffen, aber es gab auch einige, die eiskalt darüber hinweggingen, was kaum zu glauben war, auch hier musste die Bevölkerung ihre Häuser räumen und sie den Häftlingen zur Verfügung stellen, selbstverständlich wurden die Häftlinge von dem medizinischen Personal der Kliniken und Kureinrichtungen versorgt, die einheimischen Ärzte gaben sich sehr viel Mühe die Menschen auf zubauen und medizinisch zu versorgen.

In der Ortschaft Dachau schlugen die Amerikaner ihr Lager auf und wollten von hier aus systematisch durch Bayern hin durch gehen.

Das Konzentrationslager wurde als Gefangenenlager für die deutschen Nazis gebraucht, sie mussten erst alle getöteten Häftlinge aus dem KZ begraben und es wurden alle Unterlagen aufgenommen und dokumentiert. Wieder kamen Alliierte aus der ganzen Welt um sich das Unfassbare anzusehen.

Es wurden wieder Fotos und schriftliche Aussagen in die Welt geschickt und wieder wollte niemand etwas gewusst haben, trotzdem immer wieder nachweislich von den Organisationen darauf hin gewiesen wurde.

Die Amerikaner waren nicht ganz so konsequent wie die Russen, alle Deutschen, die als Nazis identifiziert wurden oder nachweislich von den Häftlingen als Aufseher des Konzentrationslagers enttarnt wurden, kamen in das Kriegsgefangenenlager und mussten auf ihre Verurteilung warten, sie wurden nicht gleich an die Wand gestellt, wie in Auschwitz.

Die zivile Bevölkerung wurde auch von den Amis mit Lebensmitteln unterstützt, auch die medizinischen Einrichtungen wurde mit Medikamenten unterstützt.

Die Amis fanden sehr viele Verstecke der Nazis in den Wäldern und den Höhlen, dort lagerte man kostbare Gemälde und andere Wertgegenstände, die Nazis hatten scheinbar keine Zeit mehr gefunden diese Dinge in Sicherheit zu bringen.

Neben den Kunst- und Wertschätzen wurden in den Wäldern auch jede Menge Massengräber gefunden, sie wurden nur entdeckt, weil man sie, wahrscheinlich durch Zeitmangel, es nicht mehr geschafft hatte, in Brand zu setzen bzw. mit Erde zu bedecken.

Die riesigen Gruben wurden mit Leichen gefüllt und so offen stehen gelassen wie sie waren.

Diese Gräber wurden auch von den Kriegsgefangenen ausgehoben und begraben, nachdem man ihre tätowierte Nummer von den Unterarmen registrierte und eine Beschreibung davon beilegte, wo das Grab zu finden ist.

Wie sich im Anschluss herausstellte waren es alles Gefangene aus den Konzentrationslagern Dachau und kleineren Nebenlagern.

Es gab schließlich nicht nur Dachau, Auschwitz und Birkenau, sondern noch sehr viele kleinere Lager, die genauso grausam und auf gnadenloser Tötung ausgerichtet waren.

Schließlich zählte man 24 große Stammlager und über 1.000 Nebenlager.

Ob im Stamm- oder Nebenlager, es war brutaler und menschenunwürdiger Völkermord im gesamten Land.

Die vielen landwirtschaftlichen Betriebe in der Umgebung hatten keine Not, es gab jede Menge Gemüse, Kartoffeln, Eier und Fleisch, sie versorgten die Bevölkerung der Dörfer und Kleinstädte, durch Bombardierungen wurden nicht sehr viele Häuser zerstört, das einzige, was in Mitleidenschaft gezogen wurde, war das Straßen- und Schienennetz.

Die vielen evakuierten Kinder aus Berlin und der nahen Umgebung waren auch hier bei den Bauern untergebracht, es ging ihnen den Umständen entsprechend gut, sie arbeiteten und gingen zur Schule, sie hatten im Gegensatz zu vielen anderen keinen Hunger zu leiden.

Die Amerikaner versorgten ihre Kriegsgefangenen mit Essen, nicht zu viel aber immerhin hatte sie etwas zu essen.
Die Kriegsgefangenen mussten die zerbombten Straßen und Schienen wieder reparieren, es ging ihnen, im Vergleich zu den Kriegsgefangenen der russischen Besatzungsmacht recht gut.
Sie konnten sogar kleine Pakete nach Hause schicken, die waren zwar sehr lange unterwegs, kamen aber irgendwann an, ob die Angehörigen noch am Leben waren oder nicht konnte zu diesem Zeitpunkt niemand sagen, Abnehmer fanden sich immer.

Herr Kretschmer wurde mit den anderen Gefangenen gut versorgt, er war genau wie alle anderen sehr abgemagert, aber sie lebten, auch um Herrn Winkler kümmerte er sich weiter, es wurde sofort von den Amerikanern bemerkt, dass er erst Hans Winkler etwas zu essen gab und dann sich selbst versorgte, die Soldaten versuchten zu erfahren was mit Herrn Winkler geschehen ist, Herr Kretschmer versuchte zu erzählen, dass die Nazis ihm beim Verhör die Sehnen der Finger durchtrennt haben, wieder waren die Amis sprachlos, uns beiden wurde sofort ein schönes Zimmer in einem Einfamilienhaus zugewiesen, dort kam täglich der Arzt vorbei und sah nach uns. Dieser Arzt machte Herrn Winkler Hoffnung, er sagte man könne Sehnen aus den Beinen entnehmen und versuchen sie an die Finger anzunähen, wenn sie angewachsen sind, könnte man eine kleine Beweglichkeit wieder herstellen, es gab keine hundertprozentige Garantie, aber ein Versuch wäre es wert gewesen.

Herr Winkler willigte sofort in die Operation ein, man musste nur warten bis der Körper wieder bei Kräften war, dann würden die Ärzte die Operation vornehmen. Wir beide waren sehr glücklich über die Möglichkeit die uns die Amerikaner boten.

Herr Kretschmer schrieb sofort einen Brief an seine Frau, er erzählte ihr alles, was sich in den letzten Wochen, nach der Befreiung zugetragen hat, keiner wusste, ob sie noch am Leben war oder nicht, es wurde einfach nach jedem Strohhalm gegriffen.

Am anderen Ende der Ortschaft hatte sich ein schwerer Zwischenfall ereignet, ein brutaler Aufseher aus dem Konzentrationslager hatte sich Häftlingskleidung angezogen und sich im Wald versteckt, er sagte, dass er Jude sei und aus dem Lager geflohen ist. Als man ihn durch die Ortschaft führte sahen ihn die anderen Häftlinge und fingen sofort an laut zu rufen, verfluchte Nazis, die Amerikaner bemerkten das sofort und baten die Häftlinge um Aufklärung, als sich der Betrug herausstellte, wurde der SS-Wachmann sofort an die Wand gestellt und hingerichtet.

Die Amerikaner waren sonst nicht so konsequent und überstürzt in ihrem Handeln, aber dass ging zu weit, darin waren sich alle einig.

Es kam immer wieder zu kleineren Schießereien, die waren jedoch überhaupt nicht gefährlich für die Amerikaner. Sie ließen einige ihrer Leute zurück um für die Ordnung in den Ortschaften zu sorgen, bzw. um die deutschen Kriegsgefangenen zu bewachen, die anderen Kompanien zogen weiter Richtung Berlin, dort war der Treffpunkt von den gesamten Alliierten Kräften.

Der Weg war überschaubar und wurde schnell bezwungen, hier und da verschanzten sich in den Wäldern kleinere Gruppen von Nazis, es war nichts, was sie aufhalten konnte.

Die befreiten Häftlinge kämpften um das Überleben, jeder wollte so schnell wie es nur ging nach Hause, wo auch immer das war.

Hans Winkler hat die Operation gut überstanden, jetzt mussten die Wunden nur heilen und die Sehnen zusammen wachsen, das würde noch Wochen dauern, Herr Kretschmer sprach mit Hans und dem Kommandanten, er würde gern nach Hause fahren, er hat solche Sehnsucht nach seiner Frau, das verstand natürlich jeder, der Kommandant stellte ihm einen Passierschein aus und sagte ihm wie und mit welchem Zug er fahren solle, um Hans Winkler wollten sich die amerikanischen Ärzte kümmern, falls sie nicht in der Ortschaft bleiben konnten, wollten sie Hans Winkler mitnehmen, sodass ich mir um seine Versorgung keine Sorgen zu machen brauchte.

Ich packte meinen Rucksack mit Dauerwurst und Konserven von den Amerikanern und verabschiedete mich von allen, ich bedankte mich für die Hilfe und tauschte mit Hans Winkler noch die Adressen aus, jeder wollte sich bei dem anderen melden, egal wo er sich aufhielt.

Am nächsten Tag ging er in Richtung Bahnhof und wartete auf den Zug, er war so aufgeregt, dass er kaum Luft holen konnte, die letzten Wochen waren so schnell vergangen, dass er erst einige Tage brauchte um das alles zu verarbeiten, er lebte und war auf dem Weg nach Hause, was für große Worte -nach Hause-, für viele das normalste auf der Welt und für Herrn Kretschmer und viele andere ein Himmelreich.

Der Zug fuhr im Bahnhof Dachau ein und es stiegen ganz normale Menschen aus der Nachbarregion aus, Herr Kretschmer zeigte dem Bahnhofsvorsteher seinen Passierschein und war unglaublich gerührt mit welchem Respekt er ihm entgegentrat und ihm gleich einen Platz am Fenster anbot, er sagte, dass er sich persönlich um sein Wohl kümmern würde, Herr Kretschmer bedankte sich für die Zuwendung und ließ sich auf dem Platz nieder.

Der Zug fuhr an und das Herz wollte fast in seiner Brust zerspringen, vor Freude, Dankbarkeit und Glück.

Nach 12 Stunden Fahrt und zweimaligem Umsteigen hielt der Zug in Berlin Friedrichstraße, Herr Kretschmer stieg aus und war entsetzt, was sich ihm für ein Bild bot, er stand vor dem Bahnhof und sah sich um, es fuhr keine Straßenbahn mehr, die Schienen waren zerstört, auch die umliegenden Häuser waren nur noch Ruinen, er konnte sich nicht vorstellen, dass hier noch jemand lebte, er machte sich sofort auf den Weg in die Kollwitzstraße, er bog in die Ackerstraße ein und folgte ihr bis zur Schönhauser Allee, von dort aus musste er nur noch die Danziger Straße hoch laufen und dann war er gleich zu Hause, der Weg war sehr beschwerlich, die Straßen waren voller Schutt und überall lagen Leichen am Straßenrand.

Je näher er seinem zu Hause kam, umso größer war seine Angst nicht mehr das vor zu finden, was er verlassen hatte, er wurde immer schneller in seinen Schritten und seine Sehnsucht nach seiner Frau war kaum zu ertragen.

Er erreichte sein Haus, es stand noch, es fehlten zwar die Scheiben in den Fenstern, aber es stand noch, er eilte die Treppen hinauf und klopfte ganz vorsichtig an der Tür, er sagte sich einer würde schon zu Hause sein, entweder Luise oder seine Frau, aber es machte keiner auf, ihm wurde ganz flau im Magen, er stützte die Treppen hin unter und rannte in das Geschäft von Frau Gerber, sie erkannte ihn sofort und ihr blieb vor Schreck der Mund offen stehen, sie stürzte hinter dem Ladentisch vor und umarmte Herrn Kretschmer ganz herzlich, er wollte wissen wo seine Frau ist und Frau Gerber freute sich sagen zu können, dass sie oben in der Wohnung ist. Herr Kretschmer stellte seinen Rucksack ab und eilte die Treppen hinauf, dann klopfte er an die Tür der Ladenwohnung und seine Frau öffnete ihm die Tür, Frau Kretschmer konnte es kaum fassen, ihr liefen die Tränen über die Wangen, sie umarmten sich, küssten sich und wollten sich nie wieder los lassen.

Frau Gerber sah das Glück und musste auch weinen, sie schloss die Tür und ging in das Geschäft zurück.

Nach gefühlten Stunden der Umarmung setzten sich die beiden in der Küche an den Tisch und tranken einen Kaffee, Frau Kretschmer erzählte in kurzen Sätzen von Luise und dem Treffen mit ihrem Bruder Helmut, bis auf die Mutter und die kleine Marie haben alle die Hölle überlebt.

Herr Kretschmer wollte nicht so richtig erzählen wie es ihm ergangen ist, er wollte sich die glückliche Stimmung nicht gleich wieder zerstören, durch die Grausamkeit des Erlebten.

Er versprach alles genau wieder zu geben, aber nicht heute und morgen, er brauchte bitte noch ein wenig Zeit, das verstand natürlich jeder.

Die beiden Frauen bereiteten ein schönes Abendessen vor und die drei saßen bis in die frühen Morgenstunden in der Küche und erzählten was sich in der Stadt zugetragen hat.

Die Kämpfe wurden so langsam weniger, die russischen Besatzer waren am Ende ihrer Kräfte, sie brauchten dringend etwas Ruhe, die alliierten Besatzer trafen sich in Berlin und jeder hatte seinen Sektor gefunden.

Die Generäle trafen sich zu Gesprächen im Reichstag, dort wurde das weitere Vorgehen besprochen, die Bevölkerung hatte mit sich zu tun, sie mussten sich um Essen, Heizmaterial und eine Unterkunft kümmern, das war meist die Aufgabe der tapferen Frauen, die Männer waren zum größten Teil gefallen oder in Gefangenschaft. Wieder war die Solidarität untereinander sehr groß, man lernte nach einem Brot stundenlang anzustehen und aus Kartoffelschalen eine Suppe zu kochen, die Kinder hatten einfach immer Hunger.

Die Not machte erfinderisch, im Tiergarten wurden Beete angelegt und Gemüse angebaut und die ehemaligen Luftschutzbunker wurden als Wohnung ausgebaut, es gab zwar kein Tageslicht, aber man hatte ein Dach über den Kopf und ein Platz zum Schlafen.

Frauen wie die Hausbuchführerin aus dem Nebenhaus, die die junge Frau und wahrscheinlich auch Herrn Kretschmer an die Gestapo verraten hat, wurden von den russischen Besatzern festgenommen und in das Gefangenenlager in Oranienburg gebracht, dort ging es ihnen nicht gut.

Der Krieg hatte eine Trümmerlandschaft hinterlassen, Dreiviertel der Wohnungen wurden zerstört und die Hälfte der Bevölkerung fand den Tod, die Menschen hatten einen täglichen Überlebenskampf zu absolvieren, es mangelte an allem, dadurch blühte der Schwarzmarkt, hier wurde mit allem gehandelt, was man hatte und das war nicht viel. Frauen mit Kindern, die ihre Wohnung verloren hatten, wurden in sogenannten Baracken untergebracht, und jede noch so kleine Behausung wurde als Unterkunft genutzt.

Die Stadt musste so schnell wie es nur ging wieder aufgebaut werden, so stellten die Alliierten Kräfte, arbeitsfähige Frauen an, die Steine klopften, dafür gab es zusätzliche Rationen an Essen, die Frauen waren sehr fleißig und die kranken und älteren Frauen, die nicht mehr arbeiten konnten passten in der Zeit auf die Kinder auf, so half man sich wieder gegenseitig.

Die vier Besatzungsmächte teilten sich Berlin in Sektoren auf, in jedem Sektor ging es andern zu, der russische Sektor war wesentlich konsequenter und strenger als der amerikanische und englische, nur in einem war man sich völlig einig mit den Nazis, die sich versuchten mit falscher Identität vor einer Bestrafung zu schützen, wurde kurzen Prozess gemacht, sie wurden in einem Schnellverfahren verurteilt und wieder traf es die kleinen Mitläufer und Befehlsempfänger, die man erwischte, die eigentlichen Massenmörder befanden sich längst im Ausland unter falschem Namen.

Das Leben war sehr schwer und trotzdem waren die Menschen glücklich, sie waren frei und brauchten keine Angst mehr zu haben.

In Auschwitz hörte das Sterben nicht auf, die Häftlinge, die das Konzentrationslager überlebt haben, kamen nur sehr langsam zu Kräften und viele starben an der Nahrung, die der Körper nicht mehr gewöhnt war, es war so schade um jeden, der den Kampf verloren hatte.

Luises Mutter und Marie hatten sich recht gut erholt, sie konnten auf jeden Fall essen und trinken, ohne sich zu übergeben oder Durchfall zu bekommen, sie halfen von der ersten Minute an die völlig entkräfteten Kinder zu versorgen, auch dort fanden noch einige den Tod, weil sie viel zu entkräftet waren um zu essen und der Körper die flüssige Nahrung abgestoßen hatte.

Ida und Irene, die beiden Russinnen halfen der Kommandantur bei der Übersetzung und der Verwaltung.

Erst nach vielen Wochen der Befreiung fragte Marie ihre Mutter wann sie endlich nach Hause fahren konnten, sie wollte wissen, was aus ihren Geschwistern und ihrem Vater geworden ist, ihre Mutter konnte das sehr gut verstehen und machte sich auf den Weg in die Kommandantur, dort traf sie auf Ida und beide freuten sich, sich wieder zu sehen, Frau Horn trug ihre Bitte vor und Ida verstand sofort wovon sie und Marie sprach, denn auch sie hatte furchtbares Heimweh. Ida wollte sich erkundigen und dann sofort Bescheid sagen, diese Auskunft genügte und Frau Horn ging wieder ihrer Arbeit nach, die Kinder zu versorgen.

Auch die Partisanen befanden sich in Auflösung, sehr viele der Männer aus den Bergen haben sich schon auf den Weg in ihre Heimatdörfer gemacht, auch sie hatten große Sehnsucht nach ihren Familien, sie befanden sich schließlich schon viele Jahre im Untergrund.

Fritz und Lydia waren immer noch stark verliebt, sie waren nur noch zusammen anzutreffen und jeder der sie kannte dem wurde warm ums Herz wenn man die verliebten Blicke sah. Fritz hielt immer die Hand von Lydia und Lydia streichelte seine Wangen. Als sich die Partisanen trennten, verabschiedeten sie sich voneinander und alle wollten zu der Hochzeit der beiden kommen, das war ein Versprechen unter Freunden.

Auch Fritz und Herr Lehmann verabschiedeten sich, Fritz blieb bei Lydia in einem kleinen polnischen Dorf, nahe der Ostsee und Herr Lehmann machte sich auf den Weg nach Berlin, mit ihm zusammen gingen noch weitere Männer auf den Weg nach Berlin um nach ihren Familien zu sehen.

Der Weg war beschwerlich, da die Gleise zum größten Teil zerstört waren.

Kurze Strecken wurden sie von den russischen Alliierten mit dem Auto mitgenommen und dann ging es wieder viele Kilometer zu Fuß weiter, aber wer die Sehnsucht nach der Heimat kennt, weiß was sie für eine Treibkraft hat, sie übernachteten im Wald und fingen sich Hasen für den Grill, Brot hatten sie aus den Dörfern bekommen, denn die Hilfe die sie während des Krieges geleistet haben war durch nichts zu begleichen, jeder Dorfbewohner gab das, was er hatte.

Die Reise dauerte einige Wochen und je näher sie nach Berlin kamen, um so ärmer wurden die Gegenden an Gemüse, Ost und Getreide, die Bauern in Brandenburg und der Umgebung hatte zwar noch einige Milchkühe, Schweine und Vorräte, sie mussten nur alles abgeben, um die Bevölkerung in Berlin zu versorgen, dafür hatte Berlin die Flughäfen, wo im Stundentakt die Flugzeuge der Besatzer landeten, beladen mit Lebensmittel, Medikamenten und vielen anderen Dingen für das tägliche Leben, es fehlte ja an allem.

Die deutschen Frauen, die eine Anstellung in den Kommandanturen der Besatzer gefunden hatten, waren sehr privilegiert, die bekamen Geld für ihre Arbeit und dazu Lebensmittel, die Frauen nahmen sehr weite Wege auf sich um auf den Flughäfen oder der Kommandantur arbeiten zu können, die Infrastruktur war ja total zerstört, sodass einem nur die Füße bzw. das Fahrrad halfen. Ein Fahrrad stellte zu dieser Zeit Unabhängigkeit dar, wer eins hatte, hütete es wie sein Augapfel, es wurde auch immer mit in das Quartier genommen, damit es nicht gestohlen wurde.

Die Männer trennten sich bei Oranienburg und gingen von dort aus in die unterschiedlichsten Richtungen, auch sie versprachen sich die Kontakte immer aufrecht zu halten.

Herr Lehmann ging zielstrebig immer die zerbombten Straßen entlang und es dauerte einen ganzen Tag bis er in der Danziger Straße eintraf, von dort aus bog er in die Lychenerstraße ein und fand sein Wohnhaus zerbombt vor, er ging in die Kollwitzstraße zu Frau Gerber und wollte wissen, was aus seiner Familie geworden ist, Frau Gerber kannte natürlich seine Familie, aber sie wusste nicht ob sie überlebt haben oder nicht, sie hatte seine Mutter schon einige Tage nicht mehr gesehen, Herr Lehmann war sehr traurig und wusste nicht wo er anfangen sollte zu suchen, dann fiel Frau Gerber das Krankenhaus von Dr. Horn in der großen Hamburger Straße ein, sie gab ihm die Adresse und er sollte dort nach Informationen fragen.

Herr Lehmann ging noch einmal zurück zu seinem ehemaligen Wohnhaus, dort ging er in die Ruine und hatte die Hoffnung etwas vertrautes zu finden, aber die Schuttberge waren zu hoch, um Erinnerungsstücke zu finden.

Er ging weiter zu Fuß in die Große Hamburger Straße, dort fragte er nach Doktor Horn, die Krankenschwester schickte ihn in die erste Etage, dort waren die Zimmer beheizt und die Flure sauber, er betrat ein Zimmer, in dem sich vier Krankenbetten befanden, er machte ganz schnell die Türen wieder zu, er wollte warten bis sich jemand auf dem Flur blicken ließ, nach einiger Zeit kam Luise die Treppen hinauf und sah den jungen Mann auf der Erde sitzen, sie hatte ihn nicht sofort erkennen können, als sie näher kam, sah sie das liebe Gesicht von Herrn Lehmann, sie ging sofort zu ihm in die Hocke und fragte ob ihm etwas fehlte, Herr Lehmann erkannte sie nicht gleich und fragte nach Dr. Horn, Sie half ihm auf und sagte, dass ihr Vater im Operationsbereich sei und erst circa in einer Stunde hier sein könnte.

Erst jetzt erkannte Herr Lehmann die kleine Luise, die in der Zwischenzeit eine junge Frau geworden ist. Er erzählte von dem zerstörten Haus und der Suche nach seiner Familie, Luise machte sich sofort auf den Weg in die Anmeldung und sah in einem großen Buch nach, ob man die Familie Lehmann im Krankenhaus aufgenommen hatte, Herr Lehmann war ganz aufgeregt und voller Hoffnung. Seine Mutter hatte sich bei einem der letzten Bombenangriffe sehr schwer verletzt, sie hatte sich die Beine mehrfach gebrochen und die Lunge war gestaucht, sie befand sich in einer kritischen Lage und lag in der zweiten Etage in Zimmer acht.

Herr Lehmann rannte sofort die Treppen hinauf und stand vor dem Bett seiner Mutter, die erwachte aus dem Schlaf und konnte kaum fassen was sie sah, ihr Sohn drückte ihre Hand und beide weinten leise vor sich hin, denn in dem Zimmer befanden sich noch weitere vier Betten, Herr Lehmann fragte nach seiner Schwester und seinem Vater, der Mutter fiel das Atmen und sprechen schwer, sie sagte seine Schwester Vera wurde in den letzten Kriegsmonaten nach Oberbayern evakuiert und sein Vater ist als Soldat in die Gefangenschaft der Russen geraten, er wurde schon nach Russland verschickt, das machte beide natürlich sehr traurig, denn sie wussten, dass er kein Nazi war, aber kam um den Wehrdienst nicht herum, Herr Lehmann machte seiner Mutter Mut, er wird es schaffen und bald wieder bei uns sein, bis dahin musst Du wieder gesund sein, seine Mutter nickte und hielt seine Hand ganz fest.

Als Luises Vater hörte, dass Herr Lehmann wieder da ist und seine Mutter besucht, er ging sofort zu den beiden und umarmte Herrn Lehmann ganz herzlich, er freute sich sehr ihn zu sehen, Helmut ist leider nicht hier, er kommt erst morgen wieder zurück, wenn er hört, dass sie hier sind, wird er ganz aus dem Häuschen sein, er spricht sehr viel von Ihnen, sie können solange bei uns bleiben wie sie wollen, wir haben zwei Zimmer im Keller zu unserer Wohnung eingerichtet, dort schlafen und essen wir und wenn sie wollen, wäre es schön, wenn sie bei uns bleiben könnten. Luise betrat das Zimmer, mit dem Rucksack von Herrn Lehmann in der Hand, sie lachte ihn an und sagte nur, darf ich ihnen unsere Wohnung zeigen, Dr. Horn schaute sie verblüfft an und lächelte vor sich hin, Herr Lehmann und Luise gingen in den Keller und Luise zeigte ihm seinen Schrank und sein Bett, Herr Lehmann war ganz verlegen und wusste nicht so recht was er sagen sollte, Luise sagte nur, das er sich ausruhen soll, es gibt bald Abendessen und dabei könne sie seine Hilfe gebrauchen, er nickte verlegen, anschließend machte er sich Wasser auf dem Herd warm und fing an sich zu waschen, das tat nach der endlosen Heimreise gut, er zog sich frische Kleidung an, legte sich kurz aufs Bett und schlief sofort ein.

Nach einiger Stunden erwachte er wieder und ging sofort in das Zimmer von seiner Mutter, die wartete schon auf ihn und war überglücklich ihn gesund zu sehen, er reichte ihr das Essen und den Becher mit dem Tee, sie dürfte nach den Operationen am Bein noch nicht aufstehen.

Luise holte Herrn Lehmann aus dem Krankenzimmer ab und ging mit ihm in die Küche, dort bereiteten sie beide das Abendessen zu.

Man merkte Herrn Lehmann an, wie erstaunt er war, was Luise für ein Selbstbewusstsein erlangt hat, er kannte sie noch als kleines ängstliches Mädchen, was sich um den Bruder kümmerte, der von den Nazis zusammengeschlagen wurde.

Es ist eine sehr hübsche und kluge Persönlichkeit aus ihr geworden, die Kriegsjahre haben aus den Kindern kleine Erwachsene werden lassen, sie müssten fast über Nacht die Aufgaben und die Verantwortung der Erwachsenen übernehmen.

Herr Lehmann schnippelte das Gemüse und Luise schälte die Kartoffeln und schlug die Eier in die Pfanne, als alles auf dem Tisch stand, lächelte sie Herrn Lehmann an und sagte, dass sie ihren Vater zum Essen holen werde, er nickte und sie sahen sich einige Sekunden ganz tief in die Augen.

Es war so schön, dass trotz der schweren Zeit, die jeder hinter sich hatte, wieder eine Spur von Verliebtheit zu spüren war, dass man sich Zeit für die schönste Nebensache der Welt nahm und wieder eine gewisse Normalität auf kam. Es war ziemlich eindeutig was die beiden jungen Menschen füreinander empfanden.

Das Abendessen ging sehr lange, weil Dr. Horn erzählte, was alles geschehen war, nachdem Herr Lehmann mit Fritz zu den Partisanen geflohen sind und wie Helmut versuchte den Platz von Herrn Lehmann in der Organisation zu ersetzen, das ging natürlich nicht, weil er ja seine eigenen Aufgaben zu bewältigen hatte.

Jacob ist leider gestorben, er war schon geraume Zeit sehr krank und Dr. Horn konnte ihm leider nicht mehr helfen, er machte ihm das Sterben so leicht und schmerzlos wie nur möglich, diese Nachricht machte Herrn Lehmann sehr traurig.

Luise räumte den Tisch ab und spülte das Geschirr, Herr Lehmann nahm wie selbstverständlich das Geschirrtuch und trocknete ab, Luise merkte den erstaunten Blick von ihrem Vater, der große Augen machte, und nur so vor sich hin lächelte.

Als die beiden fertig waren umarmte er beide und bot Herrn Lehmann das Du an, er sagte, ich begrüße dich ganz herzlich in unserer Familie, ich heiße Dieter und ich Martin sagte Herr Lehmann, er nahm Luise in seine kräftigen Arme und drückte sie ganz fest an sich, sie ließ es geschehen und schlang die Arme um seinen Hals. Dr. Dieter Horn machte eine Flasche eingestaubten Wein auf und sie tranken alle einen Schluck davon, es war seit Jahren der schönste Abend für alle drei, später ging Martin zu seiner Mutter ins Krankenzimmer und erzählte, was sich zugetragen hatte, sie lächelte nur und sagte, das wusste ich schon seitdem ihr euch das erste Mal gesehen habt, die Blicke von euch waren eindeutig, sie wünschte ihm alles Glück auf Erde und freut sich sehr auf ihre nette Schwiegertochter.

Luise war überglücklich und hätte dieses Glück gerne mit ihrer Mutter und der kleinen Schwester geteilt, sie wusste das auch ihr Vater immer wieder an die beiden denken musste, es war die Ungewissheit, die das Denken so schwer machten.

Nach zwei Tagen kam Helmut aus Hamburg zurück, er hatte die Medikamente und Verbandsmaterialien bekommen und sie in drei große Pakete verpackt, am Bahnhof Friedrichstraße mietete er sich ein Fuhrwerk und fuhrt mit den Paketen in die große Hamburger Straße, als sein Vater ihn vom Fenster aus sah, rief er Martin und schickte ihn in den Hof zu Helmut, Martin schlich sich von hinter an ihn heran und fragte ganz höflich, ob er ihm helfen kann, Helmut erkannte sofort die Stimme, er drehte sich um und beide fielen sich in die Arme, Dr. Horn, der das vom Fenster aus beobachtete, fing sofort wieder an zu weinen. Die jungen Männer hatten sich so sehr viel zu erzählen, sie luden die Pakete von dem Anhänger ab und setzten sich an den zerstörten Brunnen, sie hörten überhaupt nicht mehr auf zu reden, bis plötzlich Luise den Hof betrat und Martin aufsprang und ihr entgegen lief, er nahm ihre Hand und sie gingen gemeinsam zu

Helmut, der lächelte und Martin stellte ihm scherzhaft seine Verlobte vor, Helmut sprang auf und sie drückten sich zu dritt, einen besseren findest du nicht mehr, sagte er zu Luise und küsste sie auf die Wange.

An diesem Abend saßen schon vier am Abendbrot Tisch und man erzählte sich wieder bis tief in die Nacht hinein.

Es war so schön für Dr. Horn das Glück der jungen Leute zu sehen, sie hatten noch ein ganzes Leben vor sich, mit Höhen und Tiefen und hoffentlich ohne Krieg.

Acht Wochen nach der Befreiung des Konzentrationslagers Auschwitz traten immer neue Gräueltaten der Nazis zu Tage, Frau Horn hatte je freundschaftliche Kontakte zu den russischen Frauen, die erzählten ihr, von den Unterlagen aus der Krankenstation, die Ärzte sind nicht mehr dazu gekommen alle Dokumente zu vernichten, man hatte akribisch aufgezeichnet was man für grausame Versuche an den Frauen und Kindern durchführte, einige Ärzte waren nur damit beschäftigt ein Medikament zu finden was die Frauen, ohne einen operativen Eingriff, unfruchtbar macht, die gleichen Versuche wurden an Kindern vorgenommen, um zu sehen, ob man diese Unfruchtbarkeit schon in frühester Kindheit her bei führen konnte, die betroffenen Frauen und Kinder gingen durch die Hölle und nur sehr wenige überlebten diese Versuche, gepflegt wurden sie von anderen weiblichen Häftlingen.

Die Aufzeichnungen müssen so grausam gewesen sein, dass die russischen Besatzer beim Lesen weinten und was das heißt, kann sich heute niemand mehr vorstellen.

Die russischen Besatzer waren stahlhart und gerecht, sie hatten schon viel gesehen, aber das machte sie fassungslos und sie schworen sich, die Verantwortlichen auf der ganzen Welt zu suchen, Unterlagen über die Ärzte mit Bildern lagen allen Alliierten vor, es würde einige Zeit dauern aber es wird nicht vergessen werden, dafür würden alle sorgen.

Frau Horn war auch ganz ergriffen von den Erzählungen, sie fragte den Kommandant der Ortschaft, ob sie in zwei Wochen mit einem Transport in Richtung Deutschland, den Heimweg antreten kann, sie hat unendliche Sehnsucht nach ihrer Familie, wenn es sie noch gibt, auch diese Ungewissheit machte ihr großen Kummer.

Der Kommandant verstand sie und sicherte ihr seine Hilfe bei der Reise zu, er würde ihr sofort Bescheid geben, wenn sich ein Lkw auf den Weg nach Deutschland machte, sie bedankte sich viel maß und ging zurück zu ihrer Arbeit, als Marie hörte was sie vereinbart hatte war sie schon jetzt total aufgeregt und konnte den Abreisetermin kaum erwarten.

Es vergingen noch weitere zwei Wochen und dann kam endlich ein russischer Fahrer zu ihr in die Schule und sagte, dass am nächsten Tag ein Fahrzeug nach Deutschland fahren würde, wenn sie mitkommen wollte, müsse sie mit Marie um 5:00 Uhr an der Kirche stehen, wir werden pünktlich sein, darauf können sie sich verlassen.

Marie und ihre Mutter packten einen kleinen Rucksack mit Wegzehrung und Wäsche zum Wechseln und dann verabschiedeten sie sich von allen, die russischen Frauen waren sehr traurig, die Freundschaft ist sehr tief geworden, man tausche Namen und Adresse aus und versprach sich bald wieder zusehen, entweder in Deutschland oder in Russland und geschrieben wird auf jeden Fall.

Es war eine Situation, die ein Mensch nicht in Worte fassen kann die Trennung von den Gefährtinnen der letzten Jahre, mit denen man durch dick und dünn gegangen ist, mit denen man gehungert und geweint hat, an denen man sich gewärmt und gestärkt hat, mit denen man die Grausamkeit des Massenmordens und der Quälerei geteilt hat und die einem geholfen haben, dass man nicht wahnsinnig wird, von diesen Menschen muss man jetzt Abschied nehmen, aber nur für eine gewisse Zeit, denn die Erfahrungen der letzten Jahre haben uns gestärkt und so zusammen geschweißt, das diese Verbindung für ein Leben lang reicht.

Frau Horn und Marie standen schon um 4:30 Uhr vor der Kirche, da kam der Lkw um die Ecke, er klapperte an allen Ecken und Enden, aber dass störte niemanden, Hauptsache man rollte Richtung Heimat, mit uns beiden fuhren noch drei weitere Frauen mit, auch sie waren 1940 als Juden aus der Umgebung von Berlin verschleppt worden, nach vielen Stunden wurde auf der Pritsche das Essen mit dem russischen Fahrer geteilt, der lächelte nur verlegen und nahm die belegten Butterbrote gerne an, er ergänzte unser Essen mit einem Apfel, Marie konnte den Apfel gut essen ihrer Mutter und auch den anderen Frauen, die so ungefähr im gleichen Alter waren, hatten durch die Entbehrungen Schwierigkeiten mit den Zähnen, sie sind den meisten Frauen ausgefallen, das war peinlich, aber man wusste sich zu helfen, mit einem Messer wurden die Äpfel zerteilt und in kleinen Stücken gegessen.

Am Abend überquerte man den Grenzübergang Frankfurt/Oder und alle Frauen hatten ein Glücksgefühl im Magen, allerdings wusste man nicht was einen erwartete, je näher man nach Berlin kam um so zerstörter waren die Häuser und Straßen, jeder fragte sich, leben meine Angehörigen noch, -weiter wurde nicht gedacht-.Am Bahnhof Erkner verabschiedete sich der russische Soldat, er musste in eine andere Richtung weiter fahren, die Frauen gingen auf den Bahnhof und fragten den Bahnhofsvorsteher ob heute noch ein Zug Richtung Berlin fahren würden, er schüttelte den Kopf und sagte der erste Zug fährt morgen früh um 6:00 Uhr, wenn alles gut geht, die Frauen nickten und machten es sich auf den Bänken in der Bahnhofshalle gemütlich, der Bahnangestellte fragte, wo wir her kommen würden, wir sagten aus Auschwitz, er riss die Augen auf und kam sofort mit einer Kanne warmen Kaffee, fünf Tassen und einem großen Korb voll mit Obst aus seinem Garten, die Frauen bedankten sich und hätten sich die Solidarität während des Krieges gewünscht, aber keine sagte etwas, man wollte sich die frohe Stimmung nicht vermiesen.

Der nächste Tag brach ab und der Bahnangestellte hatte sich von seiner Frau Brötchen und Marmelade bringen lassen, er richtete einen Frühstückstisch für die Frauen her und lud sie zum Essen ein, er freute sich über die freundlichen Gesichter.

Der Zug fuhr ein und die Frauen bedankten sich herzlich bei dem Mann für das Essen, sie stiegen in den Zug und die Spannung stieg, es trennten sie noch zehn Haltestellen und dann waren sie am Bahnhof Friedrichstraße, ungute Gefühle kamen in ihnen hoch, das ließ man sich nicht anmerken.

Frau Horn und Marie stiegen aus dem Zug und verabschiedeten sich von den anderen Frauen, sie stiegen aus und gingen zu Fuß bis in die Kollwitzstraße die Häuser waren alle zerstört und das Gefühl niemanden mehr anzutreffen machte sich in ihnen breit, sie waren glücklich das Geschäft von Frau Gerber zu sehen, vor dem Geschäft standen die Menschen nach Lebensmitteln an, als Frau Horn näher kam erkannte sie auch Frau Kretschmer, sie war überglücklich die beiden Frauen zu sehen, wusste aber nicht so recht wie man sich verhalten sollte, die Menschen in der Schlagen würden sicher protestieren wenn man einfach vor gehen würde, also blieb Frau Horn draußen und schickte Marie von der Seite in das Geschäft, Frau Gerber blieb die Spucke weg und der Mund offen stehen, sie kam hinter dem Ladentisch vor und drückte Marie ganz fest an sich, sie wollte sie gar nicht mehr los lassen, vor dem Laden sah sie Frau Horn und ging sofort zu ihr, sie weinten alle drei vor sich hin und Frau Gerber brachte sie durch einen Seiteneingang in das Geschäft, Frau Kretschmer löste Frau Gerber ab und begrüßte die beiden Frauen, keiner fragte wie es ihnen geht, man konnte sehen wo sie her kamen, meine Mutter fragte zuerst nach Luise und Frau Kretschmer sagte das es ihr gut ginge sie ist bei ihrem Vater und ihrem Bruder, ach was war das für eine Freude zu sehen wie glücklich Frau Horn über die Worte war, also leben beide, wo kann ich sie antreffen, Frau Kretschmer ging mit Marie und ihrer Mutter in die Wohnung von Frau Gerber, Frau Gerber konnte leider nicht mitkommen, da sie die restlichen Lebensmittel verteilen musste, die Menschen hungerten und waren froh eine Kleinigkeit zu essen zu bekommen.

 In der Wohnung setzte man sich an den Küchentisch und trank einen heißen Tee, Kaffee war leider keiner mehr da, Marie bekam eine Tasse Kakao.

Frau Kretschmer erzählte von dem Krankenhaus in der großen Hamburger Straße und dass sie sich dort zwei Zimmer als Wohnung eingerichtet haben. Ich kann sie gleich wenn sie sich ein wenig ausgeruht haben dort hin bringen, ja das wäre schön, sagte Marie und stand schon in der Tür, Frau Horn verstand ihre Ungeduld und sie machten sich zu dritt auf den Weg, man sagte noch schnell Frau Gerber und Herrn Kretschmer Bescheid und gingen dann los, die Straßenbahn fuhr leider nicht mehr, wir müssen also laufen, kein Problem sagte Marie, das sind wir gewöhnt. Auf dem Weg hatte man ein wenig Zeit sich zu unterhalten, wo wart ihr die ganzen Jahre, keiner hat ein Lebenszeichen von euch gehört, das war leider unmöglich, wir sind nach Auschwitz gebracht worden und von dort gab es keine Möglichkeit eine Nachricht zu verschicken, Frau Kretschmer hielt den Atem an, wie habt ihr die Hölle überleben können, das wissen wir heute auch nicht mehr, wir hatten Glück und wahrscheinlich einen Engel, ihr seht sehr schlecht aus, ich werde alles tun um euch zu helfen wieder auf die Beine zu kommen. Frau Horn sagte nur, wir sehen beide schon gut aus, das können sie mir glauben, es gab ganz andere Zeiten, und Frau Kretschmer, ihnen habe ich es zu verdanken, dass meine Luise überlebt hat, ihre Luise ist wie meine eigene Tochter geworden, wir waren uns in der ganzen Zeit so nah und haben uns gegenseitig aufgebaut und gestützt, sie hat sehr oft nach ihnen gefragt, aber niemand wusste etwas genaues, es waren alles nur Vermutungen.

Sie erreichten die Große Hamburger Straße und das Herz der Frauen klopfte bis zum Hals, als sie das Krankenhaus betraten, kam Helmut gerade aus dem Keller und wollte wieder auf die Station zu seinem Vater gehen, als er Marie und seine Mutter sah, er rannte zu ihnen hin und fiel vor ihnen auf die Knie, er hielt sich die Hände vor sein Gesicht und schrie vor Freude, auch Marie und seine Mutter knieten sich nieder und schluchzten vor Tränen und Freude, es war so laut, das die Krankenschwestern aus dem Fenster sahen und die Situation nicht einschätzen konnten, als Luise zu ihnen trat traute sie ihren Augen nicht, sie rannte die Treppe hin unter und fiel in die Arme der Mutter, sie sahen sich an und konnten ihr Glück kaum fassen, sie blieben alle auf den Knien hocken und sahen sich nur an, wollen wir Papa überraschen, ja das wäre schön, Helmut und Luise unterdrückten ihr Entsetzen über das Aussehen der beiden, alles war unwichtig, sie waren da, Frau Kretschmer war so gerührt, dass sie auch weinte, sie verabschiedete sich von allen und ging wieder nach Hause.

Als Dr. Horn seine Frau und Marie sah lief er schnellen Schrittes auf sie zudrückte sie an sich und sagte nur, meine Gebete wurden gehört, er sah die beiden an und war entsetzt wie abgemagert sie waren, sagte aber auch nichts, er dachte nur, das kriegen wir schon wieder hin, sie gingen alle in die zwei Zimmer im Keller und setzten sich an den Tisch in der Küche, die Familie war wieder komplett, es war kaum zu glauben, aber sie hatten Glück gehabt, auch Martin Lehmann kam hinzu und kümmerte sich um das Abendessen, denn die Gespräche hörten nicht auf, jeder erzählte nur oberflächlich was ihm passiert war, sicher kamen die genauen Gespräche erst viel später, sie waren zusammen und das war das größte Geschenk für alle. Marie und ihre Mutter aßen sehr wenig, weil der Magen sich noch nicht an die Mahlzeiten gewöhnt hatte, erst die Zeit würde eine Besserung bringen und die Behandlung des Vaters, Vater Horn merkte sofort was mit den beiden los war und stellte sich sofort an den Herd und kochte eine Hühnerbrühe mit viel gesundem Gemüse und wenig Nudeln, es würde jeden Tag etwas besser werden, jedenfalls hatte er sich das vorgenommen, zu fett durfte die Brühe auch nicht sein, sonst kommt es zu Verdauungsstörungen, er kochte auch Kamillentee für seine Frau und Tochter, den tranken sie in kleinen Schlucken und es war ihnen gleich wärmer, er gab sich sehr viel Mühe und wollte sich nichts aus der Hand nehmen lassen, er ging ins Nebenzimmer und machte zwei Betten fertig, mit dicken Matratzen und weichen Decken auch die Kopfkissen waren sehr weich, auch dabei nahm er keine Hilfe an, er wollte alles alleine machen, jeder verstand ihn, seine Frau sah ihn liebevoll und glücklich an und auch Marie wich nicht mehr von seiner Seite. Luise und Martin saßen nebeneinander und hielten Händchen, Frau Horn und Marie hatten das längst bemerkt und freuten sich über das Glück der beiden, sie machten den Abwasch gemeinsam und Helmut organisierte etwas zum Anziehen für die beiden, damit sie ihre Kleidung ablegen konnten, es war das, was sie äußerlich noch an das Konzentrationslager erinnerte.

Helmut konnte die beiden nicht lange ansehen, es traten ihm sofort wieder die Tränen in die Augen, er hatte immer noch ein schlechtes Gewissen, sie damals vor Jahren auf dem Bahnhof verlassen zu haben.

Herr Horn bemerkte sofort, das sich seine Frau verändert hatte, sie strahlte, trotz ihrer Unterernährung sehr viel Kraft und Selbstbewusstsein aus, er war klug genug um sich vorstellen zu können wo dieses Bewusstsein her kam, er stellte keine Fragen, er wollte warten bis die Zeit für Gespräche kam, auch er erzählte vorerst nicht sehr viel, er wollte alle erst einmal so genießen wie sie waren.

Das junge Liebespaar war glücklich und verbrachte die Zeit ausschließlich zusammen.

Der nächste Tag brach an und es war etwas ganz neues, dass die Familie Horn wieder zusammen war, sie saßen am Frühstückstisch und jeder half mit den Tisch zudecken und den Kaffee oder den Tee zu brühen, meine Mutter konnte vorerst nur Tee trinken, Kaffee löste bei ihr starke Magenschmerzen aus, sie und Marie bekamen eine Milchsuppe und wir schmierten uns ein Brot mit Marmelade, Martin Lehmann ging nach dem Frühstück zu seiner Mutter in das Krankenzimmer, mein Vater musste in den Operationssaal, dort standen heute viele Operationen an, er wollte aber so schnell wie es nur ging wieder zu uns kommen, meine Mutter und Marie machten sich in der Küche nützlich, sie wischten den Tisch ab, trockneten ab und halfen bei den Vorbereitungen für das Mittagessen. Luise wollte eigentlich nicht, dass sich ihre Mutter und Marie an den Arbeiten beteiligten, sie sagte, dass sie sich ausruhen sollten, beide wollten aber unbedingt mit helfen, Luise lächelte und sagte ihr könnt nur helfen, wenn ihr euch auch zwischen durch ausruht, das versprachen beide und fingen an die Kartoffeln zu schälen.

Helmut hatte wieder im Keller in der Wäscherei zu tun und heizte anschließend die Öfen, meiner Mutter war anzumerken wie sie die Freiheit genoss aber auch viel nach dachte, Marie ging ganz oft zu ihrer Mutter und umarmte sie, sie waren in den letzten Jahren zusammen gewachsen, sie verstanden sich blind und waren dankbar, überlebt zu haben.

Die Situation war für alle Beteiligten sehr unwirklich, noch vor einigen Monaten haben sie gehungert und wussten nicht ob sie überleben werden oder nicht und jetzt waren sie in ihrer Heimat und wieder mit der Familie zusammen, alles brauchte Zeit.

Die Vergangenheit konnte man nicht mehr auslöschen, sie war eingebrannt in die Seelen der Menschen.

Marie legte sich nach dem Frühstück noch ein wenig auf ihre Liege, sie war die schwächste von allen und musste besondere Aufbaumedikamente von ihrem Vater einnehmen, sie tat alles was ihr Vater sagte und fühlte sich in seinen Armen am wohlsten, er war schon immer ihr Liebling gewesen, sie war immer die Kleinste und verbrachte früher ganze Abende auf dem Schoß von ihrem Vater.

Frau Horn wollte nach dem Mittagessen zu Frau Kretschmer gehen und sich bei ihr bedanken und ein wenig reden, Luise lächelte und wollte natürlich mitkommen, Helmut sagte aber schon seine Begleitung zu, er wollte meine Mutter nicht mehr alleine lassen, das verstand Luise und zog sich zu Marie zurück.

Frau Horn und Helmut gingen nach dem Essen sofort los, Frau Horn packte noch einige Lebensmittel ein und dann machten sie sich auf den Weg.

Helmut trug den Rucksack und hackte sich bei seiner Mutter ein.

Der Weg war beschwerlich man musste die Schuttberge umgehen und traf natürlich auch auf sehr viel Elend, da waren die Frauen mit ihren kleinen Kindern, die nicht als Trümmerfrauen arbeiten konnte, sie bettelten für ihre Kinder, oder die behinderten Soldaten, denen einzelne Gliedmaßen fehlten, auch sie saßen auf der Erde und bettelten, aber wer sollte etwas geben, keiner hatte soviel, dass er etwas abgeben konnte.

Die karitativen Einrichtungen versorgten zwar die Soldaten mit einer warmen Suppe und einer Scheibe Brot für mehr reichte aber das Geld und die Nahrungsmittel nicht.

Frau Horn hatte großes Mitleid mit den Menschen, sie wusste wie es ist auf die Hilfe anderer angewiesen zu sein und zu hungern.

Helmut sah sofort was mit seiner Mutter los war, er drückte ihre Hand und sagte, dass er weiß wie ihr zu Mute ist.

Nachdem sie eine Stunde gelaufen sind kamen sie bei Frau Gerber im Geschäft an, auch Frau Kretschmer war dort und half ihr beim Verteilen der Lebensmittel.

Frau Kretschmer ging mit den beiden in die Wohnung von Frau Gerber, sie brühte einen Tee auf und holte aus einer Metalldose ein paar Kekse zum Essen, Helmut staunte nicht schlecht als er das sah.

Frau Horn nahm Frau Kretschmer in die Arme und bedankte sich von ganzem Herze für die Versorgung von Luise, Frau Kretschmer winkte nur ab und sagte es war eine Bereicherung für meinen Mann und mich, sie war wie unsere Tochter und wenn ich ehrlich bin, kann ich mir eine Zeit ohne die kleine Luise gar nicht vorstellen, Frau Horn nickte und sagte nur, dass sie es sich gut vorstellen kann wie ihr Luise ans Herz gewachsen ist, ich weiß was sie für ein Schatz ist, und trotzdem ohne sie hätte Luise die schwere Zeit nicht überstanden. Frau

Kretschmer erzählte, wie keine Woche verging in der sie nicht nach ihnen gefragt hat, die Ungewissheit war fast unerträglich, das es Helmut verhältnismäßig gut ging wusste ich durch Frau Gerber, ich durfte aber nichts sagen, weil dass zu gefährlich für alle gewesen wäre, Frau Horn nickte und sagte nur, dass was sie für unsere Familie getan haben, kann ich nie wieder gut machen ich werde so lange ich lebe in ihrer Schuld stehen, so dankbar bin ich ihnen.

Frau Kretschmer lächelte und sagte nur ich würde es jederzeit wieder tun ohne auch nur einen Augenblick nach zu denken und mein Mann denkt ganz genauso. Man darf nicht vergessen, dass es deutsche Menschen waren die ihnen das angetan haben, die sie verfolgt und eingesperrt haben, es waren Menschen die einmal ihre Nachbarn waren und mit denen sie sich gut verstanden haben, sie sehen, liebe Frau Horn, nicht alle Deutschen waren schlecht und mit den Nazis einverstanden, es wird noch sehr viel Zeit vergehen, bis man das vergangene aufgearbeitet hat, Frau Kretschmer sagte, ich bin stolz darauf ihnen geholfen zu haben und würde mich freuen wenn wir Freunde bleiben können, das wäre ein großer Wunsch von mir sagte Frau Horn, die Frauen standen auf und umarmten sich innig, Helmut blickte verlegen auf den Tisch.

Auf den Rückweg in das Krankenhaus kamen sie an ihrem ehemaligen Wohnhaus vorbei, Helmut blieb stehen und fragte seine Mutter, ob sie mal in den Hof gehen wollen, um zu sehen wie viel von dem Haus zerstört wurde, sie standen in dem Hof und blickten nach oben, das Dach war stark beschädigt und die beiden Seitenflügel waren unbewohnbar, aber in dem Haupthaus waren nur die Fenster und die Treppe zum Teil zerstört, Helmut ging in die erste Etage wo ihr früheres Zuhause war, die Tür war nur angelehnt, er machte sie ganz vorsichtig auf und ging von einem Zimmer zum nächsten, die Wohnung war unbewohnt, den Fenstern fehlten die Scheiben und es herrschte ein verwüsteter Zustand und trotzdem war es ihr schönes zu Hause, Helmut schaute seine Mutter an und sah die Sehnsucht in ihren Augen, er ging auf sie zu und sagte, dass er mit dem Kommandanten sprechen wollte und die Erlaubnis erhalten könnte in diese Wohnung zu ziehen, Frau Horn nickte und war überglücklich.

In diesem Wohnhaus wohnten nur noch sehr wenige Familien und die Wohnungen waren zum Teil mit mehreren Familien belegt, es war ein Normalzustand, dass eine Familie ein Zimmer bewohnte, jeder war froh überhaupt ein Dach über dem Kopf zu haben, die Mieterin, die das Hausbuch verwaltete und für die Nazis spionierte war verschwunden und auch ihre Wohnung war mit mehreren Familien belegt. Auch für uns stand fest, dass wir noch andere Menschen mit in unserer Wohnung aufnehmen wollten, aber zuerst brauchten wir die Genehmigung der Kommandantur.

Helmut brachte seine Mutter zurück ins Krankenhaus und lief dann geradewegs zur Kommandantur auf den Pariser Platz.

Der Kommandant hatte sehr viel zu tun und es war schwierig einen Termin bei ihm zu bekommen, Helmut ließ sich jedoch nicht abweisen, sein Sekretär hatte ihn sofort erkannt, er erinnerte sich, das ich der Sohn des Arztes war, der seine Soldaten operierte, nach einer Wartezeit von zwei Stunden wurde Helmut vorgelassen, er erzählte von der Heimkehr seiner Mutter und Schwester aus Auschwitz und der Besichtigung seiner ehemaligen Wohnung in der Husemannstraße, der Kommandant hörte geduldig zu und war sofort damit einverstanden das wir die Wohnung wieder beziehen können, Helmut sagte sofort, dass seine Familie auch noch andere Menschen mit aufnehmen würde, der Kommandant nickte und schrieb den Bezugsschein aus, Helmut bedankte sich und lief so schnell er konnte ins Krankenhaus zu seiner Familie, dort angekommen erzählte er die Neuigkeiten und alle waren in freudiger Stimmung, man plante den Umzug, viel war ja nicht mitzunehmen.

Am Abendbrottisch wurde eine erste Planung besprochen, unser Vater war gerührt wie stark und eifrig meine Mutter den Umzug plante, er fragte sich wo sie die Kraft her nimmt, sie war immer noch Haut und Knochen und hatte die Kraft für zwei, Marie wurde immer leiser und zog sich sehr in sich zurück, ihre Mutter hatte das sofort bemerkt und legte ihr die Hand um die Schulter, sie drückte ihre Tochter an sich und wusste genau was mit ihr los war, sie hatte das erlebte noch nicht verkraftet, sie traute dem Frieden nicht und war sehr vorsichtig, sie wollte nicht mehr enttäuscht werden und auch die alte Wohnung würde sie an Dinge erinnern, die sie gerne vergessen würde, es war eine schwierige Situation, ihre Mutter und auch Helmut sahen sie an und herzten sie, ihr Vater bat sie zu ihm zu kommen, sie stand vom Tisch auf und ging an das andere Ende zu ihrem Vater, der nahm sie auf den Schoß und fragte ob sie lieber noch eine kleine Weile hier im Krankenhaus bleiben möchte, sie nickte und kuschelte sich in seine Arme, er drückte sie ganz vorsichtig an sich und sagte, wir beide bleiben erst mal hier und du entscheidest wann wir in die Wohnung ziehen.

Alle waren mit dem Kompromiss einverstanden, das junge Paar war ganz aufgeregt, sie würden auch ein Zimmer für sich ganz alleine bekommen und auch die Mutter von Martin Lehmann würde nach ihrer Entlassung mit in dieser Wohnung leben, es war nicht schlimm, der Platz war da und man konnte sich untereinander helfen.

Frau Kretschmer war mehr bei Frau Gerber als zu Hause, sie wollte Frau Gerber nicht alleine lassen und Herr Kretschmer war als Mitarbeiter in der russischen Kommandantur viel beschäftigt und wenig zu Hause.

An einem Abend im April kam er zum Abendessen zu den beiden Frauen und hatte eine Frau und zwei Kinder mit dabei, die Frau sah sehr schlecht aus und auch die Kinder husteten sehr stark, sie saßen ganz still am Abendbrottisch und fühlten sich nicht sehr wohl, Herr Kretschmer ergriff das Wort, er stellte die Frau mit den beiden Kindern vor, sie sind gestern mit einem Zug aus Ravensbrück hier angekommen und jeder von den Angestellten hatte einige Personen mit nach Hause genommen, sie stammen aus Ungarn und haben sehr schlimmes Dinge erlebt, Frau Gerber und Frau Kretschmer stockte der Atem, sie machten sich sofort an das Abendbrot und kochten den beiden Kindern warme Milch mit Honig, ein Hausmittel gegen den Husten, am nächsten Tag wollte Herr Kretschmer zu Dr. Horn in die Klinik fahren, um die beiden untersuchen zu lassen, auch die Mutter hatte schwarze Schatten unter den Augen und fühlte sich nicht wohl. Die beiden Frauen gingen zu der Frau und den beiden Kindern und nahmen sie in die Arme, sie taten ihnen unendlich leid, man konnte sich zwar nicht mit Worten verständigen, aber die Gesten waren so eindeutig und ehrlich, dass es keine Missverständnisse gab.

De drei Ungarn tranken ihre Milch sehr vorsichtig, weil sie nicht wussten ob sie bei ihnen blieb, die Frau hatte große Schwierigkeiten Nahrung bei sich zu behalten, vielleicht brachte der nächste Tag bei Dr. Horn die nötige Hilfe.

Herr Kretschmer fragte ganz vorsichtig, ob die drei bei ihnen in der Wohnung leben könnten, Frau Kretschmer lachte nur und sagte, das ist doch selbstverständlich, unsere Luise ist verliebt und wir haben genug Platz, er nahm sie in den Arm und küsste sie, was hab ich nur für ein Glück mit solch einer Frau, Frau Gerber nickte und war froh solche Freunde zu haben.

Doktor Horn saß mit der Frau und den beiden Kindern in einem Behandlungszimmer, seine Marie half ihm bei den Untersuchungen, er hörte die beiden Kinder und die Frau ab, abgesehen von der Unterernährung der drei hatten sie eine Lungenentzündung und die Frau war an der Grenze der Schwindsucht, sie hustete Blut und machte einen sehr schwachen Eindruck, Doktor Horn legte allen einen aufbauenden Tropf an und gab ihnen Antibiotika, die beiden Kinder würden es nach einiger Zeit schaffen, bei ihrer Mutter sah es nicht sehr gut aus, er würde alles versuchen aber die Chancen waren gering, dass sie die Entbehrungen überleben würde.

Doktor Horn war wieder am Boden zerstört, weil er so machtlos neben den Patienten stand, denen er nicht helfen konnte, Marie wusste wie ihm zu Mute war und löffelte der Mutter eine Brühe zum Essen, in der Hoffnung die Frau würde sie bei sich behalten.

Nach 10 Tagen hatten sich die Kinder recht gut erholt, sie husteten nicht mehr so stark und konnten mit Maries Hilfe gut essen, die Kinder, ein Junge und ein Mädchen, waren im Alter von 4 und 6 Jahren, sie sahen aus wie 3 Jahre so unterentwickelt waren sie, die Mutter von den beiden ist fünf Tage nach ihrer Einlieferung ins Krankenhaus gestorben.

Die Kinder waren am Boden zerstört und wussten nicht wohin sie gehen sollten, wenn sie wieder gesund waren, Marie konnte sich schon gut mit ihnen verständigen, sie kümmerte sich rührend um die beiden, es tat ihr gut eine Aufgabe zu haben.

Doktor Horn stellte bei den Untersuchungen der Kinder sehr viele Wunden fest, die schlecht verheilt waren, er bemerkte Knochenbrüche an den Gliedmaßen die nicht gerade zusammen gewachsen waren, er notierte alles in einer Patientenakte und wollte die Kinder irgend wann dazu befragen, Martin Lehmann kam jeden Tag ins Krankenhaus und half Marie bei der Versorgung der Kranken, Marie erzählte ihm davon das die beiden Kinder jetzt Waisen sind und sie nicht wussten wo sie hin sollten, Martin wirkte sehr nachdenklich und sagte nur, das er sich darum kümmern wolle.

Er ging zu Frau Gerber und Frau Kretschmer und erzählte von den Kindern und der verstorbenen Mutter, beide Frauen waren sehr betroffen, Frau Gerber sagte, dass sie die beiden gerne aufnehmen würde, aber keine Zeit hat sich um sie ausgiebig zu kümmern, da lachte Frau Kretschmer laut auf und nahm die Hände von ihrer Freundin, du bist der beste Mensch den ich in meinem Leben kennengelernt habe, du machst so viel für alle, jetzt wird es endlich mal Zeit das jemand etwas für dich tut, was hellst du davon, wenn ich die Kinder bei mir aufnehme und trotzdem jeden Tag zu dir komme, um dir in deinem Geschäft zu helfen, ich muss das natürlich noch mit meinem Mann besprechen aber die Antwort weiß ich eigentlich schon, Herr Lehmann war sehr bewegt über so viel Nächstenliebe, die Zeiten waren für jeden schwer und trotzdem gab es Menschen, die das wenige was sie hatten noch teilten.

Herr Kretschmer war natürlich mit den Plänen seiner Frau einverstanden, er baute zwei kleine Betten und kümmerte sich um Matratzen, Stühlen und andere Gegenstände, die von den Kindern gebraucht werden konnte.

Als Doktor Horn die Nachricht von Martin Lehmann hörte, war er sehr bewegt, er sagte nur, dass die beiden Frauen einen Orden verdienen, Martin nickte und sagte, dass ich den Kindern auch helfen werde so gut er kann.

Es gab zu dieser Zeit sehr viele Kinder, die sich alleine durch das Leben schlagen mussten, weil ihre Angehörigen nicht mehr lebten, es wurden in aller Eile von den sozialen Einrichtungen Kinderheime eröffnet, wie es dort zuging kann sich sicher jeder vorstellen, das einzige, was sie dort sicher hatten, war ein Bett, die Verpflegung und die Erziehung waren nur minimal möglich, sehr viele kleine Kinder starben an Unterernährung oder Verwahrlosten völlig, es waren einfach keine Menschen da, die sich um sie kümmern konnten, das war keine böse Absicht, es war leider eine erbarmungslose Zeit.

Die beiden Kinder blieben noch zwei Wochen in dem Krankenhaus von Doktor Horn und gingen dann direkt zu Familie Kretschmer nach Hause, sie waren noch traumatisiert und Doktor Horn sagte, dass er sie zu Hause weiter behandeln werde. Martin Lehmann begleitet sie und wollte auch weiterhin für sie da sein, auch Marie hatte die Verantwortung für sie übernommen und es viel ihr schwer sie wieder abzugeben, aber sie wusste, dass sie bei Familie Kretschmer in den besten Händen waren.

Frau Kretschmer gab sich die größte Mühe das Vertrauen der beiden zu gewinnen, sie waren sehr skeptisch, was durchaus zu verstehen ist, sie wollte auch die Mutter nicht ersetzen, nein das ging sowieso nicht, sie wollte ihnen Sicherheit und Geborgenheit geben, sie zeigte den beiden ihr Zimmer, ihre Betten, Schränke und Kleidung, die beiden bedankten sich verlegen und konnten es nicht glauben, dass sie jeder ein eigenes Bett hatten. Auch das Abendessen war noch recht ruhig, keiner traute sich etwas zu sagen von den beiden, dass würde sich hoffentlich bald geben, das Ehepaar Kretschmer war glücklich sich wieder um jemanden kümmern zu können, Luise, die wie ihre eigene Tochter gewesen ist, kam auch sehr oft zu ihnen und spielte mit den beiden, sie hatten schnell Vertrauen gefasst und wurden immer anhänglicher, sie konnten schon etwas deutsch sprechen, es reichte zumindest um sich zu verständigen, Familie Kretschmer gab ihnen Namen, der Junge sollte Henry und das Mädchen Hanna heißen, die Kinder fanden das lustig und bemühten sich den Namen richtig auszusprechen.

Luise ging mit den beiden in den Friedrichshain, dort gab es Wiesen, wo sie rennen und spielen konnten, man merkte, wie viel Spaß sie hatten, dort gab es noch eine Schaukel und eine Wippe, sie waren beschädigt aber nicht zerstört, es gab einige Kinder aus der Umgebung, die sich dort trafen und zusammen Fußball spielten. Es waren Stunden der Sorglosigkeit was jedem Kind gut tut.

Frau Horn hatte unerschöpfliche Kraft, sie reinigte den ganzen Tag die Wohnung von Schutt und Scherben, zwischendurch kochte sie noch eine warme Suppe zum Mittagessen, sie ging zu Frau Gerber und holte sich Reinigungsmittel und ein paar Lebensmittel, sie war so glücklich frei zu sein und wieder ohne Angst leben zu können, man hatte den Eindruck sie arbeitete so schnell und ununterbrochen, weil sie befürchtete dieser Zustand der Freiheit könnte bald wieder vorbei sein.

Sie nähte stundenlang Bettbezüge und Kopfkissen aus den Lacken, sie war sehr glücklich über die Lebendigkeit ihrer Kinder, Marie war weiterhin nur an ihrer Seite bzw. im Krankenhaus bei ihrem Vater und löste sich nur ungern.

Herr Lehmann war mit Luise sehr glücklich, sie sahen sich bei jeder Gelegenheit tief in die Augen, küssten sich und hielten Händchen.

Doktor Horn arbeitet sehr lange im Hedwig Krankenhaus, wenn er spät nach Hause kam, war seine Frau immer noch wach und bereitete ihm das Abendbrot, sie unterhielten sich noch ein wenig in der Küche und gingen dann schlafen.

Für die Familie Horn ist die Normalität des Alltags wieder eingetreten, sie waren auch noch vollzählig und hatten ihre Wohnung wieder.

Das war die Ausnahme in diesen Zeiten, die meisten hatten keine Bleibe und es gab fast keine Familie, die nicht mindestens einen Todesfall zu verzeichnen hatte, die Familien bestanden meist nur aus der Mutter und den Kindern, die Ehemänner oder Väter waren entweder im Krieg gefallen oder in Gefangenschaft.

Die Frauen leisteten in diesen Zeiten übermenschliches, sie arbeiteten als Trümmerfrau und gingen auf Hamsterfahrt um die Kinder zu ernähren, die Kinder waren zwar immer hungrig, hatten aber keine Angst mehr, sie spielten in den Trümmern und lernten mit der Gefahr umzugehen, sie waren erfinderisch und bauten aus ausgebrannten Autos und Panzern kleine Höhlen zum Verstecken oder nahmen sich die Metallschienen der Räder von den Fuhrwerken und benutzten sie als Treibreifen. Es war gefährlich, denn überall lagen Munition und Granaten, man musste sehr aufpassen, aber die Kinder hatten Spaß und konnten ohne Angst spielen.

Als erstes wurden die Straßen wieder beräumt, sodass die Fuhrwerke aus Brandenburg die einzelnen Geschäfte beliefern konnten.

Die Kinder, die man in den letzten Kriegstagen in die Berge verschickt hatte, kamen langsam wieder nach Hause, sie waren gut genährt und hatten Kraft mit anzufassen, Wohnraum war knapp und die einzelnen Familien rückten zusammen, jede Familie bewohnte ein Zimmer und die Küche wurde gemeinsam genutzt.

Familie Horn nahm auch eine Frau mit ihren beiden Töchtern auf, sie bewohnten ein großes Zimmer und verstanden sich gut miteinander. Frau Horn war immer noch unterernährt, ihr Mann versorgte sie mit Aufbauspritzen, es brauchte eben alles seine Zeit, noch immer konnte sie nicht mit ihrer Familie über das Erlebte in Auschwitz sprechen, auch dass brauchte noch seine Zeit, Marie war da schon aufgeschlossener, sie erzählte von ihrer Freundin, die man total zerschlagen in ihre Baracke gelegt hatte, Marie hatte sich ja intensiv um die junge Frau gekümmert, sie kam direkt aus dem Gefängnis der Gestapo, nach der Befreiung ist sie mit den russischen Frauen nach Russland gefahren und wollte in Deutschland nicht mehr leben, es war durch aus zu verstehen.

Frau Gerber hatte einen Kleingarten in Malchow organisiert, sie hatte ihn einer Familie abgekauft, dort baute sie mit Frau Kretschmer Gemüse an, die kleine Laube war zum Unterstellen und bot Platz für eine kleine Familie, die beiden Frauen waren unzertrennlich und Herr Kretschmer war für beide da, er arbeitete in der russischen Kommandantur im Tiergarten, er war dafür die großen Rasenflächen des Parks zu parzellieren und den Einwohnern von Berlin, für den Anbau von Gemüse und Kartoffeln zur Verfügung zu stellen, die Verantwortung der Verteilung lag in seinen Händen.

Er machte einen Aushang an den Ausgabestellen der Lebensmittelmarken, wer Interesse an einem kleinen Stückchen Land, zum Anbau von Gemüse und Kartoffeln, hat der möchte sich an einem bestimmten Tag am Eingang des Tiergartens einfinden, bis zu dem bestimmten Termin musste er die großen Flächen parzellieren, er holte sich Hilfe aus der Druckerei wo er früher gearbeitet hatte, die Männer standen ihm sofort zur Verfügung, Herr Kretschmer besorgte Schnur und Eisen- oder Holzstäbe, er gab die Maße der Parzellen vor und die Männer machten ihre Arbeit, es waren viele Tage sehr anstrengend, aber es lohnte sich.

Als der Termin der Vergabe der Parzellen kam, standen schon in der Nacht zuvor die Menschen an dem Treffpunkt, um die ersten bei der Verteilung zu sein.

Herr Kretschmer hatte 50 Parzellen zu vergeben, dazu hatte er russische Hilfe, zwei Männer mit Maschinengewehren standen neben ihm und beschützten ihn, der Andrang war sehr groß, er ging der Reihe nach und notierte die Daten der Nutzer in ein entsprechendes Grundbuch. Die Vergabe der kleinen Gärten dauerte nur drei Stunden, dann waren alle Flächen vergeben, die vielen Menschen die kein Glück gehabt haben, ein Stückchen Gartenfläche zu erlangen, waren sehr ärgerlich und aggressiv, jeder konnte sie natürlich verstehen, auch sie hatten Familie, die versorgt werden musste.

Herr Kretschmer setzte sich sofort mit dem Kommandanten in Verbindung und wollte für die Bevölkerung Felder und Grünflächen, die am Rande von Berlin lagen in Kommission nehmen und unter der Bevölkerung verteilen, der Kommandant war einverstanden und Herr Kretschmer machte sich jeden Tag auf den Weg und erschloss die Flächen für die Berliner Bevölkerung.
Er war in die Arbeit der Alliierten integriert, er dolmetschte und stellte die Verbindungen untereinander her, er war eine große Hilfe und vollkommen anerkannt, die alliierten Kräfte kannten seine Geschichte und seinen Aufenthalt in Dachau, jeder hatte Respekt und Anerkennung für ihn übrig, wenn er einen Wunsch hatte, wie zum Beispiel ein Fahrrad, damit er schnellen von einem Ort zum nächsten kam, wurde der sofort erfüllt, für Herrn Kretschmer waren alle sofort zur Stelle, da war es egal,

in welchem Sektor er sich befand, die Amerikaner waren sehr spendabel er bekam des Öfteren Schokolade oder Zigaretten zugesteckt, auch an den wichtigsten Lebensmitteln mangelte es ihm nicht, er war immer total verlegen, wenn er eine Zuwendung bekam, die Offiziere klopften ihm auf die Schulter und sagten nur, wenn alle so gewesen wären wie Du, brauchten wir heute nicht hier sein.

Herr Kretschmer ging in seiner Arbeit auf, genoss aber auch die Zeit mit seiner Familie, die beiden kleinen Kinder wurden von seiner Frau gut versorgt, aber nach dem Abendessen war die Zeit, in der Herr Kretschmer mit ihnen spielte, dann holte er die Brettspiele hervor und es wurden einige Runden gespielt, es war für ihn die schönste Zeit, er entspannte sich und hatte Freude an den beiden Kindern.

Frau Kretschmer nahm ihn so oft es ging in den Arm, sie war unglaublich dankbar für das Glück ihn wieder zu haben, in diesen schweren Zeiten ging es ihnen den Umständen entsprechend gut, Frau Gerber war auch fester Bestandteil der Familie, sie gehörte einfach mit dazu, die kleinen Kinder kamen auch zu ihr und akzeptierten sie als Vertrauensperson, es gab auch Männer, die sich für Frau Gerber als Frau interessierten, daran hatte sie jedoch kein Interesse.

Die schöne Stadt Berlin war zu 70 Prozent zerstört, die Kultur lag am Boden und die Infrastruktur war zerstört.

Jeder Mensch fragte sich warum Kriege überhaupt seien müssen, früher stellten kriegerische Aktionen eine Erweiterung der Landesgrenzen dar, aber in diesem Krieg ging es nicht nur um die territoriale Erweiterung des Landes, sondern um die Vernichtung einer ganzen Menschenrasse nur um ihre Glaubensrichtung auszulöschen bzw. die jüdische Mentalität zu vernichten.

Die Motive dieses Krieges waren Größenwahn und Neid, Neid auf die Bildung der Juden und Neid auf die finanziellen Errungenschaften.

Alles, was nicht Deutsch war, wurde vernichtet und unterdrückt.

In erster Linie ging es den Nazis um die Vernichtung von unwerten Leben und Minderheiten, keiner der nicht stark und skrupellos war, hatte eine Chance am Leben zu bleiben.

Das Verbreiten dieser Lebenseinstellung nahmen nur die Menschen an, die schwach genug waren, ohne nach zu denken, Befehle auszuführen.

Die deutsche Bevölkerung bestand jedoch nicht nur aus Schwachköpfen und Mitläufern. Die meisten Menschen hatten keine Wahl, wenn sie leben wollten, mussten sie sich anpassen, das hieß nicht, dass sie sich mit den Zielen der Nazis identifizierten.

Nun kann man sich die Frage stellen, wie die führenden, hochdotierten Generäle und Führungsoffiziere mit diesem Gedankengut klar gekommen sind.

Es gab auch unter Ihnen Menschen, die mit den Kriegszielen nicht einverstanden waren, leider waren es zu wenige und der Widerstand wurde zerschlagen und die Offiziere erschossen.

Menschen wie Goebbels, Heinrich, Mengele usw. waren genauso kranke Persönlichkeiten wie der Führer selbst, sie nutzten die Gunst der Stunde um Macht aus über zu können und sich zu profilieren.

Die deutsche Bevölkerung war gespalten, die Wirtschaftskrise und die hohe Arbeitslosigkeit, ebneten Adolf Hitler den Weg, er versprach Arbeit und Wohlstand.

Jeder Mann der eine Verantwortung für seine Familie hatte, war daran interessiert der Not ein Ende zu setzen, das hatte jedoch nichts damit zu tun, dass man sich an dem Verrat und der Willkür beteiligen musste, jeder der sich zum Spielball der Nazis machen ließ, wollte es so, niemand wurde gezwungen.

Die jungen brutalen SA Männer, setzten sich überwiegend aus arbeitslosen, einfachen Männern zusammen, auch in dieser Organisation, war die Mitgliedschaft freiwillig und es fanden sich Männer die nur in der Gruppe stark waren, einzeln waren sie feige.

Mit all diesen Tatsachen mussten die Menschen in der damaligen Zeit leben lernen und trotzdem war es zu allen Zeiten möglich mutig und trotzdem verantwortungsbewusst zu sein.

Es gab nicht viele Juden die im Deutschen Reich überlebt haben, in den einzelnen Städten und in den Konzentrationslagern war es ein Glück wenn die Menschen die schwere Zeit überlebt haben.

Die Familie Horn hatte unendliches Glück gehabt, jeder aus der Familie hatte großes Leid zu ertragen, aber sie waren stark und haben ihren Lebenswillen nicht verloren, jeder aus der Familie hat ein Stück dazu beigetragen, dass dritte Reich zu erschüttern und sich nicht unterkriegen zu lassen. Sie haben sich wieder gefunden und werden die Zeit nie vergessen.

Durch Menschen wie die Familie Kretschmer, Frau Gerber und den vielen Jacobs und Lehmanns, ist es möglich gewesen, dass mitten unter den Nazis Juden überleben konnten.

Dem ständigen Kampf und der Hilfe der vielen Untergrundorganisationen, sowie der Partisanen, war es zu verdanken, dass Menschen des Widerstandes überleben konnten, sie schadeten den Nazis und halfen Menschen die der Gestapo in die Hände gefallen sind.

Die Autorin

Claudia Eberhardt wurde in Berlin geboren
und hat zwei erwachsene Kinder. Durch Ihr
ausgeschlossenes Wesen trifft Sie, privat
oder beruflich, immer wieder auf interessante
Menschen jeder Generation. Sie hat für alle ein
offenes Ohr.

Der Verlag

novum 🔹 VERLAG FÜR NEUAUTOREN

> *Wer aufhört
> besser zu werden,
> hat aufgehört
> gut zu sein!*

Basierend auf diesem Motto ist es dem novum Verlag ein Anliegen, neue Manuskripte aufzuspüren, zu veröffentlichen und deren Autoren langfristig zu fördern. Mittlerweile gilt der 1997 gegründete und mehrfach prämierte Verlag als Spezialist für Neuautoren in Deutschland, Österreich und der Schweiz.

Für jedes neue Manuskript wird innerhalb weniger Wochen eine kostenfreie, unverbindliche Lektorats-Prüfung erstellt.

Weitere Informationen zum Verlag und
seinen Büchern finden Sie im Internet unter:

w w w . n o v u m v e r l a g . c o m